SEM SAÍDA

TAYLOR ADAMS

SEM SAÍDA

Tradução: CARLOS SZLAK

COPYRIGHT © TAYLOR ADAMS, 2017
PUBLISHED BY SPECIAL ARRANGEMENT WITH LORELLA BELLI LITERARY AGENCY LIMITED IN CONJUNCTION WITH THEIR DULY APPOINTED CO-AGENT VILLAS-BOAS & MOSS AGÊNCIA LITERÁRIA.
COPYRIGHT © FARO EDITORIAL, 2019

Todos os direitos reservados.
Nenhuma parte deste livro pode ser reproduzida sob quaisquer meios existentes sem autorização por escrito do editor.

Diretor editorial **PEDRO ALMEIDA**
Coordenação editorial **CARLA SACRATO**
Preparação **MONIQUE D'ORAZIO**
Revisão **BARBARA PARENTE**
Capa e diagramação **OSMANE GARCIA FILHO**
Imagem de capa © **MAGDALENA RUSSOCKA | TREVILLION IMAGES**

Esta é uma obra de ficção. Nomes, personagens, lugares e incidentes são produtos da imaginação do autor ou são usadas ficticiamente e não devem ser interpretadas como reais. Qualquer semelhança com eventos, locais, organizações ou pessoas reais, vivas ou mortas, é inteiramente coincidência.

Dados Internacionais de Catalogação na Publicação (CIP)
(Câmara Brasileira do Livro, SP, Brasil)

Adams, Taylor
　　Sem saída / Taylor Adams ; tradução de Carlos Szlak. — São Paulo : Faro Editorial, 2019.
　　272 p.

　　ISBN 978-85-9581-096-9
　　Título original: No exit

　　1. Ficção norte-americana I. Título II. Szlak, Carlos

19-0495　　　　　　　　　　　　　　　　　　CDD 813.6

Índice para catálogo sistemático:
1. Ficção norte-americana　813.6

1ª edição brasileira: 2019
Direitos de edição em língua portuguesa, para o Brasil, adquiridos por **FARO EDITORIAL**

Avenida Andrômeda, 885 - Sala 310
Alphaville — Barueri — SP — Brasil
CEP: 06473-073
www.faroeditorial.com.br

Para Riley

ANOITECER

17h19

23 de dezembro

Darby Thorne havia subido dez quilômetros pelo desfiladeiro de Backbone, quando o limpador de para-brisa do carro quebrou. Ela girou o botão de sintonia do rádio com o polegar (nada além de estática) e viu a haste do limpador esquerdo oscilar como um pulso quebrado. Pensou em encostar o carro para prendê-la com fita adesiva, mas o acostamento da estrada tinha desaparecido sob muros de gelo sujo que ocupavam a direita e a esquerda. De qualquer forma, sentiu medo de parar. Quarenta minutos antes, quando passou a toda a velocidade por Gold Bar, os flocos de neve eram grandes e macios, mas ficaram menores e mais duros à medida que ganhava altitude. Naquele momento, iluminados pelos faróis, eram hipnóticos.

USO OBRIGATÓRIO DE CORRENTES NOS PNEUS, advertia a última placa de sinalização que Darby vira.

Darby não tinha correntes para neve. Ainda não, pelo menos. Ela estava no segundo ano da Universidade do Colorado em Boulder e nunca havia pensado em se aventurar fora do campus além do supermercado. Lembrou de voltar a pé de lá no mês anterior, meio bêbada, com um grupo escandaloso de conhecidas do seu dormitório, e quando uma delas lhe perguntou (ainda que não estivesse muito interessada na resposta) onde ela pensava passar o recesso de Natal, Darby respondeu sem rodeios que seria necessário uma intervenção divina para fazê-la voltar para sua casa, em Utah.

E aparentemente Deus a tinha escutado, porque abençoara a mãe de Darby com um câncer de pâncreas em fase terminal.

Ela havia ficado sabendo disso no dia anterior.

Por mensagem de texto.

Raspa-raspa. A haste entortada do limpador voltou a raspar o vidro, mas, como os flocos de neve estavam bastante secos e a velocidade do carro era suficientemente alta, o para-brisa se mantinha limpo. O verdadeiro problema era a neve que se acumulava na estrada. As linhas amarelas de separação das faixas da pista já estavam encobertas por vários centímetros de neve recém-caída e Darby sentia o chassi de seu Honda Civic roçar a superfície em intervalos regulares. Soava como uma tosse com secreção, um pouco pior a cada vez. Na última, sentiu o volante vibrar entre as mãos que o seguravam firme. Enquanto tomava um gole de Red Bull morno, concluiu que se mais um ou dois centímetros de neve se acumulassem, ela ficaria presa ali, a dois mil e setecentos metros acima do nível do mar com um quarto de tanque de gasolina, sem sinal de celular e tendo como companhia seus pensamentos angustiados.

Raspa-raspa.

Todo o caminho tinha sido daquele jeito: um disparo desfocado e com vermelhidão nos olhos através de quilômetros de planícies cobertas de arbustos raquíticos. Sem tempo para parar. Durante todo o dia, se alimentara apenas de ibuprofeno. Deixara a luminária acesa no dormitório, mas só notou quando saiu do estacionamento do Dryden Hall, ou seja, longe demais para voltar. O refluxo alcançara a garganta. As músicas pirateadas das bandas Schoolyard Heroes e My Chemical Romance repetindo sem parar no iPod Touch (naquela altura, já sem bateria). Placas de sinalização verdes passando a toda com adesivos desbotados de restaurantes de *fast-food* colados nelas. Boulder desaparecera de seu espelho retrovisor por volta das três da tarde e, depois, a linha do horizonte enevoado de Denver com sua frota de jatos em terra e, finalmente, a pequena Gold Bar atrás de uma cortina de flocos de neve em queda livre.

Raspa-raspa.

Darby sentiu o Red Bull espirrar no colo quando o carro guinou bruscamente para a esquerda. O volante ficou duro entre suas mãos. Com um frio na barriga, ela forçou o volante a se mover (*corrija a derrapagem, corrija a derrapagem*). Então, conseguiu recuperar o controle do carro e seguiu ladeira acima, mas perdendo velocidade. Perdendo tração.

— Não, não, não — ela disse, pisando no acelerador.

Os pneus de uso misto proporcionavam pouca aderência na neve lamacenta, fazendo o carro patinar com fúria. Fumaça escapava pelo capô.

— Vamos, Blue...

Raspa-raspa.

Darby chamava seu Honda de Blue desde quando o ganhara, na época do ensino médio. Agora estava pisando no acelerador em busca do efeito sensorial da tração. Pelo espelho retrovisor, viu dois jatos de neve se erguendo, iluminados de vermelho-vivo pelas lanternas traseiras do carro. Ouviu um som áspero de pancada. Era o chassi de Blue voltando a roçar a superfície nevada. O carro patinou e rabeou, virando uma espécie de barco e...

Raspa...

A haste do limpador do para-brisa esquerdo estalou e se soltou.

O coração de Darby afundou no peito.

— Ah, *merda*!

Os flocos de neve grudavam no lado esquerdo do para-brisa e se acumulavam com rapidez no vidro desprotegido. O carro perdera muita velocidade. Em questão de segundos, o campo de visão da Rodovia Estadual 6 se afunilou e Darby golpeou o volante. A buzina soou, mas ninguém ouviu.

É assim que as pessoas morrem, ela compreendeu com um tremor. *Em nevascas, as pessoas acabam presas em zonas rurais e ficam sem gasolina.*

Morrem congeladas.

Tentou tomar outro gole de Red Bull, mas a lata já estava vazia.

Desligou o rádio, debruçou-se sobre o assento do passageiro para ver a estrada e tentou se lembrar de quando tinha visto um carro pela última vez. Há quantos quilômetros? Tinha sido um limpa-neves alaranjado com as letras CDOT, de Departamento de Transportes do Colorado, gravadas na porta, percorrendo a faixa da direita e soltando uma nuvem de lascas de gelo. Fazia pelo menos uma hora, quando ainda havia sol.

Naquele instante, o sol era apenas uma espécie de farol cinzento enfiando-se por trás de picos irregulares, e o céu escurecia em um arroxeado semelhante a um hematoma. As árvores cobertas de gelo se convertiam em silhuetas recortadas. As planícies escureciam e pareciam lagos de sombra. A temperatura era de quinze graus abaixo de zero, de acordo com a placa do posto de gasolina Shell pelo qual ela passara havia cinquenta quilômetros. Provavelmente já estava mais frio.

Então ela viu: uma placa verde meio enterrada em uma barreira de neve à sua direita. Foi se revelando a ela aos poucos até que os faróis sujos do Honda a iluminaram totalmente: 365 DIAS DESDE O ÚLTIMO ACIDENTE FATAL.

Provavelmente, a contagem estava incorreta em alguns dias por causa da tempestade de neve, mas ainda assim ela achou assustador. Um ano exato, transformando aquela noite em uma espécie de aniversário macabro. Parecia algo estranhamente pessoal.

E por trás daquela, outra placa.

ÁREA DE DESCANSO À FRENTE.

* * *

Uma estrutura comprida (um centro de informações turísticas, banheiros, talvez uma loja de conveniência ou uma cafeteria administradas por voluntários) acomodada entre árvores expostas ao vento e rochedos lascados. Um mastro sem bandeira. Um toco de uma árvore antiga em forma de tambor. Um conjunto de estátuas de bronze enterradas até a cintura na neve; arte financiada pelos contribuintes homenageando algum médico ou pioneiro local. E um estacionamento com uns poucos carros parados, com outros motoristas presos como ela, esperando pela chegada dos limpa-neves.

Darby tinha passado por dezenas de áreas de descanso desde Boulder. Algumas maiores; a maioria, melhores; todas menos isoladas. Mas essa, ao que tudo indicava, era a que o destino escolhera para ela.

CANSADO?, uma placa azul perguntava. CAFÉ GRÁTIS NO INTERIOR.

E uma mais nova, com o selo da águia do Departamento de Segurança Interna da era Bush: SE VIR ALGO SUSPEITO, COMUNIQUE.

A última placa, situada no fim da via de acesso do estacionamento, tinha forma de "T". Direcionava os caminhões e os *trailers* para a esquerda e os veículos menores para a direita.

Darby quase a atropelou.

Àquela altura, ela já não conseguia ver quase nada através do para-brisa por causa da nevasca. O limpador direito também estava deixando de funcionar, então, ela abaixou a janela, tirou o braço para fora e abriu um círculo no vidro com a palma da mão. Era como navegar olhando por um periscópio. Ela nem mesmo se incomodou em encontrar uma vaga para estacionar – as linhas pintadas e os meios-fios só ficariam visíveis em março –, e encostou Blue ao lado de um furgão cinza sem janelas.

Darby desligou o motor e apagou os faróis.

Silêncio.

Suas mãos ainda estavam tremendo. Era a sobra de adrenalina daquela primeira derrapagem. Ela cerrou os punhos com força, primeiro a mão direita e depois a esquerda (*inspire, conte até cinco, expire*), e observou os flocos de neve se acumulando no para-brisa. Em dez segundos, o círculo aberto desapareceu. Em trinta, Darby ficou cercada por muros de gelo escuro e encarou o fato de que não chegaria a Provo, em Utah, à meia-noite daquele dia. O horário otimista previsto para a chegada dependia de vencer a nevasca que caía sobre o desfiladeiro de Backbone antes das oito da noite e já eram quase seis. Mesmo que não parasse para dormir nem para fazer xixi, não conseguiria falar com a mãe antes da primeira cirurgia. A possibilidade estava completamente fora de cogitação, assim como a de atravessar outro desfiladeiro, de acordo com o seu aplicativo de notícias.

Depois da cirurgia, então.

É o que vai ser.

O interior do Honda tinha ficado escuro como breu. A neve se acumulava contra o vidro em todos os lados, formando uma espécie de iglu. Darby checou o iPhone, semicerrando os olhos ante o brilho elétrico: sem sinal e quase sem bateria. A última mensagem de texto recebida continuava aberta. Fora lida pela primeira vez perto de Gold Bar, enquanto cruzava uma ponte escorregadia por causa do gelo, a quase 140 quilômetros por hora, com a pequena tela tremendo na palma da mão: NESTE MOMENTO, ELA ESTÁ OK.

Neste momento. Era uma ressalva assustadora. E nem mesmo era a parte mais assustadora.

Devon, a irmã mais velha de Darby, pensava em emoticons. Suas mensagens e postagens no Twitter tinham alergia à pontuação; costumavam ser rajadas de verbosidade em busca de um pensamento coerente, mas não aquela. Devon tinha decidido escrever de forma correta e terminar a frase com um ponto. Aqueles pequenos detalhes afetaram o estômago de Darby como uma úlcera. Não era nada tangível, apenas uma pista de que qualquer coisa que estivesse acontecendo no Hospital Utah Valley não estava *OK*, embora não pudesse ser expresso por meio de um teclado.

Apenas cinco palavras bobas.

NESTE MOMENTO, ELA ESTÁ OK.

E ali estava Darby, a segunda filha, com desempenho abaixo do esperado, presa em uma parada para descanso solitária logo abaixo do cume do desfiladeiro de Backbone, porque tentara vencer o apocalipse de neve nas Montanhas Rochosas e fracassara. Quilômetros acima do nível do mar, ilhada pela neve no interior de um Honda Civic 94, com os limpadores de para-brisa quebrados, um celular quase sem bateria e uma mensagem de texto enigmática cozinhando em fogo brando em sua mente.

Neste momento, ela está OK. O que quer que diabos aquilo significasse.

Na infância, a morte fascinava Darby. Não tinha perdido nenhum dos avôs ou avós, de modo que a morte ainda era um conceito abstrato, algo para ela visitar e explorar como turista. Adorava decalcar lápides, prendendo papel de arroz contra uma delas e esfregando giz de cera preto para obter uma reprodução em detalhes. Os decalques eram lindos. Sua coleção particular era composta por centenas deles, incluindo alguns emoldurados. Alguns de pessoas desconhecidas. Outros de pessoas famosas. No ano anterior, pulara uma cerca em Lookout Mountain, nas proximidades de Denver, para conseguir a de Buffalo Bill. Por muito tempo, acreditou que sua peculiaridade, aquela fascinação adolescente pela morte, a prepararia melhor para a realidade da vida.

Em vão.

Por algum tempo, Darby ficou sentada no carro lendo e relendo as palavras de Devon. Ocorreu-lhe que, se ficasse dentro daquela caverna gelada e escura apenas na companhia de seus pensamentos, começaria a chorar e só Deus sabia o quanto já tinha chorado nas últimas vinte e quatro horas. Não podia perder o ímpeto. Não podia atolar na lama. Tal qual Blue atolado naquela nevasca, a quilômetros de distância de ajuda humana. Se ela se entregasse, seria engolida.

Inspire. Conte até cinco. Expire.

Avance.

Assim, guardou o iPhone no bolso, soltou o cinto de segurança, vestiu um casaco por cima do agasalho de moletom com capuz com a estampa Boulder e torceu para que, além da promessa de café grátis, aquela pequena e lúgubre área de descanso tivesse Wi-Fi.

* * *

No interior do centro de informações turísticas, perguntou sobre o Wi-Fi para a primeira pessoa que encontrou. Ele apontou para um cartaz plastificado preso na parede: WI-FI PARA OS NOSSOS CLIENTES. CORTESIA DA FANTÁSTICA PARCERIA ENTRE O CDOT E A ROADCONNECT!

O homem se pôs atrás dela.

— Ah... Diz que é pago — ele avisou.

— Eu pago.

— É um pouco caro.

— Mesmo assim eu pago.

— Está vendo? — perguntou, apontando. — São $ 3,95 dólares por dez minutos...

— Só preciso fazer uma ligação.

— De quanto tempo?

— Não sei.

— Porque se for uma ligação de mais de vinte minutos, talvez seja interessante para você o plano mensal da RoadConnect, que diz que são apenas dez dólares para...

— Caramba, cara, *não* tem problema.

Darby não teve a intenção de ser ríspida. Até aquele momento, sob a iluminação sem vida das luzes fluorescentes, ela não tinha conseguido dar uma boa olhada no desconhecido: cinquenta e tantos anos, uma jaqueta amarela, um brinco e uma barbicha de bode grisalha. Tal qual um pirata de olhos tristes. Ela lembrou a si mesma que ele provavelmente também estava preso ali e que só estava tentando ajudar.

De qualquer jeito, o iPhone não conseguia encontrar a rede sem fio. Com o polegar, ela rolou a tela esperando que aparecesse.

Nada.

O homem voltou para o seu assento.

— Carma, hein?

Ela o ignorou.

Aquele lugar devia ser uma cafeteria que funcionava durante o dia. Porém, naquele momento, recordava uma estação rodoviária depois do expediente, excessivamente iluminada e deserta. O quiosque de café, cujo nome era

O Pico do Café Expresso, estava protegido atrás de uma persiana de segurança. Lá dentro, duas máquinas de café expresso profissionais com botões analógicos e bandejas de gotejamento enegrecidas. Doces velhos. Um cardápio em um quadro-negro listando algumas bebidas caras e extravagantes.

O centro de informações turísticas consistia em um único espaço – um retângulo longo que seguia a crista do teto, incluindo banheiros públicos nos fundos. Cadeiras de madeira, uma mesa grande e bancos situavam-se ao longo de uma parede. Uma máquina de venda automática e prateleiras com folhetos turísticos ficavam encostados na outra parede. O ambiente parecia estreito e cavernoso e tinha um forte cheiro de desinfetante.

E quanto ao café grátis prometido? No balcão de pedras e argamassa do quiosque havia uma pilha de copos de isopor, outra de guardanapos e duas jarras sobre placas térmicas. Uma delas etiquetada como CAFE e a outra como CHOCLATE.

Alguém na folha de pagamento do Estado é um zero à esquerda em ortografia, Darby pensou.

Ao nível do tornozelo, ela notou que a argamassa estava rachada e uma das pedras estava solta. Um chute bastaria para removê-la. Aquilo irritou uma pequena região obsessiva-compulsiva do seu cérebro. Como a necessidade de arrancar uma cutícula da unha.

Darby também ouviu um zumbido fraco, como o bater das asas de um gafanhoto, e se perguntou se a energia elétrica do lugar estava a cargo de algum gerador de emergência. Talvez aquilo tivesse desligado o Wi-Fi. Ela se voltou para o estranho com barbicha.

– Você viu algum telefone público por aqui? – Darby perguntou.

Com uma expressão "Ah, você ainda está aqui?", o homem olhou para ela e fez que não com a cabeça.

– Seu celular tem sinal? – ela perguntou.

– Desde White Bend, nenhum sinal.

Darby perdeu a esperança. Embora o mapa regional pendurado na parede não marcasse a localização deles, deduziu que o nome daquela área de descanso era Wanasho (que significava algo como *Pequeno Diabo*, cortesia de uma língua local esquecida havia muito tempo). A cerca de trinta e dois quilômetros ao norte, havia outra área de descanso, com o nome semelhante de Wanashono, que significava algo como *Grande Diabo*, e então, cerca de dezesseis quilômetros mais além, morro abaixo, situava-se a cidade de White Bend. Naquela noite, nas vésperas do apocalipse de neve, do armagedom de neve ou do nevezilla, independentemente de como os meteorologistas estivessem chamando aquilo, White Bend poderia muito bem ficar fora do ar...

— Consegui sinal lá fora — revelou outra voz masculina, atrás dela.

Darby se virou. Ele estava apoiado na porta da frente com a mão sobre a maçaneta. Ela havia passado direto por ele ao entrar (*como eu não o percebi?*). O rapaz era alto, de ombros largos, um ou dois anos mais velho do que ela. Podia muito bem ser um dos caras da fraternidade Alpha Sig da universidade com quem sua colega de quarto farreava. Ele era dotado de uma massa de cabelos ensebados, usava uma jaqueta verde e tinha um sorriso tímido.

— Mas só uma barrinha e só por alguns minutos — ele acrescentou. — Minha operadora é a... T-Mobile.

— A minha também. Onde?

— Lá fora, perto das estátuas.

Darby assentiu e se pôs a pensar.

— Você... Ei, algum de vocês sabe quando os limpa-neves vão aparecer?

Os dois homens fizeram que não com a cabeça. Darby não estava gostando de estar no meio dos dois, pois tinha que ficar girando a cabeça o tempo todo.

— As transmissões do serviço de emergência saíram do ar — o mais velho disse, apontando para um rádio AM/FM da década de 1990 que emitia um zumbido sobre o balcão. Aquela era a origem do ruído que pareceu o bater das asas de um gafanhoto para Darby. O rádio estava dentro de um engradado. — Quando cheguei aqui, estava dando informações do trânsito e do Sistema de Alerta de Emergência a cada trinta segundos — ele acrescentou. — Mas agora saiu do ar. Talvez a neve tenha soterrado o transmissor.

Darby enfiou a mão através da grade do engradado e arrumou a antena, fazendo com que o ruído mudasse de intensidade.

— Não sou muito ligado em música — o jovem falou.

Por algum motivo, Darby começou a gostar do mais velho e se arrependeu de ter se irritado com ele por causa do Wi-Fi.

Na mesa grande, Darby notou um baralho de cartas com os cantos dobrados. Aparentemente um jogo de pôquer que servia para unir dois desconhecidos presos por causa de uma nevasca.

Ouviu-se o barulho da descarga no banheiro.

Três desconhecidos, ela calculou.

Darby voltou a guardar o celular no bolso do jeans e percebeu que os dois homens ainda estavam olhando para ela. Um na frente e outro atrás.

— Meu nome é Ed – disse o mais velho.

— Ashley – disse o jovem.

Darby não revelou como se chamava. Ela usou o cotovelo para abrir a porta da frente e voltou para o frio congelante do lado de fora, com as mãos afundadas nos bolsos do casaco. Deixou a porta com amortecedor se fechar lentamente atrás dela, ouvindo o homem mais velho perguntar para o jovem:

— Escuta, seu nome é Ashley? Como o de uma *garota*?

— Ashley não é só um nome feminino – o jovem resmungou.

A porta se fechou.

O mundo ali fora tinha escurecido sob as sombras. O sol havia se posto. Os flocos de neve que caíam pareciam alaranjados por causa da única lâmpada externa do prédio, pendurada sobre a entrada em uma grande luminária. No entanto, o apocalipse de neve dava a impressão de ter enfraquecido por alguns momentos. Diante da noite que caía, Darby conseguia ver os contornos dos picos distantes. Eram fragmentos de rochas meio escondidas entre as árvores.

Ela ergueu a gola do casaco até o pescoço e tremeu.

O grupo de estátuas que Ashley, o jovem, havia mencionado ficava ao sul da área de descanso, além do mastro e da área de piquenique, perto da via de acesso pega por ela. Dali de onde estava, mal conseguia vê-las. Eram apenas silhuetas meio enterradas na neve.

— Ei!

Darby se virou.

Era Ashley novamente. Ele deixou a porta se fechar com um clique e alcançou Darby dando passos largos na neve.

— Tive que... Então, tive que ficar em um ponto muito específico. Foi o único lugar que consegui achar sinal e apenas uma barrinha. Talvez você só consiga enviar uma mensagem de texto.

— É suficiente para mim.

Ashley fechou o zíper da jaqueta.

— Vou lhe mostrar.

Seguiram as pegadas antigas dele e Darby percebeu que já estavam meio cobertas com alguns centímetros de neve em pó. Ela quis saber quanto tempo fazia que ele estava preso ali, mas não perguntou.

Depois de ganhar alguma distância do prédio, Darby também se deu conta de que aquela área de descanso estava aninhada em um precipício. Atrás da parede dos fundos (os banheiros), as copas das árvores carcomidas marcavam um despenhadeiro brusco. Ela nem sequer enxergava exatamente onde começava o declive do terreno, pois a camada de neve o ocultava. Um passo em falso podia ser fatal. A flora ali no alto era igualmente hostil: as ventanias deixaram as árvores com formas estranhas, incluindo galhos irregulares e rígidos.

– Obrigada – Darby agradeceu.

Ashley não a ouviu. Continuaram avançando com neve pela cintura, com os braços estendidos para manter o equilíbrio. Fora da trilha de pedestres, a neve era mais profunda. Seus tênis já estavam ensopados e os dedos dos pés, dormentes.

– Então seu nome é Ashley? – ela perguntou.

– Sim.

– Não prefere que te chamem de Ash?

– Por que eu ia preferir?

– Só estou perguntando.

Darby lançou outro olhar para o centro de informações turísticas e notou uma figura parada no brilho da única janela do prédio, observando-os por trás do vidro fosco. Ela não sabia se era Ed, o homem mais velho, ou a pessoa que ela não tinha visto.

– Ashley não é só um nome feminino – ele afirmou, enquanto se arrastavam pela neve. – É um nome masculino bastante viável.

– Ah, com certeza.

– Como Ashley Wilkes, o personagem de ...*E o vento levou*.

– Estava mesmo pensando nele – Darby afirmou. Parecia bom ter um pouco de conversa fiada. Mesmo assim, a parte desconfiada de seu cérebro, de que ela nunca conseguia se livrar totalmente, se perguntava: *Você está familiarizado com esse filme superantigo, mas não é muito ligado em música?*

– Ou Ashley Johnson – ele disse. – O jogador de rúgbi mundialmente famoso.

– Esse você inventou.

— Não inventei — ele disse e indicou algo ao longe. — Ei. Dá pra ver o Pico Melanie.

— O quê?

— O Pico Melanie — Ashley disse, parecendo envergonhado. — Desculpe, estou preso aqui há muito tempo e fiquei lendo tudo que achei no centro de informações turísticas. Está vendo aquela grande montanha ali? Um homem deu o nome em homenagem à mulher dele.

— Que fofo.

— Pode ser, mas talvez ele a estivesse chamando de frígida e inóspita.

Darby deu uma risada.

Naquele momento, alcançaram as estátuas cobertas com pingentes de gelo. Provavelmente, em algum lugar sob a neve, havia uma placa explicando o significado de tudo aquilo. Fundidas em bronze, as esculturas pareciam representar crianças correndo, pulando, praticando esportes...

Ashley apontou para uma delas que empunhava um taco de beisebol.

— Ali. Perto do pequeno jogador.

— Aqui?

— Sim. É onde eu consegui sinal.

— Obrigada.

— Você... — Ele hesitou em falar, voltando a afundar as mãos nos bolsos. — Quer que eu fique por aqui?

Silêncio.

— Quer dizer, se...

— Não — Darby respondeu, dando-lhe um sorriso verdadeiro. — Estou bem. Obrigada.

— Estava esperando que você dissesse isso. Está um *gelo* aqui fora — ele respondeu, exibindo um sorriso relaxado. Então, começou a caminhar de volta na direção das luzes alaranjadas, acenando por sobre o ombro. — Divirta-se aqui com as Crianças de Pesadelo.

— Pode deixar.

Darby só se deu conta de o quanto as estátuas eram perturbadoras quando ficou sozinha com elas. Faltavam pedaços nas crianças. Era um estilo artístico que ela já tinha visto antes: o escultor utilizava pedaços de bronze, fundindo-os em soldaduras estranhas e inesperadas que deixavam costuras e lacunas. No entanto, na escuridão, a imaginação de Darby rendia sangue.

O garoto à sua esquerda, o que empunhava um taco de beisebol e que Ashley tinha chamado de pequeno jogador, apresentava uma caixa torácica exposta. Outros garotos acenavam com os braços finos, compridos e deformados, em que faltavam pedaços de carne. Era como um grupo de vítimas mutiladas por cães pitbull, roídas quase até os ossos.

Como Ashley as tinha chamado? *Crianças de Pesadelo.*

Ele estava a dez metros de distância, quase uma silhueta contra a luz alaranjada da área de descanso, quando Darby se virou e o chamou:

— Ei, espere.

Ashley olhou para trás.

— Darby — ela disse. — Meu nome é Darby.

Ele sorriu.

Obrigada por me ajudar, ela quis dizer. *Obrigada por ser decente comigo, um total desconhecido.* As palavras estavam ali, em sua mente, mas ela não conseguia pronunciá-las. Ele cortou o contato visual, o momento evaporando...

Obrigada, Ashley...

Ele continuou andando.

Então parou novamente, reconsiderando, e disse uma última coisa:

— Você sabe que Darby é um nome masculino, não sabe?

Ela riu.

Darby o viu se afastar e então se encostou no taco de beisebol da estátua, que estava no meio de um movimento de tacada, e segurou o iPhone direcionado para o céu, contra os flocos de neve que caíam. Semicerrou os olhos, observando o canto esquerdo superior da tela rachada.

Nenhum sinal.

Sozinha na escuridão, Darby esperou. No canto direito, a carga da bateria tinha caído para 22%. Ela deixara o carregador ligado numa tomada em seu dormitório, a mais de 150 quilômetros para trás.

— Por favor — ela sussurrou. — Por favor, Deus...

Ainda nenhum sinal. Batendo os dentes de frio, ela releu a mensagem de texto da irmã: NESTE MOMENTO, ELA ESTÁ OK.

Ok é a pior palavra do mundo. Sem contexto, é uma absoluta não-coisa. *Ok* podia significar que sua mãe, Maya, estava melhorando; podia significar que estava piorando; e podia significar que ela estava... Bem, simplesmente *OK*.

Dizem que o câncer de pâncreas é um assassino ligeiro, porque a morte costuma acontecer em semanas ou até mesmo dias após o diagnóstico, mas não é verdade. Leva anos para matar. Apenas é assintomático nos estágios iniciais, multiplicando-se de forma invisível dentro de seu hospedeiro, só manifestando icterícia ou dores abdominais quando já é tarde demais. O fato de o câncer já estar no interior de sua mãe quando Darby estava no ensino médio era uma ideia arrepiante. Estava ali quando ela mentiu sobre as etiquetas antifurto da loja Sears quebradas em sua bolsa. Estava ali quando voltou dirigindo para casa às três da manhã de um domingo, confusa por causa de um ecstasy adulterado, com uma pulseira verde fosforescente no pulso, e sua mãe chorou na varanda e a chamou de *vadiazinha podre*. Aquela criatura invisível estivera empoleirada sobre o ombro de sua mãe o tempo todo, espreitando, enquanto ela estava morrendo lentamente e nenhuma das duas sabia.

Tinham se falado pela última vez no Dia de Ação de Graças. Com discussões entrecruzadas, o telefonema durara mais de uma hora, mas os últimos segundos perduraram na mente de Darby.

O papai nos deixou por sua causa, ela se lembrava de ter dito. *E se eu pudesse ter escolhido entre ele e você, teria escolhido ele. Num piscar de olhos.*

Num maldito piscar de olhos, Maya.

Darby enxugou as lágrimas com o polegar, já congelando em sua pele. Ela soltou o ar com força. *Naquele momento*, sua mãe estava sendo preparada para a cirurgia no Hospital Utah Valley, e ela estava ali, presa em uma área de descanso decadente nas Montanhas Rochosas.

Além disso, sabia que não tinha gasolina suficiente para afastar Blue dali durante muito tempo. Pelo menos, o centro de informações turísticas dispunha de aquecimento e eletricidade. Quer gostasse ou não, ela provavelmente teria de bater papo com Ed e Ashley, e quem quer que tivesse dado a descarga no banheiro. Ela os imaginou – um bando de desconhecidos em uma nevasca, como garimpeiros de ouro e colonos que deviam ter se refugiado naquelas mesmas montanhas séculos antes – tomando café aguado, compartilhando histórias de fogueira de acampamento e ouvindo rádio atrás de pistas confusas sobre quando os limpa-neves chegariam. Talvez ela fizesse alguns amigos de Facebook e aprendesse a jogar pôquer.

Ou talvez fosse se sentar em seu Honda e morrer congelada.

Ambas as opções eram igualmente atraentes.

Darby olhou para a estátua mais próxima.

— Vai ser uma noite longa, crianças — disse. Checou o iPhone uma última vez; mas, naquela altura, tinha perdido a esperança sobre o lugar do sinal mágico de Ashley. Tudo o que estava fazendo ali fora era desperdiçar bateria e se expor a queimaduras de gelo.

— Uma noite longa e *infernal*.

Darby voltou para o prédio da área de descanso de Wanasho, sentindo outra pontada de enxaqueca nas beiras de seus pensamentos. O apocalipse de neve tinha recuperado a força, encobrindo as montanhas com flocos de neve varridos pelo vento. Uma forte rajada passou atrás dela, fazendo as árvores rangerem e açoitando seu casaco. Inconscientemente, enquanto caminhava, Darby contou os carros no estacionamento: três, além de seu Honda. Um furgão cinza, uma picape vermelha e um veículo não identificado, todo encoberto por ondas sucessivas de geada.

No caminho, Darby escolheu passar pelo estacionamento, junto a essa pequena coleção de carros presos. Sem nenhum motivo, na realidade. Posteriormente, ela recordaria essa decisão irracional muitas vezes e se perguntaria quão diferente sua noite poderia ter terminado se tivesse simplesmente refeito as pegadas de Ashley.

Darby alcançou a fileira de veículos.

O primeiro carro era a picape vermelha. Tinha sacos de areia no compartimento de carga e correntes nos pneus. Havia menos neve acumulada sobre a carroceria, ou seja, não estava ali havia muito tempo. Trinta minutos, ela supôs.

O segundo estava completamente soterrado. Era apenas um monte de neve irreconhecível. Ela nem mesmo conseguia discernir a cor. Podia até ser uma caçamba de lixo. Algo largo e quadrado. Era o mais comprido dos quatro veículos.

O terceiro era Blue, seu confiável Honda Civic. O carro em que ela aprendera a dirigir, o carro que levara para a faculdade, o carro em que perdera a virgindade (não tudo ao mesmo tempo). Estava faltando o limpador esquerdo, jogado no acostamento nevado da estrada a um quilômetro e meio de distância. Darby sabia que tinha sorte de ter alcançado uma área de descanso.

O último era o furgão cinza.

Foi onde Darby escolheu atravessar entre os carros estacionados, pegar a trilha de pedestres e alcançar a porta da frente do prédio, situada a uns quinze metros de distância. Ela planejava passar entre o furgão e o seu Honda, encostando-se na carroceria de seu carro para se equilibrar.

Na lateral do furgão, havia um decalque com uma raposa de desenho animado, como um Nick Wilde falsificado do filme *Zootopia*. A raposa laranja empunhava uma pistola de pregos do mesmo jeito que um agente secreto segurava uma pistola, promovendo algum tipo de serviço de construção ou reparo. O nome da empresa estava coberto pela neve, mas o slogan era visível: TERMINAMOS O QUE COMEÇAMOS. O furgão tinha duas janelas traseiras. A da direita estava bloqueada por uma toalha. A toalha da esquerda tinha caído, expondo o vidro transparente e refletindo a luz de uma lâmpada. Quando Darby se aproximou da janela, vislumbrou algo pálido dentro do furgão: uma mão.

Uma mão minúscula, como a de uma boneca.

Darby se deteve, com a respiração presa nos pulmões.

Atrás do vidro gelado, aquela mãozinha segurava um material semelhante a uma grade: dedos brancos se desdobrando um por um delicadamente, daquele jeito descoordenado de uma criança ainda adquirindo controle do sistema nervoso. Então, subitamente, retrocedeu para a escuridão. Sumiu da visão. Tudo aconteceu em três ou quatro segundos, deixando Darby em um silêncio estupefato.

Sem chance.

O interior do furgão estava silencioso e, novamente, sem movimento.

Ela chegou mais perto, colocando as mãos na janela, olhando o interior com atenção. Seus cílios tremulavam sobre o vidro frio. Muito pouco visível na escuridão, perto de onde a mãozinha havia desaparecido, ela distinguiu um pequeno arco, reflexo bastante fraco do brilho de uma lâmpada de vapor de sódio. Era um cadeado circular com segredo prendendo uma treliça de barras metálicas, que a mão da criança havia segurado. Era como se a criança estivesse em um canil portátil.

Então, Darby soltou o ar dos pulmões com força – um erro – e o vidro ficou embaçado com sua respiração. Mas ela tinha visto aquilo. Não havia como não ver.

Ela se afastou, deixou uma marca de mão na porta, sentindo o coração disparado. Um batimento crescente.

Há...

Há uma criança trancada dentro desse furgão.

18h21

Darby voltou para o interior do prédio.

Ashley levantou os olhos.

— Deu sorte?

Ela não respondeu.

Ele estava à mesa de madeira jogando cartas com Ed. Uma nova mulher também estava ali – aparentemente, a esposa de Ed – sentada ao lado dele. Com quarenta e poucos anos, ela era um pouco agitada, tinha o cabelo preto cortado em forma de cuia, usava uma parca amarela amarrotada e estourava bolhas de um joguinho em seu tablet. Provavelmente, era quem estava no banheiro.

Quando a porta se fechou atrás de Darby, ela considerou três possíveis suspeitos: o loquaz Ashley, Ed dos olhos tristes e a mulher desmazelada de Ed. Então, o furgão cinza era de quem?

Ah, meu Deus, tem uma criança ali fora dentro daquele furgão.

Trancada em uma gaiola ou algo parecido.

De repente, aquele fato a abalou novamente. Sentiu o gosto de ostras cruas no fundo da boca. Ficou com as pernas bambas. Precisava se sentar, mas tinha medo.

Uma dessas três pessoas fez isso...

— Veja se a porta está bem fechada – Ed pediu.

Como se nada tivesse acontecido, o jogo de cartas recomeçou. Ashley checou sua mão e olhou de lado para Ed.

— Quatro de copas?

— Go Fish*. Dois de espadas?

— Não.

Algo mais estava errado, Darby percebeu. A conta não fechava. Havia três carros do lado de fora além do dela. Havia três suspeitos ali dentro, mas Ed e a mulher quase certamente viajavam juntos. Certo? Então, tinha de haver uma quarta pessoa na área de descanso. *Mas onde?*

Darby olhou de Ashley para Ed, de Ed para a mulher. Examinou o recinto de um lado para o outro. Um pavor indefinido se apossou dela. *Onde mais aquela quarta pessoa poderia...*

Então, ela sentiu um hálito quente atingir sua nuca. Alguém estava de pé atrás dela.

— Valete de paus.

— *Go Fish*.

Darby permaneceu imóvel, sentindo os pelos arrepiarem e um calafrio percorrer a espinha. Queria se virar, mas não conseguia. O corpo não se mexia.

Ele está bem atrás de mim.

Ele bufava em seu cangote. Um bafo que fazia seu cabelo castanho-avermelhado se erguer, que fazia cócegas em sua pele descoberta e que passava assobiando de leve por sua orelha. De alguma forma, Darby já sabia que aquele quarto viajante era um homem, pois mulheres simplesmente não *respiravam* daquele jeito. Ele estava a menos de meio metro atrás dela. Bastante perto para tocar suas costas ou apertar os braços em torno de seu pescoço e pressionar os dedos em sua traqueia.

Ela queria poder se virar e encarar aquela quarta pessoa, quem quer que fosse, mas o momento parecia estranho, flutuante. Como tentar dar um soco durante um pesadelo.

Vire-se, ela insistiu consigo mesma. *Vire-se agora.*

Na frente dela, o jogo de cartas continuava.

---

* De acordo com a *Ludopedia*, Go Fish é um jogo de cartas bastante comum nos Estados Unidos. Os jogadores buscam completar um set que consiste em quatro das mesmas cartas numéricas (os dois de copas, ouros, paus e espadas juntos seriam um set). Depois de distribuir 6 cartas para cada, os jogadores se revezam perguntando a um outro jogador se eles têm uma carta que combine com uma em sua mão. Se um jogador não tiver a carta solicitada, ele diz "Go Fish" e o jogador que pede a carta compra uma da pilha de cartas.

— Rainha de copas?
— Ah! Aqui está. Pegue.
— Nove de ouros.
— Não.

Atrás, a respiração se deteve por um instante; tempo suficiente para que ela esperasse o que estava imaginando. Então, houve uma inspiração num sorvo mais profundo. Uma respiração pela boca. Parada ali em silêncio petrificado, Darby percebeu que tinha feito aquilo novamente. Ou seja, havia entrado no prédio sem checar o canto à sua esquerda.

Por Deus, Darby, simplesmente se vire.
Encare-o.
Finalmente, ela aceitou o desafio.

Darby se virou devagar, naturalmente, com a palma de uma das mãos para cima, como se estivesse apenas atendendo ao pedido de Ed para ver se a porta estava bem fechada. Continuou se virando até ficar frente a frente com o homem.

Homem era exagero. Com dezenove anos no máximo, ele era alto, mas curvado, magro feito um palito. De perfil, parecia uma doninha. Tinha o rosto cheio de acne e um queixo pequeno coberto com uma penugem de pelos cor de pêssego. Usava um gorro do Deadpool e uma jaqueta de esqui azul-clara. Os ombros estreitos estavam salpicados de flocos de neve, como se ele também tivesse acabado de retornar de fora. Mas fazendo o que lá? Ele estava olhando para ela. Então, Darby encontrou o olhar dele — pupilas negras minúsculas, como as de roedores em sua estupidez insípida — e devolveu um sorriso tímido.

O momento se turvou.

O hálito do Cara de Roedor exalava chocolate ao leite misturado com o amargor terroso de tabaco. Sem aviso prévio, ele ergueu o braço direito — Darby se encolheu —, mas ele o estendeu para empurrar bem a porta, que fechou com um ruído seco da fechadura.

— Obrigado — disse Ed e virou-se de volta para Ashley. — Ás de copas?
— Não.

Darby interrompeu o contato visual e deixou o rapaz perto da porta. Seu coração estava aos pulos e seus passos soavam amplificados. Ela cerrou os punhos para ocultar o tremor e procurou um lugar à mesa junto às demais pessoas. Puxou uma cadeira entre Ashley e o casal mais velho, e as pernas de madeira rangeram sobre os ladrilhos.

Ao som desagradável, Ashley cerrou os dentes.

— Pô! Nove de copas — ele disse.

— Merda.

A mulher de Ed deu um tapa no cotovelo dele.

— Olha a boca.

Darby sabia que o Cara de Roedor ainda a estava examinando com aqueles olhinhos mortiços. Além disso, ela notou que estava sentada rigidamente. Na realidade, muito rigidamente. Então, relaxou um pouco e fez de conta que brincava com seu iPhone, erguendo os joelhos até a mesa. Estava fingindo ser apenas uma estudante de artes dependente de cafeína, com um Honda repleto de decalques de lápides e uma bateria de celular quase no fim, presa ali no limite da civilização como todos os outros. Apenas uma inofensiva aluna do segundo ano da Universidade do Colorado em Boulder.

Ele permaneceu junto à porta ainda a observando.

Darby começou a se preocupar. Será que ele sabia? Talvez ele tivesse olhado através da janela voltada para o oeste e a visto examinando o interior de seu furgão. Ou talvez o comportamento dela tivesse revelado tudo no instante em que voltou para o interior do prédio com os nervos em frangalhos e o coração saindo pela boca. Em geral, ela era uma boa mentirosa, mas não naquela noite. Não naquele momento.

Tentou encontrar uma explicação trivial para o que havia testemunhado: como, por exemplo, a criança ainda não mencionada de uma dessas quatro pessoas estava simplesmente cochilando na parte traseira de um furgão. Aquilo era plausível, certo? Devia acontecer o tempo todo. Era para isso que as áreas de descanso serviam. Para descansar.

Mas aquilo não explicava o cadeado circular vislumbrado por ela. Ou a mão da criança segurando as barras de arame. Ou, pensando bem, a colocação proposital de toalhas nas janelas traseiras, para ocultar o que estava acontecendo no interior do furgão. Certo?

Estou reagindo de forma exagerada?

Talvez sim. Talvez não. Seus pensamentos estavam se dispersando. O barato da cafeína a estava abandonando. Ela precisava de um café, droga.

E falando em *reações exageradas*, ela já tentara ligar para a polícia do lado de fora. Não conseguiu sinal. Tentou diversas vezes perto das Crianças de Pesadelo, no lugar mágico que Ashley havia descrito. Também não conseguiu sinal. Até tentou enviar uma mensagem de texto para a polícia; lembrou-se de ter lido que os arquivos de texto ocupavam uma fração da largura de banda necessária para uma chamada telefônica e eram a melhor maneira de obter ajuda em áreas sem cobertura. Mas aquilo também não tinha funcionado: *Sequestro de criança. Furgão cinza. Placa VBH9045. Rodovia Estadual 6. Área de descanso de Wanasho. Envie a polícia.*

Essa mensagem de texto, marcada com MENSAGEM NÃO PÔDE SER ENVIADA, continuava visível. Ela a fechou para garantir, caso o Cara de Roedor estivesse olhando por cima do seu ombro.

Darby também tentou abrir a porta traseira do furgão (o que poderia ter sido um erro fatal se o veículo tivesse um alarme), mas estava trancada. Claro, por que *não* estaria trancada? Ela permaneceu ali fora, espreitando a escuridão com os nós dos dedos batendo no vidro, tentando fazer aquela forma minúscula se mover novamente. Em vão. O interior do furgão estava completamente escuro e havia um amontoado de cobertores e tranqueiras perto da porta traseira. Ela só vislumbrara aquela mãozinha por alguns instantes, mas tinha sido o suficiente. Não era imaginação.

Certo?

Certo.

— Ás de espadas.

— Porra!

— Olha a boca, Eddie...

— Pelo *amor de Deus*, Sandi. Estamos ilhados pela neve dentro de uma pocilga bancada pelos contribuintes do Colorado e é quase véspera do Natal. Vou depositar vinte paus no meu jarro de xingamentos quando chegar em casa, tá?

A mulher com o cabelo preto em forma de cuia — Sandi, aparentemente — olhou para Darby, que estava do outro lado da mesa, e balbuciou: *Peço desculpas por ele.* Ela não tinha um dente da frente. No colo, sua bolsa com pedrarias havia sido bordada com o Salmo 100:5 POIS O SENHOR É BOM E SEU AMOR NÃO TEM FIM.

Por educação, Darby sorriu de volta. Sua sensibilidade delicada era capaz de suportar um pouco de xingamentos e, em sua opinião, isso tornava Ed um cara decente.

Porém... Ela tinha consciência de que estava desenvolvendo outro ponto cego naquele caso, exatamente como quando havia entrado no prédio sem checar os cantos. Sua intuição dizia que o Cara de Roedor era o motorista do furgão cinza, mas era uma suposição. Darby sabia que o sequestrador/ abusador de criança podia ser qualquer um ali. Qualquer um dos quatro desconhecidos presos naquele abrigo na beira da estrada podia ser um suspeito. Melhor, *era* um suspeito.

Ashley? Naquele exato momento, ele estava quebrando a banca no *Go Fish*. Ele era espirituoso e amigável, o tipo de sedutor otimista com quem ela sairia uma vez, mas nunca duas. No entanto, algo nele não lhe inspirava confiança. Não sabia exatamente o motivo. Um maneirismo? Uma escolha de palavras? Ele parecia *falso* para ela; suas interações sociais eram cuidadosamente administradas, do jeito que um vendedor de loja finge uma cara alegre para os clientes, mas fala mal deles pelas costas.

Quanto a Ed e Sandi? Os dois eram legais, mas também havia algo de errado neles. Não pareciam casados. Nem mesmo pareciam gostar especialmente um do outro.

E o Cara de Roedor? Ele era um Alerta Amarelo ambulante.

Todos ali eram culpados até prova em contrário. Darby precisaria correlacionar cada pessoa com um veículo do lado de fora. Então, ela poderia ter certeza. Não poderia perguntar abertamente, senão o verdadeiro sequestrador/ abusador saberia que ela estava atrás dele. Precisaria conseguir a informação com cuidado. Considerou perguntar a Ashley, Ed e Sandi o horário de chegada deles e concluir a partir da quantidade de neve acumulada sobre os carros. No entanto, aquilo também poderia chamar muita atenção.

Por outro lado, o que aconteceria se ela esperasse tempo demais?

O sequestrador não permaneceria ali. No momento em que a nevasca diminuísse, ou os limpa-neves do CDOT chegassem, ele (ou *ela* ou *eles*) daria o fora do Colorado, deixando Darby apenas com uma descrição do suspeito e um número da placa do carro.

O celular vibrou em seu bolso, surpreendendo-a. Só restavam 20% de bateria.

Ashley ergueu os olhos e olhou para ela por sobre um punhado de cartas encardidas.

— Algum sinal?

— O quê?

— Deu sorte de conseguir algum sinal de celular? Perto das estátuas?

Darby fez um gesto negativo com a cabeça e entendeu que aquela era uma oportunidade. Ela sabia que a bateria de seu celular não duraria mais muito tempo e então, naquele instante, seria o momento adequado de perguntar:

— Por acaso, alguém aqui tem um carregador de iPhone?

— Sinto muito — Ashley respondeu.

— Não tenho — Sandi disse. Cutucando o cotovelo de Ed, o tom de voz dela mudou de amável para venenoso. — E você, Eddie? Você ainda tem o seu carregador ou também o penhorou?

— Não se penhoram coisas no século XXI — Ed afirmou. — Hoje se anuncia em uma Craigslist. E não é minha culpa se a Apple cobra muito caro pela...

— Olha a boca...

— Porcaria. Eu ia dizer *porcaria* caríssima, Sandi — disse Ed, batendo as cartas contra a mesa. Então, olhou para Ashley com um sorriso forçado. — Uma vez quebrei um iPhone no meu bolso, apenas me sentando. Um aparelho de 700 dólares destruído pelo simples ato de *se sentar*. Aquela coisinha frágil se curvou como uma folha contra o meu...

— Olha a boca...

— Quadril. Meu quadril. Veja, apesar do que a minha mulher pensa, sou realmente capaz de concluir uma frase inteira sem recorrer a...

— Quatro de paus? — Ashley disse, interrompendo.

— *Porra!*

Sandi suspirou e estourou outra bolha em seu tablet.

— Cuidado, meu jovem. Eddie-boy vira a mesa quando perde.

— Foi um tabuleiro de xadrez — disse Ed. — E foi apenas *uma vez*.

Ashley sorriu, pegando seu novo quatro de paus.

— Sabe, Eddie, você nunca vai conseguir outro emprego se não controlar essa sua boca suja — afirmou Sandi, bicando a tela do tablet com a unha do polegar. Então, o som de uma jogada errada: *whomp-whomp*.

Ed forçou um sorriso. Começou a dizer alguma coisa, mas reconsiderou. O recinto mergulhou no silêncio.

Darby cruzou os braços e deixou as palavras calarem na mente. Resultado: nenhum carregador branco da Apple em um raio de quilômetros. Achava que o celular tinha algumas horas de vida se deixado no modo de pouca energia e se ficasse ocioso. O Cara de Roedor não tinha respondido à pergunta, claro, nem falado nada. Ele continuava parado junto à porta, bloqueando a saída com as mãos nos bolsos, o queixo penugento para baixo e o gorro do Deadpool vermelho e preto ocultando a metade superior do rosto.

Ele está me observando. Assim como eu o estou observando.

Ela tinha de agir naturalmente. Certa vez, sua melhor amiga disse que ela tinha cara de cu. Sim, era verdade que Darby raramente sorria, mas não porque fosse chata ou mesmo infeliz. Sorrir a deixava constrangida. Quando os músculos em seu rosto ficavam flexionados, a cicatriz longa e curvada sobre a sobrancelha se tornava visível, tão clara quanto uma foice branca. Ela a tinha desde os dez anos e a odiava.

Um estalo repentino.

Um som áspero, como tecido sendo rasgado, e Darby se agitou no assento. Era o rádio atrás da persiana de segurança voltando à vida. Todos ergueram os olhos.

— É aquela...

— É — disse Ed, ficando de pé. — A frequência de emergência. Voltou.

Ouviu-se outro ruído de estática, que alcançou um pico distorcido, como um celular caído debaixo d'água.

Darby só percebeu que o Cara de Roedor havia chegado mais perto quando ele apareceu diretamente sobre o seu ombro esquerdo, ainda respirando pela boca, juntando-se ao grupo com a atenção paralisada enquanto o antigo rádio Sony AM/FM deixava escapar lama eletrônica no balcão. Sob o ruído, ela reconheceu... Sim, ali havia... o mais leve murmúrio...

— Uma voz — ela disse. — Alguém está falando.

— Não consigo ouvir nada...

— Espere. — Ed enfiou a mão pela grade de segurança, girando o botão de volume e tirando pequenos fragmentos da sujeira. Parecia uma voz automatizada, afetada por pausas inumanas:

— *... Emitiu um al-rta de temp-stade de inv-rno -fetando o desfil-dei-o Backb-ne com condições de nev-sca e prec-pitação extr-ma. A Rodovia Estadual 6 está* *fechada para todo o tr-fego entre as saídas qu-renta nove e sessenta oito até seg--nda ordem...*

Ashley piscou os olhos.

– Nós estamos em que saída?

Ed levantou um dedo, fazendo barulho na persiana.

– Silêncio!

– *... As equipes de em-rgência e manut-nção da estrada esp-ram atrasos signific-tivos, de oito a d-z horas devido às colisões múlt-plas e à quant-dade de neve que caiu. Todos os mot-ristas são ori-ntados a perm-necer fora das estradas e f-car em locais fech-dos até que cond-ções melh-rem.*

Houve uma pausa longa e com chiados. Então, ouviu-se um bipe fraco.

Todos esperaram.

– *O serviço naci-nal mete-rológico emitiu um al-rta de temp-stade de inv-rno -fetando o desfil-dei-o Backb-ne...*

A transmissão se repetiu e todos ali dentro murcharam simultaneamente. Ed abaixou o volume e bufou de raiva.

Silêncio.

Sandi falou primeiro.

– De oito a dez *horas*?

As pernas de Darby quase se dobraram debaixo dela. Ela estava meio de pé, curvada à frente para ouvir, e então caiu de volta sobre sua cadeira como uma boneca de pano. As demais pessoas processaram aquela informação em vozes abafadas, girando em torno dela:

– É isso mesmo?

– De oito a dez malditas horas.

– Toda a noite, basicamente.

– Melhor acharmos um jeito de ficar confortáveis.

Sandi fez beicinho e fechou o estojo de couro de seu tablet.

– Imagine. Já estou no último nível do *Super Bubble Pop*.

A noite toda. Darby se balançou na cadeira barata, com as mãos entrelaçadas ao redor dos joelhos. Uma sensação estranha de alarme tomou conta dela, uma espécie de horror letárgico, como aquele que sua mãe devia ter sentido quando encontrou o primeiro caroço sob a axila. Nenhum pânico, nenhuma luta, nenhuma fuga, apenas aquele pequeno momento de choque em que a vida cotidiana fica rançosa.

Será a noite toda até os limpa-neves chegarem aqui...

O Cara de Roedor pigarreou, um gorgolejo consistente, e todos olharam para ele. Continuava de pé atrás da cadeira de Darby, ainda respirando na nuca dela. Ele se dirigiu para todos, falando lenta e pausadamente:

— Eu sou Lars.

Silêncio.

— Meu... — ele disse, aspirando pela boca. — Meu nome é... Lars.

Ninguém respondeu.

Darby enrijeceu, percebendo que essa provavelmente também era a primeira vez que Ashley, Ed e Sandi o ouviam falar. O constrangimento era tangível.

— Ah... — Ashley exibiu seu sorriso relaxado. — Obrigado, Lars.

— Sabe... — disse Lars, engolindo em seco e com ambas as mãos nos bolsos da jaqueta. — Bem, já que vamos... eh... ficar aqui por um tempo, melhor nos apresentarmos. Então, olá, meu nome é Lars.

... E provavelmente sou aquele que está com uma criança trancada no furgão.

A mente de Darby ficou a mil, com os pensamentos fora de controle e os nervos se contorcendo e faiscando como fios elétricos desencapados.

E estamos presos aqui com você.

Nesta pequena área de descanso.

Durante a noite toda.

— Prazer em conhecê-lo — disse Ed. — O que você pensa sobre os produtos da Apple?

* * *

Depois de vinte minutos de bate-papo estratégico, Darby tinha correlacionado todos os carros estacionados com os seus respectivos motoristas.

O soterrado pertencia a Ashley, o primeiro a parar ali, tendo chegado pouco depois das três da tarde e encontrado uma área de descanso abandonada com um rádio murmurante e café velho. Ashley não tinha pressa em atravessar o desfiladeiro e não quis correr riscos. Ele era universitário como ela e estudava no Instituto de Tecnologia de Salt Lake City ou algo assim. O gelo agora quebrado, ele era um tagarela com um sorriso cheio de dentes brancos. Darby agora sabia que ele estava planejando uma viagem para Las Vegas com o tio para assistir a algum espetáculo de mágica. Sabia que ele odiava cogumelos, mas adorava coentro. Santo Deus, como ele falava: "E *Ashley* é um nome masculino muito bom".

— Tá certo — disse Ed.

Os dois mais velhos eram mais cautelosos, mas Darby soube que a picape Ford F-150 vermelha era de Sandi, e não de Ed, como ela achara originalmente. Também se surpreendeu ao descobrir que eles não eram casados, apesar de brigarem o suficiente para ser. Na realidade, eram *primos* e Sandi estava dando carona a ele até Denver para passarem o Natal em família. Ao que parecia, uma viagem de onze horas. Ed tinha passado por algum tipo de problema recentemente, já que não tinha carro ou (aparentemente) emprego fixo. Ele parecia ser algo como um macho encalhado, um homem-criança de cinquenta e tantos anos com um brinco e uma barbicha de motociclista, e Sandi parecia gostar de tratá-lo como um bebê, nem que fosse para que tivesse um pretexto para odiá-lo.

Então, Darby havia eliminado três pessoas e dois carros.

Assim, sobrava Lars.

Ele não tinha dito nada desde que revelara seu nome, então Darby não conseguia ter uma ideia exata do momento em que ele chegara ali; mas, a julgar pela camada de neve, estimava que talvez tivesse sido trinta minutos antes de Ed e Sandi. Ela observou Lars encher um copo de isopor com CHOCLATE e voltar ao seu posto de sentinela junto à porta, tomando um gole infantil. Ela não o viu se sentar nenhuma vez.

Enquanto tomava um gole de CAFE, sua droga favorita, Darby procurou planejar seus próximos passos. Contudo, havia incógnitas demais. Ela não podia envolver Ed, Ashley ou Sandi — ainda não —, porque então perderia o controle da situação. Envolver outras pessoas tinha de ser um último recurso. Não era possível recolocar o pino em uma granada. Bem ali, naquele instante, ela tinha o elemento surpresa a seu favor, e a pior coisa que poderia fazer era desperdiçá-lo.

Ainda assim, sua mente evocava os piores cenários possíveis. Darby imaginou contar para Ashley (o mais jovem e mais fisicamente capaz) sobre sua suspeita de que estavam partilhando oxigênio com um molestador de crianças e Ashley, compreensivelmente, ficando pálido. Lars notaria aquilo, sacaria uma arma de sua jaqueta azul-clara e mataria os dois. Ed e Sandi seriam testemunhas e, então, também morreriam. Quatro corpos crivados de balas em uma poça lustrosa de sangue. Tudo porque Darby tinha aberto a boca.

E o outro lado da moeda: o que aconteceria se não houvesse uma criança no furgão de Lars?

E se eu imaginei?

E se ela tivesse visto a mão de uma boneca de plástico? Uma pata de cachorro? Uma luva infantil abandonada? Não explicaria as barras ou o cadeado com segredo; mas, mesmo assim, tudo poderia ter sido sua imaginação atormentada, um artifício de luz e sombra e que durara apenas alguns segundos. Sua mente girou um pouco.

Darby tinha certeza trinta minutos antes; mas, de repente, sua convicção desapareceu. Ela conseguia imaginar uma dúzia de cenários mais prováveis do que aquele. Quais eram as probabilidades de topar com um sequestro em andamento, presa durante a noite em uma área de descanso cercada de neve? Tudo era fantástico demais para fazer parte de sua vida.

Darby tentou reconstruir mentalmente a cena. Passo a passo. A janela traseira do furgão estava coberta de gelo. O interior, escuro. E ela mesma? Estava uma pilha de nervos: apreensiva, sem dormir, com o sangue sobrecarregado de Red Bull, enxergando estrelinhas por trás das pálpebras secas. E se aquilo fosse apenas sua imaginação vívida em ação e Lars fosse só um viajante inocente como os outros? Atacá-lo poderia ser um crime.

Se eu estiver errada sobre isso...

Ela terminou de tomar o último gole de café e, por algum motivo, sua mente se lançou para sua irmã mais velha: Devon, de 23 anos, que tinha feito a primeira tatuagem na omoplata direita. Alguns caracteres chineses, de traços grossos e elegantemente desenhados. Significavam: "Força em chinês".

A lição nesse caso? Cheque tudo duas vezes.

Precisava retornar ao furgão. Precisava ver aquela criança. *Ver* realmente aquela criança.

Mas Darby não precisava se apressar para agir. Tinha muito tempo; de fato, tinha de oito a dez horas. Se realmente fosse um sequestro, Lars ativaria o aquecimento do furgão periodicamente durante a noite para impedir que a criança morresse de frio. Darby tinha bastante tempo para pensar e precisava ter certeza antes de agir.

Certo?

Certo.

Ela friccionou os pelos arrepiados nos braços e percorreu o ambiente com os olhos. Na mesa, tinham terminado de jogar Go Fish, e Ashley estava tentando convencer Ed a jogar um novo jogo de cartas chamado War. Sandi tinha tirado um livro amarelado de sua bolsa e o erguido como um muro protetor. E Lars, a estrela do pesadelo daquela noite, ainda estava vigiando a porta da frente, tomando um gole de CHOCLATE no copo de isopor. Ela estava contando: aquele era o terceiro copo. Ele precisaria ir ao banheiro em breve.

Nesse momento, ela decidiu. Nesse momento é que ela iria até o estacionamento. Da última vez, tinha chegado à cena por acaso, desprevenida e assustada. Desta, estaria pronta.

Ashley embaralhou as cartas depois de desistir de convencer Ed. Com a cabeça, ele indicou o livro de Sandi.

— O que você está lendo?

— Um suspense policial — ela grunhiu.

— Eu gosto de suspenses policiais — ele disse e hesitou. — Bem, na realidade, para ser honesto, não leio muito. Acho que simplesmente gosto da *ideia* de suspenses policiais.

Sandi forçou um sorriso cortês, virando uma página. *Então, por que você pergunta?*

Mal tinham passado duas horas da permanência de Darby na área de descanso de Wanasho e ela já estava ficando irritada com Ashley. Ele era um tagarela, tudo bem. E ainda parecia um brinquedo de corda, com seus ganchos engatados em Sandi:

— Até onde... Ah, quantos capítulos você já leu?

— Não muitos.

— A vítima já foi assassinada?

— Já.

— Gosto com muito sangue. Foi sangrento?

Ed se mexeu, desconfortável, e sua cadeira rangeu. Ele observou Sandi, que estava virando outra página e nem mesmo tinha respondido à última pergunta de Ashley quando este fez outra:

— Você já sabe quem é o assassino?

— Ainda não — ela respondeu, em tom irônico. — Esse é o objetivo.

— Sempre é o cara legal — disse Ashley. — Eu realmente não leio, mas já vi muitos filmes e isso é ainda melhor. Quem quer que inicialmente pareça o personagem mais legal sempre acaba se revelando o babaca no fim.

Sandi ignorou o comentário.

Por favor, pare de falar, Darby pensou. *Simplesmente pare.*

— Aquela picape — Ashley continuou, olhando pela janela. — É sua, certo?

— Ahã.

— Me lembra uma piada. O que significa *Ford*?

— Não sei.

— *Found on road, dead.**

Sandi grunhiu e continuou lendo.

Finalmente, Ashley se tocou.

— Desculpe. Vou deixar você ler.

Lars observava essa interação da porta. Lambeu os beiços, e Darby ficou impressionada com como seus dentes eram pequenos. Apenas duas fileirinhas de grãos atrofiados, como dentes de leite, meio formados, ainda envoltos em gengivas rosadas. Ele tomou o último gole de seu chocolate e jogou o copo de isopor vazio na lata de lixo, errando por quase um metro.

Ninguém comentou.

Nem mesmo Ashley.

Darby observou o copo branco rodar sobre o ladrilho e considerou que — supondo que suas suspeitas fossem confirmadas — talvez ela fosse capaz de arrombar o furgão de Lars e transferir em silêncio a criança para o seu Honda. Escondê-la no assento traseiro, quem sabe, sob o monte de papel de arroz utilizado por ela para seus decalques de lápides. Ou, melhor ainda, no porta-malas, se houvesse bastante oxigênio e calor. Quando os limpa-neves chegassem no dia seguinte, logo cedo, todos seguiriam seus caminhos e Lars talvez partisse sem nem sequer perceber a ausência de sua presa...

Não. Aquilo era uma ilusão. Lars apareceria para ligar o motor e notaria que seu prisioneiro tinha desaparecido.

Darby respirou fundo. Então, contou até cinco antes de soltar o ar, exatamente como sua mãe a havia ensinado certa vez.

---

* Encontrado na estrada, parado. (N. T.)

Nesse exato momento, a vantagem é minha.
Não posso desperdiçá-la.

Ela queria que pudesse ser outra pessoa naquela situação. Alguém mais esperta, mais corajosa, mais firme, mais capaz. Alguém participante do programa do Corpo de Treinamento de Oficiais da Reserva da sua faculdade, uma daquelas garotas suadas usando trajes camuflados e carregando mochilas pesadas de um lado para o outro do campus. Alguém que soubesse jiu-jitsu. Droga, *qualquer* outra pessoa.

Mas era somente ela, Darby Thorne, pesando menos de cinquenta quilos e medindo menos de um metro e sessenta. A garota esquisita, que se escondia das festas dentro de um dormitório com as paredes forradas por decalques de giz preto e roubados de lápides de desconhecidos, como algum tipo de vampiro espiritual.

Com a nevasca se intensificando lá fora, Darby ativou o iPhone e digitou rapidamente outra mensagem. Apenas um rascunho. Apenas uma cópia de segurança, no caso do impensável, mas aquilo ainda assim trouxe lágrimas aos seus olhos.

Mãe, se você encontrar esta mensagem no meu celular, algo aconteceu comigo. Estou presa durante a noite em uma área de descanso enquanto escrevo isto, e uma das pessoas aqui talvez seja perigosa. Espero estar sendo apenas paranoica, mas, se não estiver, saiba que sinto muito por tudo. Todas as coisas que eu disse e fiz para você. Sinto muito pelo nosso telefonema no Dia de Ação de Graças. Você não merece nada disso. Mãe, eu te amo muito. E sinto muito.

Com amor, Darby.

* * *

Quinze minutos depois, Lars foi ao banheiro.

Ele passou pela cadeira de Darby e ela notou algo estranho. Lars tinha tirado as luvas pretas de esqui, expondo a pele pálida no dorso da mão esquerda, que era salpicada de protuberâncias muito pequenas. Como picadas de mosquito. Ou talvez tecido cicatricial, embora ela não conseguisse imaginar que ferramenta medonha podia fazer aquilo em uma mão humana, além de um ralador de queijo...

Então, Lars desapareceu no banheiro masculino. A porta se fechou, assobiando, levando uma eternidade até finalmente fazer um clique.

Agora.

Darby se levantou da cadeira e ficou de pé sobre joelhos trêmulos. Ed e Ashley olharam para ela. Aquela era sua chance, sua janela de trinta segundos para sair do prédio e confirmar o impensável. Com o celular na mão, Darby se dirigiu até a porta da frente, prendendo a respiração, mas no meio do caminho ela surpreendeu a si mesma e fez algo completamente sem sentido.

Darby se aproximou da segunda garrafa, etiquetada como CHOCLATE, e encheu rapidamente seu copo de isopor de 250 ml. Ela nem mesmo gostava de chocolate quente.

Mas as crianças gostam. Certo?

Ela ouviu a descarga do urinol. Lars estava voltando.

Apressando-se, Darby tomou um gole da bebida quente quando abriu a porta, ciente de que Ashley continuava a observá-la.

— Ei, Darbs, aonde você está indo? — ele perguntou.

Darbs. Ela não era chamada assim desde o quinto ano.

— Tentar novamente conseguir um sinal de celular. Minha mãe está com câncer de pâncreas e está internada em um hospital em Provo — Darby respondeu. Sem dar tempo para Ashley reagir, ela saiu para a tempestade uivante, encolhendo-se perto de uma parede para se proteger do ar congelante e se lembrou de um ditado que ouviu certa vez de sua mãe: *As mentiras mais fáceis de contar são as verdadeiras.*

NOITE

20h14

Primeiro, Darby se dirigiu até as Crianças de Pesadelo.

Aquilo fazia parte de seu plano. Seria suspeito ir direto para os carros e ela tinha de supor que Lars olharia pela janela depois que saísse do banheiro e não a encontrasse no prédio. Além disso, ela estava deixando pegadas na neve. Reconheceu as suas de mais de uma hora atrás e as de Ashley e possivelmente as de Lars (seus sapatos de tamanho 36 eram muito menores do que os dele). Todas se enchendo de flocos de neve.

Naquela noite, todas as decisões deixariam pegadas.

Quanto às decisões, o chocolate quente fora uma decisão idiota. Quase tão idiota quanto a tatuagem de "Força em chinês" de Devon. Darby não sabia por que dedicara um tempo para se servir de uma bebida enquanto um possível predador infantil urinava. Ela tinha acabado de fazer aquilo. Tinha queimado a língua ao tomar um gole em seu caminho para o lado de fora, como uma verdadeira fodona.

Darby circundou as estátuas despedaçadas e depois voltou na direção do centro de informações turísticas. O prédio ficava equilibrado por um fio à beira do penhasco, apenas um precipício estreito atrás de um muro de arrimo de cimento, estreitado ainda mais por mesas de piquenique empilhadas. Na parede dos fundos da construção, Darby viu duas outras janelas. Uma para cada banheiro. Eram pequenas e triangulares, a cerca de dois metros e meio do chão, aninhadas sob a saliência do telhado coberta com pingentes de gelo. Ela tinha certeza de que Lars já havia saído do banheiro, pois ouvira a descarga alguns minutos antes, mas se movimentou em silêncio, por via das dúvidas.

Ela caminhou morro acima, ainda desempenhando o papel de garota sem sinal de celular. Naturalmente, seu iPhone não detectou nada. Ela tentava reenviar a mensagem de texto para a polícia a cada poucos passos, mas não conseguia. Naquele momento, sua bateria estava com 17% de carga.

Ali do alto, Darby podia observar toda a área de descanso, exposta como um diorama. Wanasho: *Pequeno Diabo*, na língua local. O prédio pequeno e sólido. O mastro. O tronco de cedro. As Crianças de Pesadelo. O amontoado de carros cobertos de neve. Em particular, ela atentou para a porta da frente do centro de informações turísticas, esperando que Lars saísse sob o brilho alaranjado da lâmpada de vapor de sódio. Esperando para ver se ele seguiria o rastro dela.

A porta não se abriu.

Nenhum sinal do Cara de Roedor.

O Pico Melanie se elevava à esquerda, como uma sombra inclinada. A nevasca crescente tinha obscurecido a maior parte dele, mas ainda era a montanha mais alta à vista. Seria um marco útil para localização.

Daquela posição privilegiada, ela também podia ver a Rodovia Estadual 6, banhada por círculos de luz no alto. Parecia uma rampa de esqui gigante, cintilando por causa da neve em pó. Completamente intransitável para todos ali, exceto (talvez) para a picape de Sandi. Blue não conseguiria subir um metro e meio daquilo. Nem *descer*.

Darby esperou ali com flocos de neve no cabelo, ouvindo as distantes rajadas do vento de alta altitude. Entre ela e ele, um silêncio desolador. E no seu interior, os pensamentos atormentados corriam soltos, dando voltas sem fim.

O papai nos deixou por sua causa. E se eu pudesse ter escolhido entre ele e você, teria escolhido ele. Num piscar de olhos.

Num maldito piscar de olhos, Maya.

Antes de desligar o telefone, sua mãe tinha dito: *Se ele quisesse mesmo você, Darby, ele a teria levado.*

Darby tomou outro gole de chocolate. Morno.

Agora que Darby tinha a certeza de que Lars não a estava seguindo, finalmente poderia se aproximar do furgão. Vinda do norte, ela passou pela rampa de saída, com o olhar fixo na fachada de Wanasho. Pela janela, a partir do interior do prédio, era possível ver a lateral direita do furgão, mas não a esquerda. Ela tinha de supor que Lars ficaria de olho. Deslocar-se na neve espessa era exaustivo: ela escalava e ofegava, derramando sua bebida. O ar era abrasivo na garganta. O nariz ardia. Darby sentiu a umidade congelar nos cílios, deixando-os quebradiços.

De modo estranho, porém, seu corpo não estava frio. Por conta da adrenalina, o sangue estava quente. Darby sentia-se radioativa. Nem mesmo estava usando luvas e sentiu que poderia passar toda a noite ali fora.

Ao atravessar a parte do estacionamento destinada a trailers e semirreboques, Darby ficou tão próxima do prédio que conseguia enxergar as pessoas sentadas através do vidro manchado. Ela viu o ombro de Ashley e a parte superior da cabeça parcialmente careca de Ed. Contudo, nenhum sinal de Lars, o que a deixou preocupada. E se apesar de tudo ele a tivesse seguido? E se Lars tivesse saído do prédio exatamente quando ela estava na parte de *trás* e, naquele momento, estivesse no encalço de suas pegadas, seguindo-a na escuridão?

Darby não conseguia decidir o que era mais assustador: ver o Cara de Roedor ou não ver. Em pouco tempo, o chocolate quente congelaria no copo.

Ela continuou se movendo na direção daquele furgão misterioso, e a estúpida raposa de desenho animado se aproximava a cada passo cambaleante. O slogan: TERMINAMOS O QUE COMEÇAMOS. A neve em pó sobre o estacionamento era mais rasa; apenas na altura do tornozelo sob uma camada de gelo. Tinha sido arada nas últimas vinte e quatro horas, o que era tranquilizador. Aproximando-se pela esquerda, Darby usou a longa lateral do furgão como cobertura.

Ela se aproximou da porta traseira. Era um Chevrolet Astro. Darby supôs que AWD significava *All-Wheel Drive*, ou seja, tração integral. Era um modelo mais antigo, a julgar pelo desgaste. Tinha arranhões sujos no para-choque. A pintura cinza-carvão estava descascando em bolhas quebradiças. À direita, ela reconheceu o contorno de suas próprias pegadas de mais cedo, passando entre o furgão e o seu Honda, e parando bem ali. Foi onde aconteceu. Foi onde sua noite sofreu uma grande reviravolta.

E sua hora da verdade havia chegado.

Ela pôs o copo de isopor sobre a neve e se inclinou sobre as janelas traseiras retangulares do Astro, meio obscurecidas por lascas de gelo. Darby colocou as mãos no vidro novamente e espreitou o interior. Estava ainda mais escuro do que sua lembrança. Nenhuma forma. Nenhum movimento. Apenas escuridão sombria, como se ela estivesse examinando o armário de um estranho.

Darby deu uma batida no vidro com duas pontas dos dedos.

— Ei.

Nenhuma resposta.

— Ei, tem alguém aí? — ela perguntou.

Era estranho ficar falando com um furgão.

Nada.

Apenas Darby Thorne, parada ali como uma ladra de carros, sentindo-se cada vez mais inconveniente a cada segundo que passava. Ela considerou usar a lanterna de seu iPhone, mas isso consumiria bateria e, pior, seria tão brilhante quanto uma supernova. Se por acaso Lars estivesse diante da janela, certamente ele veria.

Darby bateu na porta de metal duas vezes com o nó do dedo, pouco acima da placa da Califórnia, e esperou por uma resposta. Nenhuma atividade no interior. Absolutamente nada.

Foi minha imaginação.

Darby recuou da porta, inspirando o ar gelado.

— Escute — ela sussurrou com a voz rouca. — Se tiver alguém preso aí dentro, faça um barulho agora. Ou eu vou embora. É sua última chance.

Ainda nenhuma resposta. Darby contaria até vinte.

Imaginei aquela mãozinha. Foi o que aconteceu.

Naquele momento, podendo se dar ao luxo da retrospectiva, Darby soube exatamente por que dedicara um tempo para encher um copo de chocolate quente. Era sua forma de negação. Tinha feito algo parecido após Devon enviar uma mensagem na noite anterior com uma informação que implodiu seu mundo: ME LIGUE. MAMÃE TEM CÂNCER.

A primeira coisa que tinha feito?

Havia deixado o celular de lado, vestido uma jaqueta, saído do Dryden Hall, ido até o prédio do grêmio estudantil e pedido um cheeseburger. Ela o havia observado chegar, gorduroso e achatado, pago $ 5,63 com uma nota de dez amassada, encontrado um assento no refeitório vazio, dado duas mordidas hesitantes, escapulido para o banheiro e vomitado. Então havia ligado para Devon bem ali, na cabine do banheiro, com os cotovelos apoiados sobre o vaso sanitário e as lágrimas rolando pelo rosto.

Há um refúgio na normalidade — se formos capazes de nos agarrar a ela.

Junto ao furgão de Lars, Darby continuava contando.

Naquela altura, já havia contado até cinquenta e ainda não tinha visto nenhum sinal da criança imaginária. Fazia sentido, certo? Da mesma forma como pessoas completamente racionais juravam ver luzes vermelhas no céu, fantasmas em espelhos ou o Pé-grande nos parques nacionais, Darby Thorne tinha imaginado uma mão de criança no interior do carro de um estranho e quase começado a agir de modo sério e incontrolável com base naquela miragem meio vislumbrada. Era muita cafeína e poucas horas de sono.

Não era um filme. Era apenas a vida real.

E tudo aquilo era apenas um mal-entendido, um alarme falso, e Darby de repente mal podia esperar para voltar para aquele pequeno e enfadonho centro de informações turísticas. A companhia das pessoas já não parecia tão ruim. Ela tentaria jogar cartas com Ashley, talvez bater papo com Ed e Sandi. Quem sabe cochilar sobre o banco até o CDOT atualizar a frequência de emergência com novos detalhes do tempo.

Porque, afinal de contas, Lars não era um sequestrador. Sem dúvida, ele era esquisito, com gagueira e mãos com a pele irregular, mas o mundo estava cheio de pessoas esquisitas. A maioria era inofensiva. Como o proprietário daquele Astro provavelmente também era, Darby recobrou alguma coragem, encostou o celular na janela traseira do furgão e ligou a lanterna, ativando um banho de luz branca azulada ofuscante. Apenas para colocar a última de suas suspeitas em repouso, para finalmente confirmar que não havia nada...

Atrás do vidro, Darby viu o rosto de uma menina olhando para ela.

Darby deixou o celular cair.

O feixe de luz da lanterna pousou ao lado de seus pés, voltado para a área de descanso de Wanasho como um farol, projetando sombras irregulares na neve. Darby mergulhou na direção do feixe, cobrindo-o com as mãos em concha e procurando pelo botão.

Novamente, o silêncio tomou conta do furgão. A menina havia recuado para a escuridão.

E mais uma vez, Darby só a vislumbrou. Contudo, no clarão implacável, a pós-imagem ficou chamuscada nas retinas, como se ela tivesse olhado para o sol. Os detalhes perduraram. A forma oval do rosto da menina. Talvez oito ou dez anos de idade, com cabelos escuros e emaranhados. Olhos arregalados, esquivando-se devido ao clarão. Uma fita adesiva escura fixada cruelmente sobre sua boca, reluzente por causa do muco escorrido. Ela estava atrás de algo metálico e gradeado, como uma gaiola de arame preto, do jeito que Darby inicialmente suspeitara. Um canil portátil para transporte de cachorro.

Ah, meu Deus. Ela está com a boca tapada por fita adesiva e está enfiada dentro de um canil portátil.

Pela primeira vez desde que saíra do prédio, ela tremeu. Todo o calor pareceu deixar seu corpo em um único instante. Tudo se confirmou. Era tudo verdade. Tudo exatamente como ela havia suspeitado. Tudo estava realmente acontecendo, em cores vivas, e a vida de uma menina estava de fato em risco, e a disputa pelo título naquela noite seria entre uma estudante de arte sem dormir e um predador humano.

Darby voltou a ficar em pé.

Estupidamente, ela tentou mais uma vez abrir a porta traseira do Astro. Ainda estava trancada. Darby já sabia. Então, dirigiu-se para a porta do motorista. Ela não estava pensando; estava agindo pelo instinto. Apenas por reflexo, com os nervos à flor da pele. Ela ia arrombar o furgão do Cara de Roedor. Ia tirar aquela garotinha dali *de qualquer jeito* e escondê-la em seu Honda. No porta-malas, talvez. Ela estaria segura ali dentro, não estaria?

Quebrar o vidro faria muito barulho e deixaria provas. Em vez disso, Darby espreitou pela janela do motorista. O interior do Astro estava entulhado de recibos no painel e embalagens amarelas de hambúrguer nos assentos. Os porta-copos estavam cheios de copos de plástico vazios. Ela varreu a neve em pó e procurou o pino de trava da porta atrás do vidro gelado; sim, ali estava. Graças a Deus pelos carros antigos...

Darby, pense muito bem no que está fazendo.

Ela se agachou e tirou o cadarço branco do tênis direito. Com os dentes cerrados, amarrou um nó corrediço no meio. Apertou-o, como um laço em miniatura. Só tinha feito aquilo uma vez antes.

Darby, pare.

Sem chance. Ela tirou mais neve da parte superior da porta, desprendendo lascas de gelo, e pressionou o cadarço no canto superior. Com as pontas dos dedos, segurou o metal e puxou, apenas o suficiente para aliviar a pressão entre a porta e sua moldura. Apenas um ou dois milímetros. Após trinta segundos de inquietação, o cadarço deslizou e ficou pendurado atrás do vidro.

Pare.

Impossível. Darby moveu o cadarço com cuidado, abaixando o laço na direção do pino de trava da porta. E algo milagroso aconteceu: o laço caiu exatamente no pino e o circundou na primeira tentativa. Aquela era a parte mais difícil, a parte que tinha levado 45 minutos frustrantes da última vez, mas, surpreendentemente, Darby conseguiu atingir seu alvo ali na primeira tentativa. Era um presságio promissor, como se Deus estivesse do seu lado. Com certeza, ela esperava que Ele estivesse. Naquela noite, precisaria de toda ajuda possível e imaginável.

Seu bom senso ainda estava protestando: *Darby, não seja impulsiva. Depois que você arrombar a porta, o que vai ser? Você não pode levar a menina para o prédio. Você não pode escondê-la no porta-malas do Blue durante a noite toda. Primeiro, dê um passo atrás...*

Não. Ela só conseguia pensar naquela menina. Naquele rostinho apavorado, ainda gravado em sua mente.

Pense muito bem...

Darby se reposicionou à esquerda, movendo-se ao longo da lateral da porta, e puxou o cadarço na horizontal. O nó corrediço ficou apertado ao redor do pino, como um laço apertando um pescoço. Em seguida, ela reposicionou o cadarço verticalmente, ajustou sua pegada e puxou com um pouco mais de força (muita força, e ela perderia o domínio do pino e teria de começar de novo), e um pouco mais de força, e ainda com mais força, e o cadarço tremulou com a tensão e o pino rangeu e ela já estava comprometida e não conseguia parar...

Darby, você vai morrer esta noite.

Clique.

A porta destravou.

Com a pulsação acelerada, Darby agarrou a maçaneta da porta e a puxou. A porta se abriu. Para espanto dela, a luz no teto do Astro se acendeu, projetando uma claridade ofuscante.

* * *

Larson Garver viu uma luz no lado de fora.

Ele percebeu quando estava junto à prateleira de prospectos, examinando o folheto da Colorado Air e tentando saber se o helicóptero Robinson da companhia era um R66 ou um R44. Brilhando na beira de sua visão periférica. Um pequeno clarão vindo dos carros estacionados, refletido para trás na janela. Vindo de *seu furgão*.

Sentiu uma onda de pânico se apossar dele.

As demais pessoas do recinto continuavam alheias. O jogo de cartas de Ashley e Ed continuava, suas vozes se alternando baixinho:

— Nove de ouros?

— Droga. Você me pegou.

Lars prendeu a respiração. Seu ângulo em relação à luz desconhecida não era muito bom. Podia ser apenas um reflexo no vidro.

Então, ele colocou o folheto da Colorado Air no bolso — onde se juntaria aos da Springs Scenic (um Cessna 172) e da Rocky Vistas (um DHC-3 Otter) — e se apressou até a janela forrada de lambris, esticando o pescoço para ter uma visão melhor...

* * *

Darby encontrou o interruptor da luz no teto e o desligou.

Escuridão novamente.

Droga. Ela arfou, com o coração aos pulos e os tímpanos zumbindo. Aquilo tinha sido estúpido, imprudente, perigoso. Ela agiu impulsivamente e permitiu ser emboscada por uma lâmpada acionada pela porta da picape.

Ainda assim, ninguém viu. *Logo, mal não fez, certo?*

... Certo?

O furgão tinha cheiro de suor envelhecido. Para Darby, lembrou o cheiro de um vestiário de academia. Sentiu a capa do assento de couro melada sob seus dedos. Havia um aeromodelo sobre o painel. O assoalho era um mar de sacos amarelos amassados de fast-food, viscosos e transparentes por causa da gordura endurecida. Ela alcançou o console central e o abriu: mais lixo acumulado. Esperou encontrar um revólver ou algo assim. Quis examinar o porta-luvas, mas sabia que haveria outra lâmpada em seu interior, pronta para ser ativada como um detonador. Ela não podia se arriscar novamente.

No painel da porta do furgão, ela encontrou as fechaduras internas.

Clique-clique.

A porta traseira do Astro se destravou. A cabine ficava separada do compartimento de carga por uma tela metálica, como em um confessionário católico. Era muito escuro para enxergar a menina dali. Assim, cuidadosamente, ela desembarcou, recuperou o cadarço, abaixou o pino de trava e fechou suavemente a porta do motorista com as palmas das mãos. Darby conseguia enxergar a janela do prédio acima do capô do furgão. Temia ver a silhueta de Lars atrás do vidro – investigando a luz no teto –, mas a janela ainda estava vazia. Via apenas a parte superior da cabeça de Ed e parte do ombro de Ashley, enquanto o Go Fish continuava.

Até aquele momento tudo bem.

Darby moveu-se furtivamente ao longo da lateral esquerda do furgão, refazendo seus passos para além daquele decalque com a estúpida raposa de desenho animado e escalando a neve amontoada. Guardou o cadarço no bolso da calça jeans. Não tinha tempo de recolocá-lo no tênis. Alcançou a traseira do Astro, agarrou a maçaneta da porta esquerda e a abriu.

A menina estava dentro de um canil. Um daqueles com grades de arame preto que podiam ser desmontados para armazenamento. Era dimensionado para um cão da raça collie e tinha o reforço de um cadeado e de dezenas de abraçadeiras de náilon atadas. A menina estava de joelhos porque não havia espaço suficiente para ela ficar de pé. Seus dedinhos agarravam as barras de arame. A fita adesiva estava fixada sobre sua boca em torções desajeitadas.

Darby sentiu o cheiro de acidez úmida. Urina.

Por um longo momento, ela não foi capaz de falar. O que era possível dizer? Não havia palavras para aquela situação. Como se deglutisse um bocado de pasta de amendoim, ela finalmente conseguiu mover os lábios e dizer:

– Oi.

A menina olhou para ela com os olhos arregalados.

– Você está bem?

A menina balançou a cabeça.

Ah, não brinca.

– Eu... – Darby começou a falar e tiritou sob uma rajada de vento gelado, dando-se conta de que não tinha planejado o que faria muito à frente. – Tudo bem, eu vou tirar a fita adesiva do seu rosto. Então, você vai poder conversar comigo. Tudo bem?

A menina assentiu.

— Pode doer.

A menina assentiu de modo mais enfático.

Darby sabia que *iria* doer. A fita adesiva estava colada até nos cabelos. Lars a passou de qualquer jeito em torno da cabeça dela e era do tipo fita isolante preta. Darby estendeu a mão através das aberturas do canil portátil e encontrou as extremidades da fita adesiva com as unhas. Com muito cuidado, tirou a primeira volta e depois a segunda. Enquanto a menina cuidava do resto, Darby perguntou:

— Qual é o seu nome?

— Jay.

— Você conhece o homem que dirige esse furgão?

— Não.

— Ele pegou você?

— Pegou.

— Da sua casa? — Darby perguntou, mas reformulou a pergunta: — Espere, tá, Jay, onde você mora?

— Fairbridge Way, 1145.

— Onde fica isso?

— Perto de um supermercado Costco.

— Não. Qual é o nome da *cidade* onde você mora?

— San Diego.

Aquela resposta fez Darby estremecer. Ela nunca tinha dirigido para a Costa Oeste antes. Lars devia estar trafegando nas estradas por dias, com a menina presa dentro daquele canil. Isso explicava o lixo resultante das embalagens vazias de *fast-food*. Ela notou mais coisas no interior do furgão quando suas pupilas se adaptaram à escuridão: cobertores e tapetes empilhados para ocultar o canil, prateleiras de madeira compensada vazias nas paredes, garrafas de vidro de Coca-Cola jogadas no assoalho metálico, serragem solta, pregos, um grande galão de gasolina vermelho com bico preto, roupas infantis empacotadas em sacolas brancas da Kmart, embora Darby duvidasse que Lars tivesse trocado Jay alguma vez desde que a raptara em sua cidade natal. Durante todo o caminho desde o *sul da Califórnia*.

— Bem perto do Costco — Jay esclareceu.

Darby notou um logotipo circular na camiseta da garota e o reconheceu: uma bola dos jogos Pokémon. Uma Pokébola, ela lembrou, do aplicativo que tomara conta da universidade por curto tempo.

— Qual é o seu sobrenome?

— Nissen.

— Jay é uma abreviação? — Darby perguntou, balançando o cadeado circular que trancava a porta do canil.

— De *jaybird*?*

— Não. De um nome. Como, por exemplo, Jessie de Jessica?

— É só Jay — a menina respondeu.

Jay Nissen. Nove anos. Desaparecimento relatado em San Diego.

A percepção arrepiou Darby: aquilo estaria no noticiário. Ela tinha acabado de arrombar o carro de um homem (já tecnicamente um crime) e, naquele momento, estavam sendo tomadas decisões que posteriormente seriam relatadas em uma sala de tribunal. Os advogados procurariam falhas nos detalhes minuto a minuto. Se ela sobrevivesse, teria de responder por cada escolha, boa e má. E até aquele momento, tudo o que ela realmente havia conseguido era perguntar para a garota sequestrada, com a boca tapada com fita adesiva, se ela estava bem.

Darby sempre tinha sido péssima em falar com crianças. Mesmo na época em que trabalhava como babá, carecia de instinto maternal. As crianças eram apenas pequenas criaturas complicadas que a estressavam. Darby costumava se perguntar como sua mãe tinha conseguido lidar com ela, ainda mais que não havia sido planejada.

Sua irmã Devon sim fora planejada. É claro. A primogênita querida. Mas então, três anos depois, veio o bebê Darby na sequência de um rompimento conjugal devastador. A papelada do divórcio, o aluguel atrasado e um bocado de enjoo matinal. *Achei que você fosse uma intoxicação alimentar*, sua mãe lhe disse certa vez com um sorriso forçado. Darby nunca soube como se sentir a esse respeito.

Achei que você fosse uma intoxicação alimentar.

Tentei matar você com analgésicos e remédios para vômito e diarreia.

---

* Gaio, em português. Um pássaro da América do Norte. (N. T.)

Naquele momento, a menina raptada ergueu a outra mão e segurou as barras de arame do canil. Então, Darby notou que estava enfaixada com diversas voltas de fita isolante. Estava muito escuro para perceber os detalhes.

Darby tentou tocar na mão de Jay, e ela se esquivou bruscamente.

— Ele... machucou você?

— Sim.

Darby sentiu o estômago embrulhar de raiva. Ela não conseguia acreditar naquilo – o quanto aquela noite parecia pior a cada segundo –, mas ela firmou a voz e perguntou entre os dentes:

— O que ele fez na sua mão, Jay?

— Algo chamado cartão amarelo.

— *Cartão amarelo?*

A menina assentiu.

Darby ficou confusa. Como no futebol?

Jay abaixou a mão machucada e se recostou, fazendo o canil ranger. Darby sentiu algo áspero cobrindo as barras de arame. Quebrava em lascas sob suas unhas, cheirando a cobre. Lascas de sangue seco.

Um cartão amarelo.

Esse é o tipo de psicopata que estou enfrentando...

A quinze metros de distância, a porta do prédio se abriu e depois se fechou fazendo barulho.

Jay ficou paralisada.

Passos se aproximavam. E rapidamente. O gelo era triturado sob as solas das botas. Darby hesitou onde estava, apoiando-se atrás do Chevrolet Astro. Com medo de se mexer, com medo de ficar parada. Paralisada pelo pavor crescente, ela olhou nos olhos arregalados de Jay à medida que o som dos passos se aproximava cada vez mais na escuridão.

E ouviu outro som, aproximando-se rapidamente.

O som de respiração pela boca.

20h39

Fugir ou se esconder?

Com a aproximação de Lars, Darby escolheu *se esconder*. De joelhos, ela se moveu rápido até os fundos do veículo e começou a fechar a porta traseira, mas uma toalha impediu.

Os passos dele estavam cada vez mais próximos.

— *Droga...*

Então, Darby puxou a toalha para dentro, permitindo o fechamento da porta. Naquele instante, no interior do furgão do predador, ela se encaixou entre a porta traseira e o canil portátil de Jay. Em seguida, afundou-se o máximo possível no assoalho, contorcendo-se para se ajeitar no espaço apertado, e se cobriu com cobertores e tapetes velhos. Garrafas de Coca-Cola fizeram barulho debaixo dela. Sentiu o cheiro bolorento dos cobertores de cachorro. Sua testa pressionava a porta metálica fria e seu cotovelo direito estava esmagado e entortado em suas costas. Esforçou-se para controlar a respiração, para manter em silêncio seus sorvos de ar apavorados: *Inspire. Conte até cinco. Expire.*

Inspire. Conte até cinco. Expire.

Inspire. Conte até...

Darby ouviu os passos do Cara de Roedor do lado direito do furgão, passando pelo decalque com a raposa que empunhava uma pistola de pregos, passando pelo slogan TERMINAMOS O QUE COMEÇAMOS, passando entre seu furgão e o Honda dela. Ela sentiu uma mistura nauseante de medo e justificação: se ela tivesse escolhido *fugir* em vez de *se esconder*, com certeza ele a teria visto. Lars continuava se aproximando, ofegando baixinho entre seus dentes diminutos. Então, ela viu a silhueta dele passando pela janela traseira, que estava acima de sua cabeça. Ele parou ali e olhou para dentro, a trinta centí-metros de distância dela. A respiração dele embaçou o vidro.

Darby prendeu a sua.

Se ele abrir essa porta, estou morta...

Mas Lars não fez isso. Continuou andando, completando uma volta de 360 graus ao redor do furgão. Então, aproximou-se da porta do motorista e a destravou. Darby ouviu a porta se abrir rangendo em dobradiças malconservadas. Quando Lars embarcou, o veículo afundou sobre a suspensão. As chaves tiniram no cordão que ele carregava.

Com um olho descoberto, tomando cuidado para não mover as garrafas de vidro debaixo dela, Darby olhou para Jay dentro de seu canil portátil e levou um dedo indicador trêmulo aos lábios, pedindo silêncio.

Jay assentiu.

No assento do motorista, Lars fungou, inclinou-se para a frente e enfiou uma chave na ignição, mas não deu a partida. Darby ouviu o Cara de Roedor tomar fôlego. Em seguida, silêncio. Silêncio total.

Algo está errado.

Darby esperou, com os tímpanos zumbindo devido à pressão crescente. Sentiu um nó no estômago e prendeu a respiração. Lars era uma forma escura ao volante, separado por uma divisória e desenhado em silhueta diante da neve opaca sobre o para-brisa. Com seu olho descoberto, Darby viu que a cabeça dele estava virada para o lado. Lars estava olhando para cima e para a direita. Para a luz no teto do Astro.

A luz no teto que ela tinha apagado.

Ah, não.

Darby imaginou os pensamentos que passavam pela cabeça dele. Lars estava se perguntando por que a lâmpada não tinha acendido automaticamente quando abriu a porta, como de costume. O que aquilo sugeria? Que outra pessoa tinha entrado em seu furgão. Que, em um exame mais atento das pegadas e da neve deslocada do lado de fora, alguém ainda estava dentro do furgão, escondido nos fundos sob um tapete bolorento, suando e tremendo de medo...

Lars girou a chave e ligou o motor.

Darby suspirou de alívio. Em seu assento, Lars se curvou para a frente e mudou o ângulo das saídas de ar. Girou o botão do controle de aquecimento até o máximo. Colocou seu gorro do Deadpool sobre o painel ao lado do aeromodelo, afastando uma embalagem de *fast-food*.

Darby ouviu um momento ao lado dela. Era Jay, ajeitando novamente a fita isolante ao redor da boca. *Menina esperta*, ela pensou.

Os vinte minutos seguintes pareceram horas, enquanto o furgão se enchia lentamente de calor e umidade. Lars pôs o motor em ponto morto e examinou as estações de rádio. Encontrou apenas diferentes sons de estática, e a voz robótica e repetitiva da transmissão do CDOT.

Lars pegou uma barra de chocolate recheada e começou a mastigá-la ruidosamente. Enfiou o dedo no nariz e examinou suas descobertas na claridade do painel. Peidou duas vezes, dando risadinhas no segundo. Então, de repente, virou-se e deu uma risada para a parte traseira do furgão, expondo os dentes diminutos e pontudos. Darby sentiu um aperto no peito e o coração pesado.

— Estou aquecendo para você — disse o Cara de Roedor, olhando para o canil de Jay na escuridão.

No entanto, ele não tinha ideia de que também estava olhando diretamente para Darby. Apenas uma camada de tecido a ocultava e um olho seu estava exposto. Tudo o que seria necessário era um pouco mais de luz.

Ele está olhando diretamente para mim.

O sorriso do Cara de Roedor desapareceu, mas ele continuou olhando.

Meu Deus, ele pode me ver, Darby pensou, sentindo câimbras nos flancos e um formigamento na pele. *Os olhos dele estão se adaptando à escuridão e agora ele sabe que estou aqui. Meu Deus, ele vai me matar...*

Lars peidou uma terceira vez.

Ou isso, acho.

Esse foi longo e retumbante e fez Lars cair na gargalhada. Enquanto *berrava* a risada, ele socava o assento do passageiro. Ficou imensamente satisfeito consigo mesmo, mal conseguindo pronunciar as palavras para sua prisioneira:

— Você... Não precisa agradecer. De nada pelo estrondo. Bem quentinho, hein, Jaybird?

Darby ouviu a fita isolante de Jay se enrugar quando a cabeça da menina se inclinou um pouco. Ela imaginou Jay revirando os olhos, querendo dizer: *Está vendo o que eu tenho passado?*

Então, as gargalhadas de Lars se transformaram em tosses. Eram catarrentas, espumosas, como se ele estivesse com sinusite. Aquilo explicava a respiração pela boca.

Darby estava com os pés prensados contra o galão de gasolina de vinte litros que tinha visto antes, e, ao lado dele, notou um recipiente branco. Tinha um logotipo da Clorox pouco visível na luz do painel. Água sanitária, provavelmente.

Vinte litros de gasolina.

E água sanitária.

Materiais para limpar uma cena de crime, talvez?

Após o rádio tocar mais algumas músicas natalinas, Lars desligou o motor e guardou as chaves no bolso da jaqueta. Àquela altura, o furgão parecia uma sauna, com a temperatura próxima dos trinta graus. As janelas estavam embaçadas por causa da condensação. Gotas orvalhadas brilhavam no vidro. Presa sob aquele cobertor sufocante, Darby sentia a pele pegajosa pela transpiração e pela neve derretida. As mangas de seu casaco estavam grudadas nos pulsos e, por baixo, seu agasalho de moletom com capuz estava encharcado de suor.

Lars desembarcou rapidamente, recolocou o gorro do Deadpool na cabeça e voltou a olhar para a luz no teto. Ele ainda estava um pouco perplexo por aquele detalhe. Mas então, virou-se, peidou uma última e impetuosa vez na direção da cabine do furgão, abanou o cheiro com a porta, fechou-a e deixou Jay (e Darby) junto com o resto do cheiro ali dentro. Em seguida, afastou-se.

Darby ouviu os passos de Lars se distanciarem. Então, ao longe, ouviu a porta do centro de informações turísticas se abrir e fechar com um estalido fraco.

Silêncio.

Jay tirou a fita isolante da boca.

— Ele peida um monte.

— Percebi.

— Acho que são os hambúrgueres.

Darby livrou-se do cobertor e afastou o emaranhado de cabelos úmidos do rosto e os enxugou. Abriu a porta traseira do Astro com um chute e desembarcou. Parecia que estava escapando de um forno. Seus tênis estavam ensopados, com suas meias bastante moles e molhadas dentro deles, e o tênis direito ainda sem o cadarço.

— Ele coloca molho *ranch* em tudo — Jay prosseguiu. — Ele pede ao atendente do *drive-thru* um pote para mergulhar as batatas fritas, mas é mentira. Ele simplesmente despeja o molho no...

— Certo — Darby interveio. Ela não estava ouvindo. O frio abaixo de zero era revigorante, como se livrar de vinte quilos de agasalhos. Darby se sentia ágil e viva novamente. Sabia o que tinha de fazer. Só não sabia como iria fazer. Retrocedeu, levantou o iPhone e tirou duas fotos.

Jay não piscou, com os dedos ensanguentados segurando as barras do canil.

— Tome cuidado.

— Sim.

— Prometa...

— Prometo.

A menina estendeu a mão ilesa para Darby. A princípio, Darby achou que era um aperto de mão, uma jura de dedinho ou alguma outra prática meio esquecida de sua infância, mas, então, Jay deixou cair algo na palma de sua mão. Algo pequeno, metálico, tão gelado quanto um cubo de gelo.

Era uma bala.

— Eu a encontrei no chão — Jay sussurrou.

Era mais leve do que Darby tinha imaginado. Parecia um pequeno torpedo rombudo. Ela rolou a bala da esquerda para a direita sobre a palma da mão trêmula. Darby quase deixou a bala cair. Na realidade, não era uma surpresa, mas apenas uma confirmação sinistra do pior cenário possível.

Claro que Lars tem uma arma. Claro.

Darby deveria ter adivinhado. Estava nos Estados Unidos, onde policiais e ladrões portam armas. Onde, como diz a Associação Nacional do Rifle, a única coisa que faz parar um mau sujeito com uma arma é um *bom sujeito com uma arma*. Melodramático, mas verdadeiro. Ela nunca tinha empunhado uma arma de fogo antes, quanto mais atirado; mas, naquele exato momento, venderia sua alma para ter uma.

Darby notou que Jay ainda estava olhando para ela.

Em geral, ela não gostava de conversar com crianças. Sempre que ficava com os irmãos mais novos dos primos ou das amigas, tratava-os como adultos menores e mais estúpidos. Porém, naquele momento, veio fácil. Ela não precisou medir palavras. Quis dizer cada pedaço do que disse, e reformular só diluiria seu poder absoluto:

— Jay, prometo que vou tirar você daqui. Eu vou salvar você.

22h18

Darby tinha ficado sem ver o pai durante onze anos; mas, como presente de formatura do ensino médio, dois anos antes, ele lhe enviara pelo correio uma espécie de ferramenta multifuncional. A parte engraçada? O cartão que acompanhava o presente a felicitava por se formar na *faculdade*.

Oops, hein!

Mas como presente, não era ruim. Era uma daquelas versões de canivete suíço que se desdobravam em um leque: saca-rolhas, serra para corte de metal, lixa de unha. E, é claro, uma lâmina serrilhada de cinco centímetros. Ela só o havia usado uma vez, para ajudar a abrir a embalagem do novo fone de ouvido de sua colega de quarto. Depois, havia se esquecido do canivete pelo resto do curso na faculdade. Ele ficava guardado no porta-luvas de Blue.

Naquele momento, estava no bolso de trás do jeans. Como uma faca usada na prisão.

Darby estava sentada junto ao balcão de pedra do café, com as costas em oposição à persiana de segurança e os joelhos dobrados até o peito. Dali ela podia observar todo o espaço do centro de informações: Ed e Ashley terminando seu milionésimo jogo de Go Fish, Sandi lendo seu livro e Lars vigiando a porta em seu lugar habitual.

No banco de trás do Honda, sob as folhas de papel de arroz para decalques de lápides, ela também havia pegado uma caneta azul e um caderno pautado. Estavam em seu colo.

A página um continha rabiscos: formas abstratas e sombras hachuradas.

Na página dois, mais rabiscos.

Página três? Cuidadosamente protegida da vista dos outros, Darby havia desenhado possivelmente sua melhor versão do rosto humano. Era quase perfeita. Ela havia estudado Lars, cada centímetro curvado dele: os pelos claros da barba, a sobressaliência dental, o queixo mole, a testa oblíqua e a forma em V pronunciada da calva. Tinha inclusive captado o vidrado mortiço dos olhos. A polícia acharia aquilo útil. Talvez até tornasse disponível para a mídia para ajudar na caçada vindoura. Darby também tinha a marca, o modelo e a placa do furgão. Mais uma foto tremida da menina desaparecida de San Diego. Ficaria ótima na CNN, ampliada nas telas de LCD de 40 polegadas de todo o país.

Mas era suficiente?

Naquele momento, dirigir era impossível; porém, na manhã seguinte, quando os limpa-neves chegassem e abrissem o desfiladeiro de Backbone para o tráfego, Lars partiria levando Jay. Mesmo se Darby conseguisse ligar para a polícia logo em seguida, as autoridades policiais ainda estariam agindo na última localização conhecida. Talvez Lars fosse capturado, *talvez não*. Ele teria tempo suficiente para escapar, para desaparecer no mundo. Isso representaria uma sentença de morte para a menina de nove anos Jay Nissen. Jaybird Nissen. Qualquer que fosse seu nome.

De acordo com o mapa regional pendurado na parede, a Rodovia Estadual 6 cruzava duas outras rodovias perto do desfiladeiro. Além disso, uma rodovia interestadual importante corria como uma veia para o norte. Quer Lars dirigisse para o leste ou para o oeste, teria diversas rotas de fuga. Em uma inspeção mais detalhada, Darby também havia descoberto que a área de descanso de Wanasho (Pequeno Diabo) ficava trinta quilômetros morro abaixo. Na realidade, aquela área de descanso onde todos eles estavam presos era a de Wanashono. Tinha lido incorretamente o mapa mais cedo. Estavam trinta quilômetros *mais longe* da civilização.

Wanashono significava *Grande Diabo*.

Claro que sim.

Darby ainda tinha a bala no bolso. Ela a examinou sob as luzes fluorescentes do banheiro feminino. A ponta rombuda do projétil era dividida em quatro cortes transversais, que pareciam propositais, por algum motivo desconhecido. A base do projétil, ou seja, o aro de latão, tinha estampado as letras 45 AUTO FEDERAL. Darby já tinha ouvido falar de armas chamadas *pistolas .45* em filmes policiais. Contudo, era arrepiante pensar que podia haver uma verdadeira ali mesmo naquele ambiente, enfiada sob a jaqueta de Lars, a apenas alguns metros de distância.

Fazia uma hora que Darby tinha uma intuição sobre isso, mas sua mente estava finalmente se convencendo também. Uma descrição duvidosa e uma foto medíocre não seriam suficientes. Serviriam para a mídia promovê-la à heroína se tudo corresse bem, mas não era suficiente para garantir o resgate de Jay.

E na sequência, se os policiais nunca encontrassem Lars, o que ela diria aos pais da pobre menina? *Sinto muito, sua filha está morta, mas eu liguei para a polícia, anotei a placa do carro e passei tudo aos canais apropriados. Até desenhei um retrato.*

Não, ela precisava agir.

Ali. Naquela noite. Naquela pequena área de descanso coberta de neve. Antes da chegada dos limpa-neves ao amanhecer, ela mesma precisava deter Lars.

De alguma forma.

O plano chegava até ali.

Darby tomou um gole de café. Era o terceiro copo, sem açúcar e da cor do azeviche. Ela sempre tinha gostado de estimulantes: doses de café expresso, Red Bull, Full Throttle, Rockstar. Comprimidos de NoDoz. O Adderall de sua companheira de quarto. Qualquer coisa por aquele pequeno barato viciante. Puro combustível de foguete para suas pinturas e desenhos. Os calmantes – álcool, maconha – eram o inimigo. Darby preferia levar a vida de olhos abertos, atormentada, correndo, porque nada podia te pegar se você nunca parasse. E graças a Deus por aquilo, pelo pequeno prazer ácido da cafeína. Porque naquela noite, entre todas as noites, ela precisaria ficar muito ligada.

Acima do mapa regional, Darby notou um antigo relógio analógico, que tinha *Garfield* como tema especial. No centro de seu mostrador, Garfield cortejava Arlene – a personagem feminina cor-de-rosa – com um buquê de flores desenhado de forma grosseira. O ponteiro das horas do relógio indicava que era quase meia-noite, mas ela se deu conta de que estava uma hora adiantado. Alguém tinha esquecido de atrasá-lo no fim do horário de verão.

Ainda não eram nem onze da noite.

Pensando bem, Darby não tinha certeza do que era mais estressante: ter menos tempo ou mais tempo. Ao terminar seu desenho (sombreando a inclinação irregular da testa de Lars, que a lembrava de um feto humano), ela notou que o Cara de Roedor tinha finalmente ficado mais receptivo aos outros. Ao menos, naquele momento, havia um pouco mais de dinâmica de grupo. Ashley mostrava para Lars e Ed um truque com as cartas do baralho, algo que ele chamava de "virada mexicana". Pelo que Darby ouviu, você vira uma carta com um movimento brusco usando outra em sua mão, mas, na realidade, as cartas estão sendo trocadas. À vista de todos. Lars ficou fascinado com a manobra, e Ashley pareceu contente por ter uma plateia.

— Então, é por isso que você sempre ganha — afirmou Ed.

— Não se preocupe — Ashley disse, dando um sorriso de vendedor e erguendo as mãos. — Eu ganhei de você honestamente. Mas sim, se tiver a permissão de me gabar, ganhei uma medalha de prata em um concurso de mágica uma vez.

— É mesmo? — disse Ed, bufando.

— É.

— É sério?

— *Claro* que é sério.

— No segundo ano?

— No terceiro, na verdade — Ashley respondeu, embaralhando as cartas.

— Você usou um *smoking* infantil?

— Tinha de usar.

— Como anda o mercado de trabalho para mágicos com medalha de prata?

— Fraco demais — disse Ashley, guardando as cartas. — Então, fui estudar contabilidade. E vou dizer uma coisa para você: é na contabilidade que está a *verdadeira* mágica.

Ed riu.

Lars tinha ouvido a conversa de boca fechada. Ele aproveitou a pausa para se envolver nela:

— Então... os truques de mágica são verdadeiros?

A nevasca aumentou do lado de fora. A janela rangia sob a pressão das rajadas de vento. Ashley olhou para Ed por um momento e sorriu maliciosamente (*Mágica é algo verdadeiro? Sério?*). Darby observou Ashley decidir se falava sério ou se se entregava a um pouco de sarcasmo à custa do sequestrador armado de crianças.

Não faça isso, Ashley.
Ele se voltou para Lars.
— Sim — respondeu.
— Sério?
— Com certeza — Ashley disse, expandindo o sorriso.
Darby sentiu crescer um frio na barriga. Como testemunhar os momentos anteriores de um acidente de carro. A freada abrupta, os pneus fritando, o poder cinético inflexível do impulso: *Pare com isso, Ashley. Você não tem ideia de com quem está falando...*
— Então é algo verdadeiro? — Lars sussurrou.
Pare, pare, pare...
— Ah, é tudo verdadeiro — afirmou Ashley, agora explorando. — Eu consigo curvar o tempo e o espaço, tirar cartas das mangas, fazer com que as pessoas se lembrem incorretamente das coisas. Consigo enganar a morte. Consigo desviar de projéteis. *Sou um homem mágico,* Lars, meu irmão, e eu consigo...
— Você sabe cortar uma menina ao meio? — Lars perguntou abruptamente.
O recinto emudeceu. A janela rangeu sob outra rajada de vento.
Darby voltou a abaixar os olhos e fingiu rabiscar novamente com a caneta azul; mas, com um tremor desagradável, percebeu que Lars estava olhando para ela. Lars, o sequestrador sem queixo de crianças, com um gorro do Deadpool e uma fascinação infantil por truques de mágica, estava olhando *diretamente* para ela.
Ashley hesitou. Sua máquina de papo-furado estava sem combustível.
— Eu... Ah, bem...
— Você sabe cortar uma menina ao meio? — Lars voltou a perguntar, ansioso, mas com o mesmo tom e a mesma inflexão. Seu olhar ainda estava fixo em Darby enquanto falava. — Sabe, você põe a menina em uma grande caixa de madeira e, então, você... Ah, corta ela com uma serra?
Ed olhou para o chão. Sandi baixou o livro.
Mais uma vez:
— Você sabe cortar uma menina ao meio?
Darby apertou os dedos em torno da caneta e curvou os joelhos para mais perto do peito. O Cara de Roedor estava a cerca de três metros dela. Ela se perguntou: se ele sacasse a pistola calibre .45 da jaqueta, ela conseguiria pegar o

canivete suíço no bolso, abrir a lâmina, atravessar o recinto com bastante rapidez e apunhalá-lo na garganta?

Darby pousou a mão direita sobre a bancada, perto do quadril.

Lars voltou a perguntar, mais alto:

— *Você sabe cortar uma menina...*

— Sei — Ashley respondeu. — Mas você só ganha a medalha de ouro se ela sobreviver.

Silêncio.

Não foi especialmente engraçado, mas Ed forçou uma risada.

Sandi também riu. Assim como Ashley. Lars inclinou a cabeça — como se ele tivesse que espremer a piada através do mecanismo de seu cérebro — e finalmente acabou rindo junto com todos eles. As risadas retumbaram dentro do prédio, repercutindo no ar pressurizado. Então, a enxaqueca de Darby ameaçou voltar e ela quis fechar os olhos com força.

— Veja, eu ganhei medalha de prata — Ashley acrescentou. — E não a medalha de ouro...

Ante outro aumento progressivo dos risos nervosos, Lars, ainda rindo, afastou o casaco e procurou algo no quadril. Por via das dúvidas, Darby pôs a mão no bolso para empunhar o canivete. Porém, ele só passou a ajustar o cinto.

Meu Deus. Essa foi por pouco.

Mas Lars se moveu rapidamente e, Darby se deu conta de que, se ele fosse mesmo pegar sua arma, poderia ter matado todos ali.

— Medalha de ouro — ele disse, rindo e apertando o cinto ao redor de seu traseiro mirrado. Em seguida, apontou o polegar para Ashley. — Ah, eu gosto das piadas dele. Ele é engraçado.

— Ah, me dê um tempo — Ashley respondeu. — Você vai me achar bastante irritante.

Depois que as risadas falsas cessaram, Darby se deu conta de outra coisa. Um pequeno detalhe, mas algo bastante perturbador no jeito de rir do sequestrador. Ele parecia alerta demais. As pessoas normais piscavam e relaxavam, Lars não. A face ria, mas os olhos *observavam*. Ele esquadrinhava todos os rostos, avaliando-os, exibindo friamente a boca cheia de dentes pontudos.

Essa é a face sorridente e estúpida do mal, Darby percebeu.

Essa é a face de um homem que roubou uma garotinha de sua casa na Califórnia.

As luzes piscaram. Um súbito ataque de escuridão glacial. Todos olharam para as lâmpadas fluorescentes no teto, mas quando elas voltaram a se acender e o recinto se encheu de luz novamente, Darby ainda estava examinando o rosto de Lars.

Isso é o que estou enfrentando.

* * *

Dizem que há um momento, tarde da noite, em que as forças do mal estão no seu auge. *A hora das bruxas*, a mãe de Darby costumava chamá-la, com um som fanhoso de vodu em sua voz.

Três da manhã.

Supostamente, era a zombaria do diabo em relação à Santíssima Trindade. Ao crescer, Darby havia respeitado essa superstição, mas nunca acreditou realmente nela: como uma determinada hora do dia podia ser mais diabólica do que qualquer outra? Mesmo assim, ao longo da infância, sempre que acordava de um pesadelo, ofegante e suando frio, olhava para o rádio relógio ou no celular. E sinistramente, era sempre próximo de três da manhã. Todas as vezes que ela se lembrava.

A vez que sonhou que sua garganta tinha se fechado na aula de Estudos Sociais do sétimo ano e que ela havia vomitado uma larva de sete centímetros, pálida e inchada, contorcendo-se em sua mesa?

Eram 3h21.

A vez que um homem a havia perseguido a caminho de uma loja de conveniência, assobiando para ela, e, depois, a encurralado no banheiro, sacado uma pequena pistola e atirado na sua nuca?

Eram 3h33.

A vez que um fantasma de estatura elevada – uma mulher de cabelos grisalhos, com uma saia florida e joelhos muito flexíveis, ambos curvados para trás como as patas traseiras de um cachorro – havia atravessado, cambaleante, a janela do quarto de Darby, meio flutuando e meio caminhando, sem peso e etérea, como uma criatura debaixo d'água?

Exatamente 3h00.

Coincidência, certo?

Hora das bruxas, sua mãe costumava dizer, acendendo uma de suas velas de jasmim. *Quando os demônios estão mais poderosos.*

Então, ela fechava um isqueiro para enfatizar: *clique.*

Naquele momento, na área de descanso de Wanashono, eram apenas onze da noite, mas Darby imaginou a escuridão se reunindo ali dentro com ela, com todos eles. Algo sensível se concentrando nas sombras, vertiginosamente esperando a violência.

Darby ainda não tinha decidido como atacaria Lars.

Já havia memorizado a planta do centro de informações turísticas. Era simples, mas em forma de colmeia com detalhes significativos. O salão principal retangular tinha dois banheiros (um masculino e um feminino), bebedouros e um armário de suprimentos trancado com um cartaz que dizia ACESSO RESTRITO A FUNCIONÁRIOS. Incluía ainda o balcão de pedras e argamassa que circundava a cafeteria fechada, protegida com persianas de segurança com cadeado. Também possuía uma porta da frente bastante visível com dobradiças rangentes. Dispunha de uma grande janela com vista para o estacionamento, parcialmente bloqueada por um monte de neve exposto ao vento; uma janelinha triangular em cada banheiro, aninhada no teto, a quase dois metros e meio do piso de ladrilhos, como uma janela de prisão, sem as barras. Ela se lembrava disso, porque parecia um detalhe que os outros esqueceriam.

O lado de fora dava a impressão de ser um outro planeta. O luar estava encoberto pelas nuvens. A temperatura tinha caído para quase vinte graus negativos, de acordo com o termômetro de mercúrio pendurado do lado de fora. A neve amontoada alcançava a janela e continuava se acumulando. O vento vinha em saraivadas estridentes, retalhando rajadas de flocos de neve secos, que batiam no vidro como granizo.

— Sem dúvida, eu preferiria algum aquecimento global neste momento — Ed afirmou.

— Aquecimento global é uma farsa — Sandi disse, virando uma página do livro.

— É só uma piada. Graças a Deus, estamos em um local fechado.

— É verdade — murmurou Ashley. Então, inclinou a cabeça na direção de Lars e disse: — Até que alguém seja trancado em uma caixa de madeira e serrado ao meio.

O Cara de Roedor tinha voltado para perto da porta e examinava a prateleira de folhetos. Darby não soube dizer se ele tinha ouvido a piada de Ashley. Ela queria que ele parasse de provocar o destino. Aquela situação não poderia se sustentar por mais oito horas. Mais cedo ou mais tarde, Ashley começaria a perambular por um campo minado verbal.

Armas, então.

Era a isso que a noite se resumiria. E até onde Darby podia dizer, a área de descanso pública era tão inofensiva quanto uma pré-escola. Do lado de fora das persianas de segurança, a cafeteria só tinha garfos e colheres de plástico, pratos de papel e guardanapos marrons. Havia um armário com materiais de limpeza, mas estava trancado. Sem barras de ferro, sem pistolas sinalizadoras ou facas para cortar carne. A melhor opção ofensiva de Darby, infelizmente, era a lâmina serrilhada de cinco centímetros do canivete. Ela deu um tapinha no bolso do jeans e se assegurou de que ainda estava ali.

Conseguiria apunhalar Lars usando aquele tipo de canivete suíço? Mais importante, aquilo o deteria? Darby não sabia. Quase não era uma arma e dificilmente perfuraria a caixa torácica. Precisaria pegar o Cara de Roedor de surpresa e teria de enterrar a lâmina diretamente na carne macia da garganta ou nos olhos. Não havia tempo para hesitação. Era possível, ela sabia, mas não exatamente como plano principal.

A argamassa rachada sob o balcão, ela lembrou. *A pedra solta.*

Aquilo poderia ser útil.

Darby se levantou do banco e se aproximou do balcão de CAFE, fingindo encher outro copo de isopor. Quando ninguém estava olhando, ela levantou o pé direito, apoiou-o sobre a pedra bamba e se inclinou para a frente. Aplicou um pouco de pressão, depois mais, depois mais — fazendo barulho por meio da alavanca da garrafa de café para disfarçar o ruído — até que a pedra se soltou e caiu no piso de ladrilhos. Lars, Ed e Ashley não perceberam. Sandi ergueu os olhos brevemente e depois reiniciou a leitura.

Quando a atenção de Sandi voltou para o seu livro, Darby pegou a pedra. Era um pouco menor que um disco de hóquei, lisa e em forma de ovo. Grande o suficiente para quebrar alguns dentes ou ser arremessada com força. Ela guardou a pedra fria no bolso e voltou a se sentar no banco, fazendo um inventário mental.

Uma lâmina de cinco centímetros.

Uma pedra de tamanho médio.

E uma única bala calibre .45.

Vou precisar de ajuda, Darby se deu conta.

Claro que ela poderia tentar derrubar Lars. Surpreendê-lo, machucá-lo, tirar a arma da jaqueta dele e detê-lo até a chegada dos limpa-neves ao amanhecer. Imobilizá-lo com sua própria fita isolante, talvez. E se as coisas degringolassem, ela supôs que estava mentalmente preparada para matá-lo; porém, tentar aquilo naquele momento, sozinha, seria irresponsável. Ela precisava compartilhar sua descoberta com outra pessoa ali, no caso de Lars conseguir dominá-la e silenciosamente esconder seu corpo sem que os outros percebessem. Ela não salvaria Jay se fosse morta primeiro.

A diferença entre um herói e uma vítima?

O momento certo. O senso de oportunidade.

À mesa, Ashley espalhou as cartas em um arco-íris plano, todas viradas para baixo, exceto um ás de copas.

— Eis a sua carta.

Lars bufou, como um homem das cavernas descobrindo o fogo.

— Nada mau — disse Ed, dando de ombros.

Do banco, Darby avaliou seus possíveis aliados. Ed tinha quase sessenta anos e um barrigão. Sua prima Sandi parecia ser feita de madeira balsa e laquê. No entanto, Ashley, apesar de tagarela, era forte, musculoso e esperto. O jeito como ele se mexia para erguer cartas caídas, o jeito como ele se movia confiantemente em volta das cadeiras: ele tinha a graça da ginga e da finta de um jogador de basquete. Ou de um mágico de palco.

Um mágico de palco detentor de uma *medalha de prata*.

— Tire outra carta — Lars pediu.

— Esse é o único truque de que eu me lembro — Ashley respondeu. — Todo o resto era coisa de criança. Mangas falsas, alçapões em copos, esse tipo de coisa.

— Você deixou escapar sua vocação — Ed afirmou.

— Você acha? — perguntou Ashley e sorriu. Por uma fração de segundo, Darby vislumbrou a dor em seus olhos. — Bem, contabilidade também é do caramba.

Lars se dirigiu para a porta, decepcionado com o fim do espetáculo.

Darby decidiu que seu próximo passo seria abordar Ashley. Talvez ela o pegasse sozinho no banheiro e contasse sobre a garota. Darby se certificaria de que ele entenderia a gravidade da situação; que, naquele momento, a vida de uma criança estava em risco do lado de fora. Então, ela teria um respaldo quando decidisse o momento de atacar e deter Lars...

— Ei! — Ashley exclamou, batendo palmas e surpreendendo a todos. — Eu sei como podemos passar o tempo. Podemos jogar A Hora da Roda.

— O quê? — Ed exclamou, piscando os olhos.

— A Hora da Roda.

— *A Hora da Roda?*

— É.

— Que diabos é A Hora da Roda?

— Minha tia é professora de pré-escola. Ela usa esse jogo para quebrar o gelo de pequenos grupos. Basicamente, as pessoas ficam sentadas em círculo, como estamos agora, e todas concordam sobre um assunto, como, por exemplo, *meu animal de estimação favorito*, ou seja o que for. E depois as pessoas se revezam, no sentido horário, compartilhando uma resposta — Ashley explicou, olhando em volta para o grupo. — E isso é... É por isso que é chamado de A Hora da Roda.

Silêncio.

Finalmente, Ed falou:

— Dê um tiro na minha cara, por favor.

Todos voltaram a se distrair. Assim, Darby se dirigiu até o balcão do quiosque e pegou um guardanapo marrom. Ao retornar ao banco, pôs o guardanapo dentro do caderno, acionou o botão retrátil da caneta para liberar a ponta de esfera e escreveu uma mensagem.

— Pessoal, estamos todos presos aqui e temos mais sete horas pela frente — Ashley disse, tentando defender o seu jogo. — Vamos ficar muito irritados se não desabafarmos e conversarmos um pouco mais.

— Estamos conversando agora — Ed grunhiu.

— E aí, A Hora da Roda, então...

— Não estou jogando A Hora da Roda.

— Eu começo.

— Juro por Deus, Ashley, se você me fizer jogar A Hora da Roda, os limpa-neves vão chegar amanhã de manhã e encontrar uma área de descanso cheia de cadáveres ensanguentados.

Darby voltou a acionar o botão retrátil de sua caneta agora para recolher a ponta de esfera. *Esperemos que não.*

— Eu gosto de A Hora da Roda — Lars se intrometeu na conversa.

— Sim, é claro que *ele* gosta — disse Ed, suspirando.

— Ok. Uma boa questão para quebrar o gelo envolve fobias ou os maiores medos — Ashley afirmou. — Assim, eu vou começar essa rodada e vou contar para todos vocês o meu maior medo. Tudo bem?

— Não — Ed respondeu.

Lars deixou seu folheto de lado e ficou ouvindo.

— Todos vocês vão achar que minha fobia é estranha — continuou Ashley. — Não é um medo normal, sabe, como agulhas ou aranhas...

Darby dobrou o guardanapo duas vezes com sua mensagem dentro dele. Ela sabia que estava prestes a fazer algo que não poderia ser desfeito. Era o caminho sem volta daquela noite. A partir daquele momento, um olhar errado, uma palavra inapropriada, e a área de descanso de Wanashono poderia explodir em violência.

— Eu cresci nas Blue Mountains — Ashley revelou. — Quando eu era criança, costumava andar pelos trilhos da ferrovia e explorar aquelas antigas minas de carvão fechadas com tábuas. As montanhas ali são como um queijo suíço. E aquela mina específica não estava em nenhum mapa, mas, localmente, era conhecida como Chink's Drop.*

— Ok — Sandi disse, franzindo a testa.

— Sabe, no sentido do termo pejorativo para se referir a um chinês — disse Ashley.

— Sim, eu imaginei.

— Estou supondo que um mineiro caiu e morreu, e...

— Entendi...

— E deve ter sido um mineiro chinês...

— Já *entendi*, Ashley.

— Desculpe — Ashley disse, hesitando. — Na ocasião, eu tinha sete anos e era muito idiota. Sozinho e sem contar para ninguém, rastejei debaixo das

---

* *Chink* é um termo ofensivo para designar um chinês, mas também significa rachadura, fissura, fenda. (N. T.)

tábuas, levando apenas uma lanterna e uma corda. Como um Indiana Jones em miniatura. Não foi assustador no início. Entrei no túnel estreito e fui descendo cada vez mais fundo, passando por vagonetes de minério antigos sobre trilhos destroçados do século XVIII e atravessando uma porta fechada atrás da outra. O som se propagava de um jeito engraçado ali embaixo. Tudo chilreava e ressoava. Em certo momento, escorreguei perto de uma antiga porta de madeira e, por talvez um segundo, apoiei a mão sobre a dobradiça desgastada. Então, algo terrível aconteceu.

Darby notou que Lars tinha voltado a dirigir sua atenção para o folheto da Colorado Air. Então, ela aproveitou o momento. Levantou-se do banco e pisou no chão com seu tênis que emitiu um som molhado.

Ashley fez um movimento abrupto, imitando algo sendo cortado em fatias.

— A porta se fechou e a dobradiça também. As duas peças móveis da dobradiça pareceram duas garras de metal enferrujadas, que ferraram meu polegar e quebraram três metacarpos. Boom! Inicialmente, não doeu. Foi apenas o choque. Aquela porta de carvalho maciço, que pesava quase cento e cinquenta quilos, ficou completamente imóvel. E ali estava eu, sozinho na escuridão, oitocentos metros abaixo da superfície.

Darby caminhou na direção de Ashley.

— Dois dias sem comida nem água. Dormi algumas vezes. Tive sonhos medonhos. Sofri de fadiga e desidratação. Não tinha uma faca, mas considerei seriamente a possibilidade de arrancar meu polegar. Lembro-me de olhar para ele com minha lanterna agonizante, querendo saber a força pela qual eu teria de jogar o peso do meu corpo contra a dobradiça para... você sabe.

Ed se inclinou para a frente.

— Você ainda tem os dois polegares.

Darby contornou a cadeira de Ashley e deixou cair discretamente o guardanapo dobrado no colo dele. Como adolescentes no colégio passando cola.

Ele notou, mas tranquilamente terminou sua história, fazendo um sinal irônico de positivo com o polegar para Ed:

— É isso aí. No fim das contas, só me restava esperar. Não tinha outra coisa a fazer. Então, alguns adolescentes de uma outra cidade entraram na mina e me encontraram. Fui salvo por pura sorte.

— E... — Sandi olhou para Ashley. — Sua fobia é... O quê? Ficar preso?

— Não. Dobradiças de porta.

— Dobradiças de porta?

— Odeio dobradiças de porta — Ashley revelou, fazendo um arrepio exagerado. — Elas me deixam baratinado, sabe?

— Ahn.

Darby parou junto à janela, observando os flocos de neve cobrirem o vidro e esperou que Ashley lesse o bilhete. Com sua visão periférica, ela o viu levantar o guardanapo e desdobrá-lo sob a borda da mesa para lê-lo furtivamente sobre o joelho, fora da visão de Ed e Sandi. Em garranchos de tinta azul, Darby escreveu: ENCONTRE-ME NO BANHEIRO. TENHO ALGO QUE VOCÊ PRECISA VER.

Ashley fez uma pausa.

Então, tirou uma caneta preta do bolso, pensou um pouco e rabiscou uma resposta. Em seguida, ficou de pé e casualmente se aproximou da janela. Próximo de Darby, passou escondido o guardanapo de volta para a mão dela. Fez isso com tanta naturalidade quanto um batedor de carteira.

Ela o desdobrou e leu a mensagem.

TENHO NAMORADA.

— Meu Deus — ela disse baixinho, suspirando.

Ashley olhou para ela.

— Não é o que você está pensando — Darby balbuciou.

— O quê? — ele balbuciou.

— Não é o que você está pensando.

Naquele momento, os dois estavam ostensivamente junto à janela dando as costas para o ambiente do centro de informações. Provavelmente, Lars os estava observando, querendo saber o que estavam balbuciando um ao outro. Ed e Sandi também...

Ashley tocou no ombro de Darby, voltando a balbuciar:

— *O quê?*

Darby sentiu aquela paralisia usual bloqueando seus ossos. Como subir no palco e esquecer as falas. Se ela falasse, eles entreouviriam. Caso contrário, arriscava-se a fazer uma cena. O mundo inteiro cambaleava sobre o fio da navalha. Darby arriscou um olhar sobre o ombro direito, na direção do Cara de Roedor, e, como ela temia, ele os estava observando. Ela também notou outra coisa e sentiu um calafrio percorrer o corpo.

Lars tinha colocado algo branco sobre a prateleira com folhetos turísticos. Um copo de isopor, achatado pelo fato de ter ficado dentro de seu bolso.

Era o copo *dela*.

O copo de CHOCLATE quente, escrito errado, que ela tinha enchido estupidamente e levado para fora. Darby o havia colocado na neve perto da porta traseira do Astro, pouco antes de arrombar o furgão e falar com Jay. Tinha esquecido o copo, deixando-o ali fora no escuro, pronto para ele encontrar, próximo de suas pegadas.

Ele sabe, Darby se deu conta. E algo ainda pior lhe passou pela cabeça: naquele momento, o perigo silencioso era uma faca de dois gumes.

Ele está planejando me atacar.

Do mesmo jeito que eu estou planejando atacá-lo.

— Preso em uma mina de carvão — Sandi disse para Ed. — Assustador.

— Não é? — comentou Ed, dando de ombros. — Eu teria cortado meu polegar.

— Não acho que seja tão fácil.

— É só um modo de falar. Quando você está encarando um encontro com o Anjo da Morte, que importância tem alguns ossinhos e tendões?

Lars continuava observando Darby e Ashley em silêncio. O mais assustador era a tranquilidade fria e profunda nos olhos dele. Um criminoso com algum senso de autopreservação teria sacado a arma naquele momento. No entanto, Lars parecia assustadoramente indiferente e despreocupado, com seus olhinhos enfadonhos observando-a como se ela não fosse nada mais urgente ou perigosa do que um vazamento sobre o chão que precisava ser enxugado na próxima hora. Isso era tudo.

Outro pensamento sombrio se apossou da mente dela. De alguma forma, Darby tinha certeza de que era uma profecia, apresentando-se como uma das cartas de tarô bolorentas de sua mãe: *Esse homem vai me matar esta noite.*

É assim que eu morro.

Ela voltou a olhar para Ashley e sussurrou:

— Venha comigo. Agora mesmo.

23h07

No banheiro masculino, Darby contou tudo para Ashley.

O furgão. O canil portátil. A garotinha chamada Jay de San Diego. A fita isolante, o cadeado, a ameaça desconhecida de um cartão amarelo. Até os peidos. E não importava o quão baixinho Darby sussurrasse, suas palavras pareciam ecoar dentro do banheiro, ricocheteando em azulejos, ladrilhos e louças sanitárias. Ela tinha certeza de que os outros podiam ouvi-la.

Ashley exalou, visivelmente abalado. Suas cavidades oculares escureceram sob as luzes fluorescentes como manchas roxas e, pela primeira vez em toda a noite, ele pareceu tão cansado quanto Darby. E também pela primeira vez, permaneceu calado.

Ela o observou, tentando decifrar o que ele estava pensando.

— Então?

— Então? — ele respondeu.

— Então. Precisamos fazer alguma coisa.

— Sem dúvida, mas o quê?

— Temos que pará-lo.

— *Pará-lo*? Isso é muito vago — Ashley disse e deu uma olhada para trás, observando a porta do banheiro e se aproximando dela. — Você quer dizer matá-lo?

Darby não tinha certeza.

— O quê? Você está falando em matá-lo...

— Se for necessário.

— Ah, meu Deus — ele disse e esfregou os olhos. — *Agora?* Com o quê?

Darby abriu a lâmina de cinco centímetros de seu canivete suíço.
— Ele deve ter uma arma, você sabe — Ashley disse, rindo em zombaria.
— Sei.
— Então, qual é o seu plano?
— Pará-lo.
— Isso não é um plano.
— É por isso que eu contei a você. E sabe o que mais, Ashley? Você está envolvido agora. São onze e dez da noite de uma quinta-feira, há um sequestrador de crianças aqui ao lado e uma menina trancada no furgão dele, lá fora. É com isso que temos de lidar. E estou perguntando para você agora: você vai me ajudar?

Isso pareceu sensibilizá-lo.
— Você... Você tem certeza?
— Absoluta.
— Que Lars a sequestrou?
— Sim, se esse for mesmo o nome verdadeiro dele.

Ashley passou a mão pelos cabelos e recuou um passo, encostando-se na porta de uma das cabines do banheiro, onde estava rabiscado: PAUL DÁ O CU. Ashley arfou, olhando para os sapatos, como se estivesse tentando não desmaiar.

— Você está bem? — Darby perguntou, tocando no braço dele.
— É só asma.
— Você não tem um inalador?
— Não — ele respondeu, sorrindo medrosamente.

Darby se deu conta de que talvez tivesse avaliado mal aquele estranho alto e sombrio. Talvez Ashley — ex-mágico, tagarela, estudante do Instituto de Tecnologia de Salt Lake City — não fosse tão capaz quanto ela tinha achado. Mas então se lembrou da impressionante prestidigitação quando ele havia devolvido o bilhete para ela. Darby nem sentira. O guardanapo simplesmente se materializou entre seus dedos, como... bem, *mágica*.

Aquilo era alguma coisa. Certo?

Ashley recuperou o fôlego e olhou para ela incisivamente.
— Preciso de provas.
— Quê?
— Provas. Você pode provar isso?

Darby percorreu a galeria de fotos em seu iPhone. Atrás dela, a porta do banheiro se abriu de repente.

Era Lars.

O Cara de Roedor entrou, com as botas molhadas pisando firme nos ladrilhos. Inesperadamente, o sequestrador estava dentro do banheiro com eles, respirando o mesmo ar. A consciência de Darby berrou: *Estamos encurralados aqui, ambos estamos expostos, não há tempo para se esconder em uma cabine.* Então, a figura curvada de Lars girou para encará-los, aquele rosto sem queixo e com a barba rala, ofegando através de uma boca cheia de dentes de leite.

Então, Ashley agarrou o rosto de Darby, com as palmas das mãos.

– Espere... – ele disse e, em seguida, a beijou.

Quê?

Então, Darby entendeu. E após outro segundo palpitante, cooperou, pressionando seu corpo contra o de Ashley e passando os braços em torno do pescoço dele. Ashley apalpou delicadamente as costas e os quadris dela e continuou a beijá-la.

Por algum tempo, Lars ficou observando-os. Então, Darby voltou a ouvir os passos estridentes dele, deslocando-se até as pias. Uma torneira foi aberta e liberou um jato de água. A saboneteira de sabonete líquido foi acionada uma, duas vezes. Ele estava lavando as mãos.

Com os olhos fechados, Darby e Ashley continuaram se beijando. Ela não sentia tanto constrangimento desde o dia de Sadie Hawkins na nona série, dia em que as garotas convidavam os garotos para dançar com movimentos desajeitados, abraços inapropriados e respirações meio presas. Ashley era alguém que beijava pessimamente ou não beijava há tempos. Sua língua parecia uma lesma morta na boca. Após uma eternidade penosa – *não pare, não pare, ele ainda está olhando para nós* –, ela ouviu a torneira ser fechada, depois uma toalha de papel ser rasgada e amassada. Houve outro longo silêncio e, finalmente, Lars saiu do banheiro.

A porta se fechou com um clique.

Darby e Ashley se separaram.

– Seu hálito está rançoso – ele disse.

– Desculpe, eu bebi seis Red Bulls hoje.

– Sério?

— Veja — Darby disse, passando o celular para ele e mostrando uma foto desfocada de Jay enjaulada atrás daquelas barras pretas do canil. Apenas as unhas ensanguentadas da menina estavam com foco. — Você queria provas? Isso é o que está em jogo. Ela está lá fora, no furgão dele, a quinze metros desse prédio, aqui e agora.

Ashley mal olhou para a foto. Ele já tinha sua prova. Assentiu nervosamente, ainda não conseguindo respirar direito.

— Ele... Ele não veio aqui para lavar as mãos. Ele veio ver o que estávamos fazendo.

— E agora você está envolvido.

— Tudo bem.

— Tudo bem?

— Tudo bem — Ashley respondeu e suspirou. — Vamos... lá, eu acho.

Darby assentiu atentamente, mas sua mente recuou para o câncer de pâncreas de sua mãe. Toda aquela situação — as deprimentes vinte e quatro horas que antecederam aquilo — parecia uma outra vida, uma da qual ela felizmente havia se afastado. Naquele momento, porém, lembrar-se de sua mãe a atingiu como um soco no estômago. Ela ainda não tinha conseguido sinal de celular. Ainda não tinha decifrado o significado por trás da mensagem estúpida e enigmática de Devon, recebida muitas horas antes: *Neste momento, ela está OK...*

— Darby?

Ashley estava olhando para ela.

— Tudo bem, sim — Darby balbuciou, recompondo-se. Ela enxugou a saliva do lábio e piscou sob a iluminação intensa. — Precisamos surpreender esse imbecil. E como ele suspeita que sabemos, ele não vai dar as costas para nós.

— Mesmo se der, aquele seu canivetinho não será suficiente.

— Então, vamos golpear a cabeça dele.

— Com o quê?

— O que você tem?

— Eu... Eu tenho um macaco no meu carro, acho — Ashley considerou.

Óbvio demais, ela sabia. Impossível de ser escondido. Mas Darby teve uma ideia melhor: enfiou a mão no bolso do jeans e tirou a pedra decorativa que tinha arrancado do balcão de café.

— Isso vai funcionar melhor.

— Uma pedra?

— Tire o seu sapato.

Ashley hesitou, mas se apoiou contra a porta da cabine e tirou o sapato esquerdo.

— Agora tire sua meia — ela disse. — Por favor.

— Por que a minha?

— Meias de garotas são muito curtas.

Ele entregou para ela uma meia branca de cano alto, quente como um aperto de mão e um pouco amarelada.

— Minha máquina de lavar está quebrada — Ashley disse, com uma expressão de desagrado.

Darby esticou a meia com força, enfiou a pedra dentro dela e a fechou com um nó de marinheiro apertado. Ela girou a meia uma vez, batendo-a na palma da mão. O arco percorrido proporcionou à pequena pedra um poder brutal; mesmo um movimento rápido do pulso poderia fraturar uma cavidade ocular. Ou pelo menos, era a ideia.

Ashley olhou para a meia e depois para Darby.

— O que é isso?

— Se chama uma meia com uma pedra.

— Sim... Estou vendo.

Darby tinha visto aquilo em um *reality show* de sobrevivência na tevê.

— Uma meia com uma pedra — ela repetiu, sorrindo e deixando a cicatriz sobre a sobrancelha se tornar brevemente visível. — Veja a minha ideia. Lars gosta de ficar perto da porta da frente e de controlar a saída, certo?

— Certo.

— Um de nós, a Pessoa B, vai passar por ele e vai sair pela porta da frente. Do lado de fora, vai se dirigir para o furgão. Ele está de olho em nós agora. Então vai seguir a Pessoa B. Ele vai ter de seguir. E para fazer isso, vai sair pela porta, dando as costas para a Pessoa A — Darby explicou.

Ela bateu a meia com a pedra na palma da mão. Doeu.

— A Pessoa A, mais forte que a Pessoa B, vai ficar atrás de Lars e bater com força na parte de trás do crânio dele. Um golpe bem dado deve ser o necessário para nocauteá-lo, mas, se isso não acontecer, a Pessoa B, que tem o canivete, vai se virar e nós dois vamos nos revezar para dar cabo dele.

— Você quer dizer trabalhar em equipe?

— Sim. Vamos nos revezar.

— Não é a mesma coisa.

— Você sabe o que eu quero dizer.

Darby estava sendo intencionalmente vaga a respeito daquela parte. Em teoria, um golpe bem dado com a meia com a pedra daria conta do recado. Se virasse uma briga, ainda seriam dois contra um e os *dois* agora estavam armados. Lars talvez fosse um sociopata violento, mas o quão preparado ele estaria para um ataque de surpresa vindo de duas direções?

Mais importante: o quão rápido ele conseguiria sacar sua pistola calibre .45 e disparar?

Naquele momento, Ashley estava começando a entender.

— Então, a Pessoa A sou eu, não?

— Vão ser dois contra um, usando a porta da frente como gargalo...

— Eu sou a Pessoa A?

Darby pôs a meia com a pedra na mão de Ashley e fechou os dedos dele em volta dela, um por um.

— Você é mais forte do que eu, não é?

— Eu estava... Eu estava meio esperando que você fosse a Ronda Rousey, ou algo assim.

— Não sou.

— Então acho que sou mais forte.

— São dois contra um — ela repetiu, como um mantra. — Vamos jogá-lo no chão e esvaziar seus bolsos. Pegar sua arma. Pegar as chaves naquele cordão. Se ele continuar lutando, nós também não vamos parar. Eu estive dentro do furgão com ele. Sei o que estamos enfrentando e *vou cortar a garganta dele se precisar...*

Darby fez uma pausa, surpresa com o que tinha dito.

Também surpresa que estivesse falando sério.

— Você não respondeu a minha pergunta — disse Ashley, chegando mais perto. — E só para você entender, Darbs: caso esteja enganada, isso vai ser uma acusação de agressão.

Darby sabia, mas também sabia que não estava enganada. Ela passara trinta minutos deitada de bruços no furgão quente e úmido de Lars sob um tapete, ouvindo aquela criatura com olhos desvitalizados comer, peidar e rir com uma menina de nove anos presa dentro de um canil portátil. Ela sabia que, independentemente do que acontecesse, veria aquela risada perversa em seus pesadelos: *Estou aquecendo para você, Jaybird*. Mas quanto a Ashley, ela entendia por que ele tinha dúvidas. Tudo aquilo havia desabado sobre ele como um deslizamento de rochas. Tudo em cerca de dez minutos.

Em seu outro bolso, Darby ainda tinha a bala calibre .45. Pressionada contra a coxa. Aquilo era o seu verdadeiro medo: a arma de Lars. Com certeza, ele a usaria se eles não dessem cabo dele rapidamente. Mesmo se ele só conseguisse disparar a esmo um ou dois tiros, havia espectadores a considerar: Ed e Sandi. Na realidade, Darby nunca tinha travado uma luta antes. Assim, não tinha certeza do que esperar, mas sabia que os filmes estavam errados.

— Se você puder, tente manter um olho fechado — ela disse.

— Por quê?

— Nós vamos lutar com ele do lado de fora, talvez no escuro. Assim, procure manter um dos seus olhos fechados agora, enquanto você está entre quatro paredes, na luz. Então, você terá um olho com uma pequena visão noturna. Faz sentido?

Ashley assentiu, hesitante.

— E... Você disse que sofre de asma?

— Uma leve falta de ar. Tenho isso desde criança.

— Bem, quando eu era pequena, costumava ter ataques de pânico — Darby revelou. — Alguns realmente sérios, que me faziam até desmaiar. Eu ficava em posição fetal no chão, quase sufocando, e minha mãe sempre me segurava e dizia: *Inspire. Conte até cinco. Expire.* E sempre funcionou.

— Inspire. Conte até cinco. Expire?

— Isso.

— Então, em outras palavras, *respire?* Isso é genial.

— Ashley, estou tentando ajudar.

— Desculpe — ele disse e olhou para a porta. — Eu só... Eu só estou tendo problemas com isso.

— Você também o viu.

— Vi um típico sujeito esquisito — Ashley disse e suspirou. — E agora estamos prestes a enchê-lo de porrada.

— Sinto muito — ela disse, tocando no pulso dele. — Sinto muito por arrastá-lo para isso, mas eu também fui arrastada. E eu não sou capaz de salvar a menina sozinha.

— Eu sei. Eu vou ajudar.

— Se não fizermos alguma coisa agora mesmo, Lars poderá nos atacar primeiro. Cada segundo que esperamos aqui é um segundo que *entregamos* para ele, para ele decidir como lidar conosco. Se isso deixa as coisas mais fáceis para você, pare de pensar sobre a vida dessa menina que você nunca conheceu. Pense na sua...

— Eu disse que vou ajudar — Ashley repetiu, e as lâmpadas na luminária de teto cor de gelo piscaram atrás dele.

— Obrigada.

— Não me agradeça ainda.

— Estou falando sério, Ashley. *Obrigada*...

— Eu vou ajudar se você me der seu número de telefone — ele disse com um sorriso nervoso.

Darby também sorriu. Um sorriso largo.

— Se você der cabo dele com uma pedra, quem sabe eu me case com você.

* * *

Lars prestou atenção no retorno de Darby e Ashley.

Ele estava de volta ao seu posto de sentinela, alguns passos à direita da porta da frente, no ponto cego natural do saguão. Em vão, tentava dobrar um mapa do Monte Hood, mas inclinou a cabeça para seguir Darby e Ashley, enquanto atravessavam o recinto. Darby manteve a cabeça baixa. Seu tênis cinza chiou e suas meias ainda respingavam por causa da neve derretida.

Não houve contato visual.

Sair do banheiro ao mesmo tempo tinha sido um grande erro, Darby se deu conta. Ainda que as portas dos banheiros masculino e feminino ficassem lado a lado, ouviu-se apenas uma porta sendo aberta. Provavelmente, Ed e Sandi haviam notado e tirado suas próprias conclusões. Atrás de Darby, Ashley colidiu ruidosamente contra uma cadeira. Discreto.

Seu próprio coração estava batendo tão alto que Darby ficou surpresa que os outros não ouvissem. Seu rosto estava da cor de um pimentão vermelho. Ela sabia que dava mostras de um visível constrangimento, mas que era condizente com o grotesco da cena imaginada por Ed e Sandi: apresentar-se diante deles depois de se encontrar com um estranho para uma rapidinha em um banheiro público.

Darby carregava seu canivete suíço escondido no pulso, sentindo o metal gelado na pele. Tinha de estar pronta, pois se o primeiro golpe de Ashley não derrubasse o Cara de Roedor, ela o esfaquearia na garganta. No rosto. Naqueles olhinhos mortiços.

Vou cortar a garganta dele se precisar.

Darby pensou em Jay dentro do Chevrolet Astro no estacionamento, acocorada no interior de um canil portátil, úmido por causa de sua própria urina, com a mão ensanguentada e enfaixada, com vinte litros de gasolina e um recipiente de água sanitária ao lado. Perguntou-se o que aconteceria com aquela pobre menina se eles fracassassem.

Darby ainda sentia raiva de si mesma por sair do banheiro ao mesmo tempo que Ashley. Tinha sido uma estupidez.

Certamente, Ed percebeu. Ele deu uma olhada neles, tomou um gole de café de forma barulhenta e indicou o rádio com um gesto de cabeça.

— Vocês perderam.

— Perdemos o quê? — Ashley perguntou, sentindo um arrepio.

— Uma nova atualização do serviço de emergência. As notícias não são nada boas. O sentido leste está bloqueado por uma carreta atravessada na pista. Ao pé do desfiladeiro. Diversas vítimas.

— A que distância de nós?

— No quilômetro 160.

— Então, de uns doze a treze quilômetros de nós.

Muito longe para ir andando.

Darby suspirou, espiando o grande mapa do Colorado na parede. O acidente tinha acontecido em algum lugar perto de Icicle Creek, bem no meio entre os pontos azuis que indicavam as áreas de descanso de Wanasho e Wanashono. Era um pouco surreal perceber como estavam perfeitamente aprisionados: uma nevasca vinda do oeste e uma carreta de dezoito rodas acidentada doze quilômetros a leste, cortando a saída atrás deles. Igual uma emboscada, organizada como aquela que eles estavam prestes a tentar. Ela se perguntou se o amanhecer era ainda o horário previsto da chegada dos limpa-neves ou se o horário tinha mudado para a tarde do dia seguinte. Nesse caso, seria um longo tempo para manter um criminoso sob a mira de uma arma.

Ashley enfiou a mão através da grade e ajustou a antena do rádio Sony. Ele deu uma olhada no quiosque de café, nos espaços escuros sob os balcões.

— E... Você acha que tem um rádio de verdade ali atrás?

— O quê?

— Um rádio bidirecional? Ou um telefone fixo? Deve ter.

Calma aí, Ashley.

— Você acha? — Ed grunhiu. — Se tiver, é propriedade do Estado. Devem estar trancados...

Ashley apontou e disse:

— Trancados com um cadeado vagabundo. Uma boa pancada com algo pesado e essas persianas sobem rapidinho.

— Ainda não estou com um humor criminal.

— Talvez você reconsidere nos próximos minutos — Ashley disse.

Darby sabia que ele reconsideraria. Tentando aparentar calma, ela estava ao lado da janela e olhava através dela para a silhueta das árvores na escuridão. Os flocos de neve continuavam flutuando no ar, alguns subindo, outros caindo, captando reflexos da lâmpada de vapor de sódio como cinzas de uma fogueira. Alguns passos, Darby ouviu Ashley deixar o ar escapar através dos dentes. Ele tinha posto a meia com a pedra na manga direita, pronta para cair na palma de sua mão e ser usada para atacar Lars.

Eles haviam combinado um sinal secreto. Quando Ashley estivesse pronto, iria tossir uma vez. Seria a deixa para Darby se dirigir até a porta da frente, passar por Lars a caminho do lado de fora e pôr em ação a emboscada. Seria como ativar uma armadilha de urso.

Único problema? Ashley não estava pronto.

Ele estava ali, com os dentes cerrados e enfrentando dificuldades respiratórias. Darby tinha esperança de que a falta de ar dele não fosse um impedimento. Típico de sua sorte — *peço a ajuda do cara mais jovem, mais alto e mais forte à mão e descubro que ele sofre de asma.* Maravilha. E ela não conseguia nem imaginar o que estava se passando na mente do pobre Ashley. Uma hora antes, ele estava fazendo uma demonstração de virada mexicana para Lars e agora lhe pediam para se esgueirar atrás do Cara de Roedor e esmagar o crânio dele.

Deveria ser eu, Darby se deu conta.

Sou uma covarde por ser a Pessoa B.

Talvez. Mas Ashley era, sem dúvida, fisicamente mais forte do que ela. Assim, ela ser a isca e Ashley ser a armadilha fazia todo o sentido. Não era algo que só *parecia* certo.

— Ei — Lars disse e pigarreou. — Ah... Com licença?

Darby se virou para ele, sentindo certo embrulho no estômago e com o canivete suíço enfiado na manga.

Ashley também se virou.

— Alguém... — O sequestrador ainda estava junto à porta, dando uma olhada em outro folheto de turismo. — Alguém sabe o que essa palavra significa?

— Que palavra? — Sandi indagou, baixando seu livro.

— Res-plan-de-cen-te.

— Resplandecente. Significa bonito.

— Bonito — Lars repetiu, assentindo uma vez, mecanicamente. — Ok. Obrigado, Sandi — disse, dirigindo o olhar de volta para o folheto. Mas, no meio do caminho, ele e Darby se entreolharam e, por um instante, ela se sentiu presa na estupidez dos olhinhos dele.

Ele balbuciou: *Bonita.*

Ela desviou o olhar.

Passaram-se mais de sessenta segundos. Ashley ainda estava perto dela, com os pés enraizados no chão. Darby estava começando a se preocupar. Ela não podia simplesmente arrastá-lo de volta ao banheiro para outra explicação. A primeira já havia atraído muita atenção. Ela continuava esperando o sinal dele.

Vamos, Ashley.

Darby queria que ele aspirasse um pouco de poeira e tossisse acidentalmente. Então, ela teria uma desculpa para se aproximar da porta e desencadear o ataque. Sob a manga, ela roçou a lâmina do canivete com o polegar. Estava bem afiada.

Por favor, tussa.

Darby o observou hesitar ali, como uma criança sobre um trampolim de dez metros de altura. Ashley parecia tão descolado, tão tranquilo e tão confiante antes e agora dava a impressão de que tinha acabado de testemunhar um assassinato. Ansiosa, Darby sentiu um nó na garganta. Ela tinha escolhido o aliado errado e agora a situação estava desandando.

Tussa. Ou você vai nos entregar...

Ed percebeu.

— Ashley, você ficou quieto de repente.

— Eu estou... Eu estou bem.

— Ei, olhe, amigo, sinto muito pelo A Hora da Roda.

— Sem problema.

— Eu fui grosso com você.

— Tudo *bem*. Sério — Ashley disse, ajeitando a manga enquanto falava, impedindo que a meia com a pedra aparecesse.

Ed sorriu, tamborilando na borda da mesa com dois dedos. Um batimento cardíaco baixinho e ligeiro e, por um instante, o recinto ficou em silêncio. Darby conseguiu sentir aquele som em seus ossos.

— Seu grande medo é... Você disse que eram as *dobradiças de porta*. Certo? — Ed perguntou.

Ashley assentiu.

Sandi desviou os olhos do livro.

— O meu são as cobras.

— Cobras, hein?

— Ahã.

Ed tomou um gole de café, ainda tamborilando.

— O meu... Bem, realmente não sabia como expressar em palavras, mas acho que agora consigo.

Outro rugido do vento e as luzes piscaram no teto. O recinto estava ameaçado de cair na escuridão.

Lars vigiava como uma sombra.

Ashley lambeu os lábios.

— Então, vamos ouvir.

— Ok — disse Ed, respirando fundo. — Então... Eis uma sabedoria para os seus filhos que aprendi da pior maneira possível. Querem saber o segredo para arruinar uma vida? Nunca é uma grande decisão. São dezenas de pequenas decisões que tomamos todos os dias. No meu caso, na maioria das vezes, são desculpas. As desculpas são um veneno. Quando eu era veterinário, tinha todos os tipos de boas desculpas, como: *Vou dar um tempo para mim. Eu mereço.* Ou: *Ninguém pode me julgar por essa dose; acabei de operar um golden retriever que não viu uma cerca de arame farpado e o globo ocular ficou pendurado em um pequeno cordão. Estão vendo? Terrível.* É assim que você se engana. Então, certo dia, alguns anos atrás, eu estava na grande festa de casamento da minha afilhada. Vinhos, cervejas. Eu trouxe champanhe, mas também trouxe uma garrafa de uísque para mim e a escondi no banheiro, dentro da caixa de descarga do vaso sanitário.

— Por quê?
— Porque não queria que ninguém visse o quanto eu estava bebendo.
Silêncio.
Darby notou que Ed tinha parado de tamborilar os dedos sobre a mesa.
Ashley assentiu de modo simpático.
— Minha mãe também lutou contra isso.
— Mas... — Ed começou a falar e, então, cutucou o ombro de Sandi. — Bem, graças a Deus que minha prima Sandi me ligou ontem às duas da tarde e disse que ia me levar até Denver para passar o Natal em família. Nada de desculpas.
Emocionada, Sandi lacrimejou.
— Sentimos sua falta, Eddie.
Eddie se endireitou na cadeira.
— Então, respondendo à pergunta de A Hora da Roda: meu maior medo é esse Natal em Aurora. Receio que minha ex-mulher e meus filhos estejam na casa de Jack amanhã à noite. E receio ainda mais que eles não estejam.
Por algum tempo, todos permaneceram em silêncio.
Ashley engoliu em seco. Ele tinha readquirido alguma cor.
— Ah, obrigado, Ed.
— Sem problemas.
— Sei que não deve ter sido fácil para você falar sobre isso.
— Não foi.
— Você está sóbrio já há algum tempo?
— Não. Eu bebi hoje de manhã — Ed respondeu.
Silêncio.
— Isso, ah... — Ashley disse e hesitou. — Que chato. Fale sobre isso.
Outro silêncio volátil e as luzes voltaram a piscar, enquanto cinco pessoas, com três armas escondidas, compartilhavam oxigênio naquele pequeno espaço.
— Desculpas são um veneno — Ed repetiu. — Fazer a coisa certa é difícil. Decidir não fazer é fácil. Faz sentido?
— Sim, mais do que você imagina — Ashley respondeu.

Então, ele olhou de forma decidida para Darby e ergueu o punho até a boca.

Ele tossiu uma vez.

Armadilha ativada. Darby começou a se mover, sentindo os pelos se arrepiarem. Enquanto ela se dirigia para a porta da frente, Lars tirou os olhos do folheto. Por algum tempo, os dois se entreolharam. Ele ficou observando a passagem dela, torcendo o pescoço esquelético para segui-la. Então, Darby abriu a porta e sentiu uma lufada de ar gelado, um vento cortante e flocos de neve nos olhos.

Ela saiu, com os ombros tensos e o canivete preso nos nós dos dedos.

Siga-me, Cara de Roedor.

Vamos acabar com isso.

23h55

Lars não a seguiu.

A porta se fechou. Darby deu alguns passos vacilantes do lado de fora, com seu tênis afundando na neve fresca e o coração disparado. Ela tinha certeza de que Lars a seguiria. Ele deveria estar *bem atrás dela*, sombreando-a, seu corpo sem aprumo ocupando a porta, com as costas voltadas para o interior do edifício, para que Ashley pudesse atacar...

Mas Lars não estava atrás dela.

Darby tremeu de frio e observou a porta. Naquele momento, não havia nenhuma necessidade de ocultação. Ela segurava o canivete como um picador de gelo, esperando a porta se abrir. Mas isso não aconteceu.

O que tinha dado errado?

O contato visual. O contato visual com Lars tinha sido excessivo, Darby imaginava. Ela exagerara na dose. E agora o criminoso armado ainda estava dentro do prédio, com Ashley e os outros, e a armadilha tinha falhado.

Ok.

Tudo bem.

Ela tinha de fazer uma escolha.

Voltar para dentro? Ou continuar caminhando até o furgão de Lars?

Outra rajada de vento açoitou o rosto de Darby com neve. Por um momento, ela ficou cega. Piscou energicamente, limpando os olhos com os polegares. Quando voltou a enxergar, o mundo tinha escurecido. Percebeu que a lâmpada de vapor de sódio pendurada sobre a porta da frente do centro de informações turísticas havia apagado. Outro presságio sombrio para adicionar à lista.

Os segundos contam, Darby lembrou a si mesma.

Faça uma escolha.

Ela fez: decidiu continuar caminhando até o furgão de Lars. Ela abriria a porta, veria Jay de novo e acenderia a luz no teto. Talvez até os faróis altos. Isso daria a Lars outra razão para sair do prédio. E Ashley teria a oportunidade de atacar, se ele ainda estivesse pronto. Se a emboscada ainda pudesse ser salva.

Outra coisa ocorreu a Darby enquanto caminhava: e se houvesse uma arma no furgão? Sua primeira busca tinha sido breve e frenética. Com certeza, Lars estava portando uma, é claro, mas e se houvesse outra?

Sim, uma arma seria uma virada no jogo. Darby sentiu o estômago roncar. Com passos morosos, com a neve pelos joelhos, sem o cadarço do tênis direito, ela atravessou os quinze metros até o furgão de Lars. A neve tinha voltado a se acumular sobre o para-brisa, endurecida em placas de gelo onde havia se dissolvido. Darby tinha deixado a porta traseira do Astro destravada e estava contente com aquilo.

Então, ela se encaminhou para a traseira do furgão. Passou pelo decalque desbotado com a raposa de desenho animado e com o slogan TERMINAMOS O QUE COMEÇAMOS e se perguntou se Lars tinha comprado o veículo de uma empresa falida. Ou talvez tivesse matado alguém para consegui-lo. Ou talvez o Cara de Roedor fosse um faz-tudo autônomo. Talvez fosse assim que ele entrasse nas casas e vasculhasse os quartos das crianças, abrindo gavetas e cheirando travesseiros.

Darby olhou sobre ombro e viu o centro de informações turísticas de Wanashono. A porta da frente continuava fechada. A lâmpada ainda estava apagada. Ela não avistou nenhuma silhueta perto da janela, o que era surpreendente. Esperava ver Lars observando-a ou pelo menos Ashley. Não conseguiu nem ver Ed e Sandi. Eles estavam sentados muito atrás. Exceto pelo brilho âmbar opaco por trás do vidro semienterrado, nunca se imaginaria que a pequena estrutura estivesse ocupada.

O que estava acontecendo lá dentro?

Tomara que nada. Ainda.

Darby pensou em entrar em seu Honda e tocar a buzina. Com certeza, aquilo chamaria atenção. Sem dúvida, Lars sairia para investigar, mas Ed e Sandi provavelmente também sairiam. A situação poderia desandar. O elemento surpresa poderia ser perdido. Tiros poderiam ser disparados. Balas poderiam ricochetear.

Darby puxou a porta traseira do Astro. Ainda estava destravada e se abriu, deixando cair uma boa quantidade de neve e revelando uma escuridão densa no interior enquanto as pupilas se adaptavam.

— Ei – ela sussurrou.

Silêncio.

— Jay. Tudo bem. Sou eu.

Outro momento tenso, bastante longo para Darby se preocupar. Então, finalmente, a menina se mexeu, agarrando as barras do canil portátil em busca de equilíbrio. A estrutura fez um som metálico, como cabos esticados. Darby enfiou a mão no bolso do jeans para pegar o celular e ligar a lanterna, mas o aparelho não estava ali. Ela deu um tapinha no outro bolso. Também estava vazio. Ela tinha deixado o celular na bolsa, na beira da pia de louça, dentro do banheiro masculino.

Estúpida, estúpida, estúpida.

No interior do furgão, Darby sentiu os mesmos cheiros – cobertores de cachorro, urina, suor envelhecido – e identificou um novo e asqueroso.

— Eu vomitei – a menina murmurou, com um tremor na voz.

— Não... Não faz mal.

— Desculpe. Meu estômago está doendo.

O meu também, Darby pensou. Ela se inclinou para trás e olhou em volta. Sim, a porta do prédio continuava fechada.

— Sinto muito, Jay. Nós duas estamos tendo uma noite desagradável, mas vamos superar isso. Tá?

— Eu não quis vomitar.

— Tudo bem.

— Eu nunca vomito. Nunca.

— Acredite em mim, Jay, isso vai mudar na faculdade.

— A faculdade faz você vomitar?

— Algo assim.

— Eu *odeio* vomitar. Se a faculdade faz você vomitar, eu não vou...

— Tudo bem, Jay, escute – Darby disse e tocou no canil. Então, os dedos trêmulos da menina apertaram os de Darby através das barras. – Eu vou ajudá-la. E para ajudá-la, preciso que você me ajude primeiro. Ok?

— Ok.

— Preciso que você tente se lembrar. O homem que solta pum... Você consegue descrever a arma que ele tem?

— É pequena. Preta. Ele guarda no bolso.

— Claro — Darby disse e voltou a se inclinar para trás e checou a porta da frente do prédio novamente. Continuava fechada. Então, perguntou: — Você viu ele com alguma faca aqui dentro? Um taco de beisebol? Um facão?

— Não sei.

— Alguma outra arma?

— Uma outra.

— *Onde?* — Darby exclamou, com o coração aos pulos.

— Não é uma arma normal...

Rapidamente, Darby pensou em diversas possibilidades e quase engasgou:

— Por quê? É maior?

— Dispara pregos.

— Como uma... — Darby hesitou. — Como uma pistola de pregos?

Jay assentiu.

— E você... E você tem certeza?

Jay assentiu com mais firmeza.

Uma pistola de pregos.

Exatamente como a raposa de desenho animado estampada na lateral do furgão. Darby se lembrou da bandagem na mão de Jay, a pequena mancha de sangue na palma da mão e tudo se encaixou. Um castigo por uma tentativa de fuga, talvez? Ou talvez o que ele chamava de *cartão amarelo* fosse apenas um aperitivo para algum prato principal terrível que Lars tinha em mente para Jay depois que ele a levasse para seu abrigo remoto nas Montanhas Rochosas.

Suas mãos estavam tremendo novamente. Não de medo, mas de raiva.

Uma maldita pistola de pregos.

Esse é o tipo de psicopata que estamos enfrentando.

— E a pistola de pregos está aqui? — Darby perguntou. — Está no furgão com a gente?

— Acho que sim.

Darby duvidava que uma ferramenta mecânica fosse páreo contra a pistola calibre .45 de Lars, mas era um progresso incrível em relação a um canivete suíço. Ela nunca tinha usado uma pistola de pregos antes ou mesmo visto uma fora de uma loja de ferramentas, mas esperava que fosse fácil de aprender. O disparo de um prego alcançava que distância? A ferramenta era pesada? Era barulhenta? Um prego no crânio mataria a vítima ou apenas mutilaria? Apontar e disparar, certo?

Darby tocou na mão direita de Jay através das barras e percebeu que os dedos da menina de nove anos estavam escorregadios com sangue fresco e frio. Provavelmente, a crosta da ferida na palma da mão tinha se soltado.

Apontar e disparar.

Darby jurou que mataria Lars naquela noite. Talvez quando ela e Ashley finalmente encurralassem aquele doente mental e o golpeassem até ele virar um corpo estatelado, choramingante e quebrado. Bem, talvez ela continuasse esfaqueando. Talvez ela cortasse a garganta dele. Talvez ela gostasse daquilo.

Talvez.

Darby se inclinou para trás e verificou o prédio novamente. A falta de atividade continuava. Então, ela começou a se preocupar com Ashley, Ed e Sandi. Será que Lars estava realmente de braços cruzados ali dentro, permitindo que Darby vasculhasse o estacionamento? Depois de encontrar seu copo de isopor na neve? Depois de seguir Ashley e ela no banheiro? Depois que ela fez contato visual a caminho da porta?

Meu Deus... Que diabos estava acontecendo?

Cenários sangrentos circularam em sua mente como flashes de câmera. Ela se firmou, meio esperando o baque de um tiro, mas não aconteceu nada. Apenas um silêncio glacial. Apenas o lamento distante do vento. Apenas Jay e ela. Ela com as pernas trêmulas naquele estacionamento desolado.

A pistola de pregos, Darby decidiu.

A pistola de pregos de Lars era seu novo objetivo. Ela a encontraria, descobriria como operá-la e, então, correria de volta para o interior do prédio, abriria a porta com um chute e, o que quer que estivesse acontecendo ali dentro, dispararia um prego direto no rosto de Lars. O babaca morreria, uma criança inocente se salvaria e o pesadelo chegaria ao fim.

Aquilo funcionaria.

Com os dentes batendo, Darby voltou a olhar para Jay.

— Tudo certo. Onde você acha que Lars guarda a pistola de pregos? Aqui atrás ou na frente?

— O outro deixa em uma caixa laranja.
— Deixa em que lugar?
— Costumava ficar aqui atrás, mas acho que eles mudaram...

Mas Darby não estava escutando. A vozinha de Jay se esvaiu e, num instante de pânico, a sentença anterior se enganchou em seu cérebro e ecoou: *O outro deixa em uma caixa laranja.*

O outro.

O outro.

O outro...

Cambaleando para trás, Darby bateu o joelho na neve endurecida, firmou-se na luz de freio e olhou ao redor.

A porta do prédio estava aberta.

Lars estava parado perto dela. Ashley estava ao lado dele.

O outro.

Eles a observavam, a quinze metros de distância, emoldurados pela luz interior. Pareciam estar falando um com o outro em sussurros cautelosos para que Ed e Sandi não ouvissem. Seus rostos eram sombras negras, ilegíveis, mas Lars estava com o braço esquelético dentro da jaqueta, provavelmente segurando a pistola. E Ashley tinha a meia com a pedra à mostra, na mão direita.

Ele a estava girando.

Golpeando-a na palma.

MEIA-NOITE

00h01

24 de dezembro

Dois contra um.

Ela tinha razão sobre essa parte.

Ashley estava metido no sequestro. Ele havia mentido para ela: sobre dirigir o outro carro, sobre não conhecer Lars, sobre tudo. Cooperado com ela no banheiro. Posto a língua em sua boca. Ele tinha sido muito autêntico, demasiado humano e assustado. Ela acreditara totalmente. Contara tudo para ele. Todo o seu plano, todas as suas opções, seus processos mentais, seus medos.

Darby havia entregado *tudo* para ele, inclusive uma nova arma.

Ela se virou para encarar Jay.

— Você não me disse que eram dois homens.

— Achei que você soubesse.

— Como eu poderia saber?

— Desculpe...

— Por que você não me *falou*? — Darby gritou.

— Desculpa — Jay disse, com a voz alquebrada.

Darby se deu conta de que estava gritando com uma menina de nove anos que recentemente tinha sido vítima de um prego de aço na palma da mão. Mas o que importava aquilo? A culpa era de Darby. O erro era dela. Um erro de cálculo terrível e fatal. Então, eram dois contra uma, e ela e Jay estavam praticamente mortas. Ou pior.

Uma das silhuetas começou a caminhar na direção delas.

O coração de Darby disparou.

— Tudo bem. Onde está a pistola de pregos?

— Não sei.

— Na frente ou atrás?

— *Não sei* — a menina disse, choramingando.

Darby precisava encontrá-la rapidamente. Sob os assentos da frente, talvez? A caixa laranja devia ser grande. Não podia caber em muitos lugares.

Darby correu até a porta do motorista, com os pés afundando na neve, como se estivesse andando em areia movediça. Ela arriscou um olhar por cima do ombro: a figura que avançava estava a meio caminho delas, dando passos largos pela trilha de pedestres. Ela reconheceu o gorro de malha e o andar desengonçado. Era Lars. Sua mão direita foi alcançada por um feixe de luz e ela viu uma forma maciça.

Era sua pistola calibre .45.

— Jay — Darby sussurrou. — Feche os olhos.

— O que vai acontecer?

— Apenas feche os olhos — Darby insistiu e alcançou a porta do motorista. Com a mente berrando, bateu na porta com as duas mãos: *Encontre a pistola de pregos. Mate esse babaca. E depois pegue a pistola e mate Ashley, aquela serpente mentirosa...*

Darby puxou a maçaneta. A porta estava trancada.

Ela sentiu o estômago revirar.

Porque... Porque Lars tinha travado a porta novamente. Claro que tinha. Ele estivera ali por último. Estava travada, travada, *travada*.

— Você, ah... Você pediu para o meu irmão me matar? — Lars perguntou, com a voz balbuciante se aproximando. — Isso está... Isso está certo?

Eles são irmãos.

Merda, merda, merda.

Passos ruidosos, como cascas de ovo se quebrando, estavam se aproximando dela.

— Ashley me disse que você pediu para ele esmagar meu crânio.

Sua voz estava assustadoramente *próxima*: rouca, estalando no ar fresco, deixando escapar vapor condensado.

A porta do motorista não abria. Darby arrastou-se até a traseira do furgão, agarrando a porta entreaberta em busca de equilíbrio. Olhou para o interior do veículo escuro e viu os olhos de Jay cheios de lágrimas de pânico e cheios de luz refletida. Viu o rosto ruborizado. Viu as unhas minúsculas.

Jay implorou:

— Corra...

Os passos de Lars estavam cada vez mais próximos.

Darby pôs o canivete suíço sobre os dedos estendidos da menina, quase deixando-o cair.

— Use isso – ela disse, tocando as serrilhas da lâmina. — Movimento de raspagem, tá? Para serrar as barras do canil...

— Ele está vindo.

— Faça isso, Jay. Promete?

— Prometo.

— Serre. Você vai escapar.

— E o que você vai fazer?

Darby retrocedeu e fechou a porta traseira, deixando cair uma boa quantidade de neve. Ela não respondeu à pergunta de Jay porque não tinha resposta.

Não faço a mínima ideia.

* * *

— Por que você está correndo? — Lars perguntou.

Com neve até a cintura, Darby se movia pelo caminho como se tivesse se arrastando para fora de uma piscina inflável repetidas vezes a cada passo cambaleante. Arfante, sentia a garganta doer e as panturrilhas arderem.

— *Ei*. Eu só quero falar....

Pela clareza da voz de Lars, ele estava a menos de três metros. Perseguindo-a. Sua respiração pela boca tinha se transformado em uma respiração ofegante constante: grave, gutural, como a de um lobo.

O tênis direito — ainda sem cadarço — ficou preso na neve. Darby o pegou e prosseguiu, meio calçada, a respiração ofegante dele ficando mais alta atrás dela. Lars estava ganhando a corrida, ela sabia. Alguns passos mais e ele agarraria seu tornozelo...

— Eu... ah, eu vou pegar você de qualquer maneira...

Um barulho metálico. Era a arma se movendo na mão dele.

Contudo, ela sabia que a pistola era apenas para intimidação. Se Lars quisesse realmente atirar nela, já teria atirado. Isso alertaria Ed e Sandi. Então, provavelmente, Ashley tinha ordenado que seu irmão a perseguisse e a capturasse, matasse-a discretamente por asfixia ou quebrando o pescoço...

O irmão.

O *maldito* irmão.

Darby passou pelo mastro sem bandeira e olhou para trás. Lars era uma sombra em perseguição. Ele tinha perdido o gorro do Deadpool. Ela viu o cabelo loiro ralo de Lars, leitoso sob a luz fosca, uma calva incipiente. O vapor condensado selvagem da respiração dele. Lars parou de gritar com ela. Ele já sentia muita falta de ar. A neve espessa era bastante exaustiva. Era um pesadelo em câmera lenta.

Ele vai me pegar, Darby sabia.

Ela já estava cansada, com os músculos latejando e as juntas sem consistência.

Ele vai me capturar, passar as mãos em torno do meu pescoço e me sufocar até eu morrer...

Naquele momento, Lars estava bem atrás dela. Darby podia sentir o cheiro do suor salgado. Ela tinha perdido a liderança e aberto mão de suas duas armas — a meia com uma pedra em favor de Ashley e o canivete em favor de Jay — e agora tudo o que lhe restava era uma bala no bolso e um tênis tamanho 36 na mão. Pensou em arremessá-lo contra Lars, mas seria apenas uma chateação. Ele o jogaria para longe sem diminuir o ritmo.

Não havia para onde correr. Ashley estava vigiando a porta da frente. Ela não tinha suas chaves; ou seja, trancar-se dentro de Blue não era uma opção. Correr também não era; havia apenas quilômetros de taiga irregular do Colorado em todas as direções, gelada e antipática. Apenas árvores montanhescas secas, cobertura do solo esparsa e mergulhos fatais escondidos pela neve. Quanto tempo ela duraria antes de sucumbir à morte gradual por hipotermia?

Não posso continuar correndo.

Ela pensou em parar, ficar de pé sobre o terreno instável e lutar com Lars. As chances não eram boas.

— Vire-se — Lars disse, bufando de raiva atrás dela. — Vamos... Ah, vamos conversar...

Darby precisava decidir. Se parasse, teria poucos segundos para recuperar o fôlego antes da luta, mas, se continuasse correndo e ele a atacasse, ela não conseguiria recuperar o fôlego e suas chances seriam ainda piores...

Ou...

O *layout* do centro de informações turísticas de Wanashono lampejou através de sua mente outra vez. Paredes, cantos, pontos cegos. Embora a porta da frente ainda estivesse bloqueada por Ashley, havia outro jeito de entrar no prédio: as pequenas janelas triangulares dos banheiros. Darby viu uma no banheiro masculino, não maior do que uma porta para cachorro. Ela podia vê-la dali, vazando um fiapo de luz alaranjada através dos pingentes de gelo pendurados acima das mesas de piquenique empilhadas.

Sua bolsa estava dentro do banheiro, com as chaves e o celular.

Ok.

Vou subir naquelas mesas, quebrar a janela e entrar.

Darby mudou de direção.

Lars percebeu.

— Aonde você vai?

Darby não tinha um plano para depois que entrasse no prédio. Ela simplesmente ia investir naquilo. Porque, como Sandi dissera, dentro era muito melhor do que fora. Ed e Sandi estavam lá dentro e Ashley e Lars não ousariam matá-la diante de duas testemunhas.

Ousariam?

Ela não tinha tempo para pensar naquilo.

As mesas de piquenique estavam empilhadas debaixo da janela, cobertas de neve. Então, Darby as escalou, como se fosse uma escada gigante. Escalou três mesas, que balançaram sob o seu peso, mas conseguiu e golpeou a janela triangular com as mãos estendidas. Vidro fosco, brilhando com a luz interior, irregular por causa do gelo. Muito grosso para quebrar com um cotovelo, mas era uma janela que se abria para fora em torno de uma dobradiça corroída pela ferrugem e parecia entortada. Então, ela procurou as bordas, segurando a janela com os dedos dormentes...

Lars riu.

— O que você está fazendo aí em cima?

Um pingente de gelo de trinta centímetros caiu do telhado e bateu na mesa ao lado dela. Ela recuou, cerrando os dentes, ainda puxando, arranhando a vedação de borracha da janela...

— Ei, garota...

Puxe... Puxe...

Outro pingente caiu e se quebrou, molhando-a com salpicos de gelo, como cacos de vidro em seu rosto.

— Garota, eu *vou te pegar...*

Outros dois pingentes de gelo caíram à direita e à esquerda de Darby, explodindo como dois tiros em seus tímpanos. A mesa de piquenique balançou debaixo dela quando o Cara de Roedor subiu em sua direção, trepando sobre os cotovelos e os joelhos como um animal fugitivo, mas o único foco de Darby estava naquela janela articulada. Naquele brilho quente atrás do vidro, tão provocantemente perto. Nos seus dedos crispados puxando com violência aquela coisa...

Puxe... Puxe... Puxe... Puxe...

A dobradiça quebrou. A janela se soltou.

Darby deixou que a janela caísse e se quebrasse sobre uma mesa de piquenique gelada. Lars levantou a mão para proteger o rosto dos cacos de vidro. *Ah, meu Deus, ele está bem atrás de mim.* Darby não tinha mais tempo. Ela pularia para dentro do banheiro, dando um mergulho desesperado através da pequena abertura...

Dedos gelados se entrelaçaram ao redor do tornozelo dela.

— Peguei você...

Mas ela esperneou e se livrou.

00h04

Darby se torceu, soltou-se de uma altura de pouco mais de um metro e oitenta e acertou um mictório de louça branco.

Ela bateu na aba do mictório com a parte inferior das costas e foi arremessada ao chão, batendo o crânio nos ladrilhos do piso. Clarões espocaram em sua visão.

A queda deu a descarga no mictório.

Darby conseguiu se levantar e se virou para encarar a janela vazia. Apenas um triângulo de escuridão. Flocos de neve flutuantes começaram a invadir o interior do banheiro. Provavelmente, a abertura era muito pequena para Lars segui-la, mas ela não podia confiar naquilo. Além disso, Ashley ainda estava por perto.

Com as costas machucadas, Darby se afastou da janela e começou a percorrer o longo espaço retangular do banheiro. Passou pelas cabines, passou pela porta com a inscrição PAUL DÁ O CU, passou por outros mictórios manchados, até que deu de cara com a pia. Outra pontada de dor. Ela tinha deixado sua bolsa ali. Pegou-a, sentindo em seu interior o tinido tranquilizador das chaves do Honda. E o iPhone.

7% de bateria.

Ela prendeu a respiração e prestou atenção. Ouviu os passos de Lars do lado de fora e sua respiração ofegante sob o gemido do vento. Ele devia estar se sentindo frustrado. Provavelmente, não estava disposto a escalar as mesas e a se arriscar a ficar preso na abertura com seu traseiro ossudo e relutava em deixar a janela desprotegida e se dirigir para a frente do prédio. Era assustador. Lars tinha desistido de falar com ela. Ele apenas rosnava e deixava escapar bufos de raiva.

Continue se mexendo, Darby.

Ela ouviu vozes vindas do salão do centro de informações turísticas. As vozes eram abafadas pela porta. Provavelmente, Ed e Sandi tinham ouvido a queda. E ela reconheceu os sons robóticos do rádio: outra atualização do CDOT. Agora qual era o horário da chegada da ajuda? No amanhecer, certo? Seis da manhã? Sete?

Não pense nisso. Continue se mexendo.

Ashley estava por perto, mas com o paradeiro desconhecido. Aquilo a apavorava. Pior, ela estava desarmada. Darby esperava que Jay conseguisse serrar as barras do canil com o canivete. Caso contrário, aquilo tudo seria em vão. Darby só precisava ganhar algum tempo para que a menina conseguisse cumprir sua missão (supondo que Darby fosse capaz de sobreviver nos próximos minutos ao ataque de dois assassinos) e, em seguida, levar Jay e ela a um lugar seguro (supondo que Blue conseguisse atravessar o apocalipse de neve). Em suma, três suposições colossais. A palavra *improvável* não faria justiça.

Não, Blue estava ilhado pela neve. A neve estava muito profunda...

Mas e a picape de Sandi?

Correntes nos pneus, boa altura livre do solo; sim, a picape tinha chance.

Darby cerrou o punho em torno das chaves, deixando as pontas afiadas se projetarem entre os nós dos dedos. Ela podia causar algum dano no rosto do agressor ou arrancar um olho se tivesse sorte. Sua chave do dormitório do Dryden Hall era especialmente afiada, como uma faca para cortar carne.

Darby ouviu um barulho do lado de fora. Paralisada, ela prestou atenção. Algo pesado se moveu, deslocando a neve. Era uma mesa de piquenique que estava mudando de lugar. Ela sabia que Lars estava tentando, pela segunda vez, escalar a pilha de mesas instáveis para entrar no banheiro. A qualquer segundo, aquele rosto pequeno e sem queixo apareceria na janela, com um sorriso de alegria demente...

Hora de partir.

Darby calçou o tênis direito. Deu um nó duplo no cadarço. Em seguida, pendurou a bolsa nos ombros – as chaves ainda apertadas entre os nós dos dedos – e se dirigiu para o salão da área de descanso de Wanashono.

Ed estava mexendo na antena do rádio através das grades da cafeteria. Ele lançou um olhar de estupefação na direção de Darby, e ela sabia o motivo. Darby saíra pela porta da frente do prédio vinte minutos antes e, agora, voltava pelos banheiros. Mais à frente, Sandi tirava um cochilo no banco, com as pernas encurvadas e o livro cobrindo o rosto.

— Encontrou um sinal de celular? — Ed perguntou.

Darby não respondeu. Olhou adiante, passou pelo *O Pico do Café Expresso* e se dirigiu para a porta da frente. Era onde Ashley estava, com os ombros largos bloqueando a saída. Ele ficou olhando para ela. O asmático nervoso e vacilante com quem ela tinha falado uma hora antes tinha desaparecido. Simplesmente, havia sido posto de lado. Aquele novo Ashley era tranquilo e sólido, com olhos intensos e observadores. Ele a observava de alto a baixo: Darby tinha neve nos joelhos; o rosto estava enrubescido; a pele, pegajosa de suor; as chaves, presas junto ao punho. Então, Ashley lançou um olhar para a mesa central, como se ordenando que Darby se sentasse.

Ela o encarou, cerrando os dentes e procurando parecer destemida. Desafiante. Como uma heroína corajosa cercada por forças do mal.

Em vez disso, ela quase chorou.

Uma certeza: ela morreria naquela noite.

— Ei — disse Ed, colocando-se entre eles e se esforçando para lembrar o nome dela. — Você... Você está bem, Dara?

Pelo amor de Deus, é Darby.

Ela engoliu em seco e respondeu com a voz de camundongo de desenho animado:

— Eu estou bem.

Não estava. Sentia soluços presos no peito, espasmos que se esforçavam para escapar. A coluna doía no lugar onde ela aterrissara no mictório. Ela queria pular para a frente, agarrar Ed pelos ombros e gritar para aquele bom e velho veterinário e sua prima adormecida: *Corram. Pelo amor de Deus, corram agora mesmo.* Mas para onde?

Ashley voltou a indicar a mesa com um gesto de cabeça. Com mais firmeza. Também indicou uma cadeira.

Darby notou um objeto marrom colocado bem no centro do assento e reconheceu seu guardanapo marrom. O mesmo que eles tinham usado antes, quando ela achava que ele era um aliado.

Ela se aproximou da cadeira e pegou o guardanapo. Ainda a observando, Ashley entortou o lábio. Era o começo de um sorriso de satisfação, despercebido por Ed e Sandi.

Darby desdobrou o guardanapo com os dedos dormentes e desajeitados.

SE VOCÊ CONTAR PARA ELES, EU MATO OS DOIS.

00h09

Ashley se dirigiu para a mesa em silêncio e se sentou bem em frente a Darby, com as duas palmas sobre o tampo da mesa. Suas mãos eram grandes e calejadas.

Darby dobrou o guardanapo e o colocou no colo.

O rádio estalou.

— Estou cheio de jogar Go Fish — Ashley disse secamente para Darby. — Que tal outra coisa?

Darby permaneceu calada.

— E se... Ah! Que tal War? — Ashley sugeriu.

Darby olhou para Ed e Sandi...

Ashley estalou os dedos.

— *Ei*. Estou aqui, Darbo. Não se preocupe com as regras. War é bem simples. Mais simples até do que Go Fish. Cortamos o baralho em dois, viramos as cartas uma após a outra e vemos quem tira a maior carta. Quem tira a maior, fica com as duas cartas e as adiciona ao seu monte. Como você sabe, em todas as guerras, as batalhas são travadas uma de cada vez.

Ashley sorriu, satisfeito consigo mesmo. Então, ele embaralhou as cartas na frente dela. Em seguida, curvou as cartas para trás com força.

— O ganhador fica com todo o baralho no final — ele explicou, olhando Darby nos olhos. — E o perdedor? Bem, fica sem nada.

Atrás de Darby, Ed apertou a alavanca da garrafa de CAFE para encher seu copo e ouviu um barulho de afogamento, como pulmões borbulhando com água. Alguma coisa a respeito disso fez Darby estremecer nas omoplatas.

— Más notícias, amigos. — Ed sacudiu a persiana de segurança. — O café acabou.

Ashley arregalou os olhos, fingindo espanto.

— *O quê?* Não temos mais cafeína?

— Já era.

— Bem, acho que agora todos nós vamos começar a nos matar — Ashley disse, embaralhando as cartas pela última vez. Passou pela cabeça de Darby que aquelas cartas de baralho encardidas não pertenciam à área de descanso de Wanashono. A prateleira de folhetos estava aparafusada no chão, o rádio estava dentro de um engradado e a cafeteria estava protegida atrás de uma persiana. Ashley tinha trazido o baralho consigo. Porque ele era um tipo brincalhão do mal, fascinado por jogos, truques, prestidigitação, surpresas e indução ao erro.

Sou um homem mágico, Lars, meu irmão.

As pistas tinham estado todas ali. Darby simplesmente não as tinha visto.

— Você deveria descansar um pouco — Ashley disse para ela. — Você parece cansada.

— Eu estou bem — ela respondeu, a garganta seca.

— Está?

— Estou.

— Gente ruim nunca descansa — Ashley afirmou, sorrindo ironicamente. — Certo?

— Algo assim.

— Quantas horas você dormiu ontem à noite?

— O suficiente.

— O suficiente? Em horas, o quanto é isso?

— Eu... Uma hora, talvez duas...

— Ah, não, isso não é suficiente — Ashley disse. Ele se curvou para a frente, rangendo a cadeira, e dividiu as cartas entre eles. Darby ficou admirada; os dedos dele eram assustadoramente *rápidos*.

— Os seres humanos precisam de seis a nove horas de sono por noite — Ashley disse para ela. — Eu durmo oito horas toda noite. Isso não é uma recomendação, querida. É biologia. Veja, menos horas do que isso desgasta sua função cerebral. Ou seja, tudo: seus reflexos, sua estabilidade emocional, sua memória. Até sua inteligência.

— Então, vamos empatar — Darby ironizou.

Voltando para sua cadeira, Ed deu uma risadinha.

— Acabe com ele. Por favor.

No entanto, Darby não pegou suas cartas. Nem Ashley. Em silêncio, eles se entreolharam por cima da mesa, o vento zumbindo do lado de fora. Uma rajada atravessou a janela quebrada do banheiro masculino, sacudindo a porta em suas dobradiças. A temperatura no salão estava caindo, mas até então ninguém tinha notado.

— Felizmente para você, War é um jogo de cartas que se baseia inteiramente na sorte. Ao contrário das coisas reais, sabe?

Darby examinou os olhos de Ashley. Eram grandes, verde-esmeralda salpicados de âmbar. Ela procurou algo reconhecível, algo humano para relacionar: medo, cautela, autoconhecimento. Porém, não encontrou nada.

Os globos oculares ficam presos em pedículos, Darby aprendera ao acaso em uma galeria de arte, em outubro. Ela esqueceu o nome do artista, mas ele estava lá, misturando-se com o público, tomando um gole de cerveja, explicando alegremente que tinha incluído fotos autênticas de autópsia em seu trabalho. Para Darby, a forma dos nervos ópticos humanos pareciam perturbadoramente insetoides, como antenas em uma lesma de jardim. Algo a respeito disso fez sua pele se arrepiar. Ela imaginou os grandes olhos de Ashley pairando nas cavidades oculares, disparando sinais elétricos ao longo dos pedículos pendentes rumo às espirais do cérebro. Ele era um monstro, um feixe exótico de nervos e carne. Totalmente inumano.

E ainda estava olhando para ela.

— Ao contrário das coisas reais — ele repetiu.

As cartas do baralho estavam entre eles, em dois montes ignorados. As perguntas esvoaçavam na mente de Darby como pássaros aprisionados, coisas que ela queria desesperadamente perguntar em voz alta, mas não podia. Não enquanto Ed e Sandi estivessem no alcance da audição.

Por que você está fazendo isso?

Por que sequestrar uma criança?

O que você vai fazer com ela?

E aqueles olhos verdes de dragão continuavam olhando para ela, cheios de segredos. Semelhantes a uma pedra preciosa, esquadrinhando seu corpo, avaliando suas dimensões, calculando as contingências e os *e se*. Eram olhos assustadoramente inteligentes, da mesma forma que os de Lars eram assustadoramente estúpidos. Mas era uma inteligência hostil.

Outras perguntas fagulharam em sua mente: *O quão rápido você é? O quão forte você é? Se eu atacar seu rosto com as chaves do Blue, poderei cegá-lo? Neste exato momento, se eu correr para a porta da frente, vou conseguir?*

A porta da frente se abriu. Uma corrente de ar frio muito forte varreu o salão.

Ed deu uma olhada.

— Oi, Lars.

Ashley deu um sorriso forçado.

Contra um zumbido de vento desviado, o Cara de Roedor se posicionou à porta, com a mão direita enfiada no bolso da jaqueta azul-clara, envolvendo a empunhadura daquela arma preta calibre .45. Ela já a tinha visto a essa altura, vislumbrado duas vezes quando foi perseguida. Darby não sabia muita coisa sobre armas de fogo, mas reconhecia aquela como uma equipada com um pente de balas, o que significava que podia dar mais tiros do que um revólver de cinco ou seis balas. Ela mal conseguia perceber o contorno sob a jaqueta, uma saliência junto ao quadril direito, mas só percebia porque procurava a arma.

Ed não a perceberia.

E Sandi estava dormindo.

Darby estava cercada novamente, com Ashley junto à mesa e Lars postado à porta. Ela estivera cercada o tempo todo — eles tinham coordenado tacitamente suas posições durante toda a noite —, mas, sem dúvida, esperava que seu mergulho através da janela do banheiro tivesse sido uma surpresa. Com certeza, tinha salvo sua vida, pelo menos por um pouco mais de tempo...

— Dara, você nunca respondeu à pergunta, não é? — disse Ed.

— O quê? — exclamou Darby, assustada.

— A pergunta de A Hora da Roda a respeito de seu maior medo — Ed prosseguiu, girando o copo de isopor vazio sobre a mesa. — Eu falei do meu. Ashley contou a história da dobradiça. Sandi odeia cobras. E você? Qual é o seu maior medo?

Todos os olhares se voltaram para ela.

Darby engoliu em seco. Ainda tinha o guardanapo em que Ashley escrevera SE VOCÊ CONTAR PARA ELES, EU MATO OS DOIS sobre o colo.

— Sim — Ashley disse, contendo um sorriso. — Conte para nós. O que assusta você, Darbs?

As palavras ficaram presas em sua garganta.

— Eu... Eu não sei.

— Armas? — ele perguntou.

— Não.

— Pistolas de prego?

— Não.

— Ser assassinada?

— Não.

— Não sei. Ser assassinada é bastante assustador...

— O fracasso — Darby disse, interrompendo Ashley e encarando aqueles olhos verdes. — Meu maior medo é fazer a escolha errada, falhar e deixar uma pessoa ser sequestrada ou morta.

Silêncio.

No banco, Sandi se mexeu em seu sono.

— Isso é... — disse Ed, erguendo os ombros em estranhamento. — Tudo bem, é um medo esquisito, mas obrigado.

— Ela...

Ashley começou a falar alguma coisa, mas se conteve. Ed não percebeu, mas Darby sim, e aquilo a excitou. O que ele quase deixou escapar?

Ela...

Ela era Jay Nissen. A menina de San Diego presa no furgão do lado de fora, cuja vida estava na corda bamba naquele exato momento.

Era apenas um pequeno erro, somente uma fração de uma frase, mas revelava a Darby que ela tinha pego seu inimigo desprevenido. Talvez Ashley e Lars a tivessem subestimado, aquela estudante de artes em Boulder, de cinquenta quilos, que havia topado com o plano de sequestro deles. Com certeza, eles não podiam ter previsto aquela fuga pela janela do banheiro. Darby sentia orgulho.

Esperava que estivesse dando nos nervos deles.

Eles não querem me matar aqui, na frente de testemunhas.

Porque eles também teriam de matar Ed e Sandi, e aquilo aconteceria como último recurso. Provavelmente, um homicídio era mais fácil de administrar do que três. Eles pretendiam matá-la ou incapacitá-la do lado de fora, discretamente, mas ela havia passado a perna neles: fugido através de uma pequena janela, machucado a coluna em um mictório e ganhado mais dez minutos de vida.

Aqueles dez minutos estavam quase no fim.

Inspire. Conte até cinco. Expire, Darby lembrou a si mesma. Tinha de manter a respiração plena e constante. Não podia perdê-la. Não naquele momento.

Inspire. Conte até cinco. Expire.

Ashley olhou sobre o ombro para o irmão e fez um movimento leve, mas de comando, com a cabeça. Sem dúvida, ele era o líder. Se Darby tivesse de matar um deles naquela noite, teria de ser ele.

Ela se perguntava o quanto do que ele disse era verdade. O carro soterrado do lado de fora era realmente dele? Estava realmente estudando contabilidade em Salt Lake City? Realmente quase tinha morrido em uma mina de carvão em Oregon com o polegar esmagado em uma dobradiça enferrujada? Ashley parecia intoxicado pelo ato de mentir, de enganar, de desempenhar muitos papéis, de apresentar diferentes versões de si mesmo. Ele era uma criança apresentando um espetáculo de mágica.

Já passava da meia-noite. Darby tinha de sobreviver por mais seis horas, até a chegada dos limpa-neves do CDOT, ao amanhecer, e a abertura da rodovia para uma fuga. Eram muitos incrementos de dez minutos, mas ela tentaria.

Darby não tinha ideia do significado do movimento leve de cabeça de Ashley para o irmão. Até aquele momento, Lars continuava postado junto à porta da frente, mas ela não gostava daquilo. Os irmãos tinham acabado de fazer outro movimento de xadrez silencioso contra ela. Novamente, ela estava na defensiva.

Mas enquanto Ed e Sandi estiverem aqui, eles não vão me matar.

Darby olhou para o relógio na parede e, por um breve e sombrio momento, pensou em como o amanhecer estava longe. Como a noite estava escura e fria. Como ela estava em inferioridade numérica. Os irmãos poderiam matar todos naquele recinto. Talvez tivessem planejado aquilo. Talvez a ameaça no guardanapo fosse apenas um joguinho.

Ashley sorriu, como se tivesse lido a mente dela.

Esse impasse não vai durar.

— Tudo bem, pessoal — ele disse, alegremente. — War com Darbs parece ser um fracasso. Quem está disposto a uma nova rodada de A Hora da Roda?

— Claro — disse Ed, dando de ombros.

— Vamos de... Primeiro emprego? Não. Vamos de filmes preferidos — Ashley exclamou, percorrendo com o olhar o salão abafado, como um apresentador de tevê de sorriso afetado. — Tudo bem se eu responder primeiro de novo?

— Vai nessa.

— Ok. Na realidade... Bem, não tenho um único filme preferido, mas sim um *gênero* preferido de filmes. Isso é aceitável para todos?

Com um gesto de mão, Ed sugeriu: *quem se importa.*

— Filmes de monstros — Ashley disse, lançando um olhar para Darby no outro lado da mesa. — Não tipo monstrinhos como lobisomens. Estou falando de monstros enormes, imponentes, com vinte andares de altura, como Godzilla e Rodan. Filmes *kaiju*, como eles são chamados no Japão. Vocês conhecem esse tipo de filme, onde algo grande aterroriza uma cidade, arremessando carros a torto e a direito?

Ed assentiu, sem ouvir realmente. Ele estava inclinando seu copo de café, tentando capturar as últimas e preciosas gotas.

Não importava, porque Ashley só estava olhando para Darby enquanto falava, com palavras claras e contidas, revelando seus dentes imaculadamente brancos:

— Nossa, eu simplesmente *adoro* filmes *kaiju*. E... a coisa que acho fascinante a respeito deles é o seguinte: os heróis humanos — Bryan Cranston e aquele cara insosso no papel de sargento, na refilmagem de *Godzilla*, em 2014, por exemplo. São apenas para preencher espaço. São nulidades para o público. Esses seres humanos insignificantes têm algum impacto na trama real?

Ashley deixou sua pergunta retórica flutuar por mais tempo do que o necessário.

— *Não* — ele finalmente respondeu. — Zero. Na história, o papel deles é totalmente reativo. Godzilla, Mothra, os MUTOS, as verdadeiras estrelas do show, vão lutar e resolver seus negócios, e os seres humanos não são capazes de deter a carnificina. Isso faz sentido para você?

Darby não respondeu.

— Não importa o que você tente, os monstros vão fazer o que eles querem — Ashley afirmou. Ele se curvou para a frente, rangendo a cadeira, e Darby sentiu o cheiro da respiração úmida dele enquanto a voz baixava para um grunhido rouco: — Escute, os monstros vão lutar e vão derrubar arranha-céus e vão esmagar pontes, e tudo o que você pode fazer é cair fora do caminho deles ou *você vai ser esmagada*.

Silêncio.

Darby não conseguia desviar o olhar. Era como se estivesse encarando um animal raivoso. A respiração dele era insuportável. Como gemas de ovo cozidas e café amargo, azedando com cheiros semelhantes à carne. Sessenta minutos antes, a língua de Ashley tinha sido uma lesma quente em sua boca. Porém, naquele momento, o sorriso infantil de Ashley estava de volta, como se ele tivesse recolocado uma máscara de borracha de Halloween. Ele voltava a ser o tagarela jovial que ela conhecera anteriormente.

— Então, e você, Darbs? Qual é o seu tipo preferido de filme? Terror? Fantasmas? Pornô de tortura?

— Comédias românticas — Darby respondeu.

Junto à porta da frente, Lars deu uma risadinha; um ruído áspero que fez Darby se lembrar de uma motosserra.

— Esta... esta vai ser uma noite divertida.

Talvez, Darby pensou, olhando-os nos olhos, *mas eu prometo: não vou facilitar.*

— Tenho de admitir: faria qualquer coisa por um copo de café agora — Ashley disse, esfregando os olhos em sonolência encenada.

— Ei, sabe, temos café na picape. Tipo café solúvel. Você despeja uma colher no copo e adiciona água quente. Tem gosto de lama de rio, mas é café. Alguém está interessado?

— Café de acampamento? — Ashley sorriu de alegria, como um garimpeiro descobrindo ouro. Se ele não planejou isso, teve sorte. — Seria maravilhoso.

— Sandi odeia.

— Bem, felizmente ela está dormindo.

— Sim? Querem? Tudo bem — disse Ed, calçando um par de luvas pretas de inverno e se dirigindo até a porta. — Volto num instante.

— Não se preocupe — disse Ashley, dando um sorriso largo. — Não tenha pressa, amigo.

Darby tentou pensar em algo para dizer — *espere, pare, por favor, não saia* —, mas sua mente estava tão espessa quanto manteiga de amendoim. O momento passou e, em outro instante de frio na barriga, Ed desapareceu. A porta do centro de informações turísticas se fechou, mas não totalmente.

Lars a empurrou. *Clique.*

Os irmãos se entreolharam e depois olharam para Darby. Em um microssegundo, a pressão do ar do salão mudou. Os três estavam basicamente sozinhos. Quanto tempo Ed levaria para ir até a picape de Sandi, abrir a bagagem, pegar o café solúvel e voltar? Sessenta segundos, talvez?

Agora... A única coisa que mantinha Darby viva era Sandi.

Mas ela não estava acordada. Sandi roncava como um gato sobre o banco azul, com os braços cruzados sobre a barriga e o livro equilibrado precariamente sobre o rosto. A brisa mais leve poderia desequilibrá-lo. Pela primeira vez durante toda a noite, Darby conseguiu ler o título: *Sorte do diabo.* Nos próximos sessenta segundos, mais ou menos, a vida de Darby dependia de quão leve fosse o sono daquela mulher de meia-idade.

— Comédias românticas — Ashley murmurou. — Isso é fofo.

— Melhor do que *Godzilla.*

— Tudo bem, Darbs, estou de saco cheio de falar sobre isso — Ashley disse, mantendo a voz baixa e controlada e observando Sandi com o canto do olho. — Então, eis o que vai acontecer. Vou te fazer uma oferta.

Darby passou a prestar atenção, mas, no fundo de sua mente, contava os segundos, como um relógio: *sessenta segundos para Ed caminhar até a picape da prima e voltar.*

Cinquenta segundos, agora?

— Essa oferta vai valer uma única vez, Darbs. Não vai existir uma segunda chance. Então, pense bem, por favor, antes de tomar uma decisão.

— O que vocês estão fazendo com a menina?

Ashley lambeu os lábios.

— Não estamos falando de Jay agora.

— Vocês vão matá-la?

— Isso não é importante.

— É *muito* importante para mim.

— Darby. — Ele estava começando a se irritar, arreganhando os dentes perfeitos, e então continuou em um sussurro tenso: — A questão não é ela. Você não entende? Isso é uma questão entre mim, você, meu irmão e todos os outros pegos no fogo cruzado nessa área de descanso. Trata-se da decisão que você vai tomar agora.

Quarenta segundos.

Darby pensou em Lars, guardando a porta atrás dela, e sentiu o estômago embrulhar de pavor. Seu sorriso lunático, o reluzente tecido de cicatrização salpicando suas mãos, seus olhinhos achatados. Ela não achou que poderia dizer em voz alta, mas disse:

— É ele... Lars vai estuprá-la?

— O quê? — Ashley revirou os olhos. — Eca. Credo. Darbs, você não está escutando...

— Me responda — ela insistiu, olhando para Sandi. — Ou, eu juro por Deus, vou começar a gritar agora...

— Faça isso para ver o que vai acontecer — ele disse, reclinando-se.

Darby ainda tinha as chaves presas entre os nós dos dedos sobre o colo. A mais afiada — a chave de seu dormitório em Dryden Hall — estava entre o polegar e o indicador. No entanto, ela não tinha certeza de que conseguiria resolver o assunto com rapidez suficiente. Ashley veria o ataque chegando e levantaria a mão para proteger o rosto. Não funcionaria. Ela não era bastante forte nem bastante rápida.

— Eu desafio você — ele sussurrou. — Grite.

Ela quase aceitou o desafio.

Então, Ashley olhou por cima do ombro de Darby. Ele voltou a fazer um movimento com a cabeça e ela se deu conta, com um arrepio de pânico, de que Lars estava parado bem atrás dela. Darby não tinha ouvido a aproximação dele, mas naquele momento ela ouviu o vinco de sua jaqueta flexionando, a poucos centímetros de distância. Como no momento em que eles se conheceram. Ela se encolheu, meio esperando que aquelas mãos marcadas com cicatrizes apertassem seu pescoço. No entanto, em vez disso, Lars se ajoelhou, pegando a bolsa de Darby do chão ao lado do tornozelo dela.

— Peguei — ele disse e levou a bolsa para a porta.

Ashley voltou a olhar para Darby, sugando o lábio inferior.

— Darbs, para que fique claro, estou dando a você uma chance de desfazer tudo isso. Um grande botão vermelho de reinicialização. Também é fácil, porque tudo o que você precisa fazer é nada. Apenas mantenha sua boca fechada.

Vinte segundos.

— Escute, Darbs, todos nós estamos de acordo que esse pequeno incidente nunca aconteceu. Nós, meu irmão e eu, vamos fingir que você nunca arrombou nosso furgão. Você vai fingir que nunca viu Jaybird. Todos nós simplesmente... simplesmente vamos apagar as últimas horas de nossos cérebros, e quando os limpa-neves chegarem aqui ao amanhecer, vamos todos entrar em nossos carros e vamos seguir os nossos caminhos. Uma solução pacífica para todos.

Pop-pop. Lars abriu os botões de sua carteira. Os cartões de crédito caíram no chão. Lars os cheirou, examinou sua carteira de motorista de Utah e desdobrou uma nota de vinte dólares amassada, que embolsou.

Dez segundos.

— Vou ser honesto — Ashley afirmou. — Estou esperando, *de verdade*, que você simplesmente faça vista grossa. Descanse um pouco. Você está cansada. Parece uma merda cozida. Não terá chance contra mim e Lars. Então só... deixe os monstros fazerem suas coisas, tá?

Cinco segundos.

— Por favor, Darbs. Será mais fácil para todos nós — ele disse e olhou para Sandi, como se sua ameaça já não fosse clara o suficiente.

— Não posso — Darby respondeu, enrubescendo.

— Não vamos machucar Jay — Ashley afirmou e inclinou a cabeça. — É isso? É disso que você tem medo? Porque nesse caso, eu prometo para você...

— Você está mentindo.

— Ninguém vai se machucar hoje à noite se você cooperar.

— Sei que você está mentindo.

— Ela vai ficar bem — insistiu Ashley, acenando. — Ei, a propósito. Eu vi um monte de papéis no assento traseiro de seu carro. Papéis pretos. O que é tudo aquilo?

— Por que você se importa?

A expressão de Ashley endureceu.

— Você espiou os negócios da família Garver. Então, espiei os seus. Responda à pergunta.

— São... apenas papéis.

— Para quê?

— Decalques de lápides.

— O que é isso?

— Pego... Uso giz de cera para, uhm... fazer uma reprodução das lápides.
— Por quê?
— Porque eu coleciono.
— Por quê?
— Porque sim — ela respondeu, odiando ser interrogada por ele.
— Você é uma garota complicada — Ashley disse. — Gosto disso.
Darby permaneceu calada.
— E você tem uma cicatriz acima da sobrancelha — ele afirmou, inclinando-se sobre a mesa e a inspecionando na luz fluorescente. — Isso deve ter precisado de o quê? Uns trinta pontos? Só dá para ver quando você enruga a testa. Ou sorri.
Ela olhou para o chão.
— É por isso que você não sorri muito, Darbs?
Ela queria chorar. Queria que aquilo acabasse.
— Sorria — ele sussurrou. — Você vai viver mais.
Já tinha passado mais de um minuto.
Onde diabos estava Ed? As possibilidades circulavam em sua mente. Talvez ele não tivesse encontrado o café solúvel. Talvez estivesse tomando alguma bebida alcoólica. Ou talvez... Talvez ele tivesse descoberto alguma pista sutil, reconstituído o plano de sequestro e estivesse tentando encontrar sinal de celular para chamar a polícia? Ou talvez Jay tivesse serrado as barras do canil e corrido até ele? Ele seria uma segunda testemunha. Nesse caso, Ashley e Lars não teriam alternativa a não ser começar a atirar.
Cada segundo parecia voar. Darby olhou para o relógio que tinha Garfield como tema, e Ashley percebeu.
— Está uma hora adiantado, sabe?
— Sei.
— É só uma da manhã.
— Sei.
Ele lambeu os lábios e observou o relógio com atenção. No mostrador, a imagem de um Garfield apaixonado oferecendo rosas para Arlene.
— Ei, qual é o nome da gata? A cor-de-rosa?
— Arlene.
— *Arlene*. É um nome bonito para uma garota. Como o seu.
— O seu também — Darby ironizou.

Ashley sorriu, apreciando o pingue-pongue. Logo, ele voltou a dirigir a atenção para a sobrancelha dela.

— Como você conseguiu a cicatriz, afinal?

— Uma briga — ela respondeu, mentindo. — Na quinta série.

Darby havia batido na porta de uma garagem com a bicicleta. Se tivesse sido uma briga, a porta da garagem teria ganho. Vinte e oito pontos e uma noite no hospital. Os outros alunos da quinta série começaram a chamá-la de *Frankengirl*.

Ela não sabia se Ashley tinha acreditado nela. Ele lambeu os lábios.

— Devo avisá-la, Darbs, se está... você sabe, planejando lutar com a gente esta noite. Você está?

— Eu estou o quê?

— Planejando lutar com a gente?

— Estou pensando.

— Bem, se você *está*, deve saber que sempre fui um tipo especial.

— Aposto que sim.

— Veja, não sou apenas sortudo. Sou protegido, acho. Das consequências. É uma magia que eu tenho. No final, as coisas sempre acontecem do meu jeito — ele disse, inclinando-se para mais perto de Darby, como se estivesse querendo partilhar um segredo delicado. — Você pode chamar isso de sorte, mas eu sinceramente acredito que é outra coisa. Meu pão sempre cai com a manteiga virada para cima, pode-se dizer.

— Você não sofre de asma, não é? — ela teve de perguntar.

— Não.

— Você estuda no Instituto de Tecnologia de Salt Lake City?

— Escola inventada — Ashley respondeu, dando um sorriso ainda mais largo.

— E sua fobia de portas?

— *Dobradiças* de porta. Isso é verdade.

— Sério?

— Sério. Elas me dão arrepio — Ashley revelou, segurando a mão sobre o coração. — Juro por Deus. Não posso tocar nelas. Procuro não olhar. Desde que quase perdi o polegar na mina. Elas me incomodam muito.

— Dobradiças de porta comuns?

— Sim.

— Tinha certeza de que você também tinha inventado isso. Não parecia real.

— Por que não?

— Porque não achava que você fosse tão covarde — Darby disse calmamente.

Uma tábua rangeu.

Ashley olhou para Darby com frieza, como se ela tivesse desafiado sua avaliação inicial. As luzes piscaram no teto. Então, Ashley suspirou, engoliu em seco e, quando ele finalmente falou de novo, sua voz estava bastante controlada.

— Você está brincando com a vida de uma criança. Não se esqueça disso. Esta noite pode ter um final feliz, mas você a está colocando em risco.

— Não acredito em você.

— Não tem nada a ver com sexo — Ashley disse, franzindo a testa com repulsa exagerada. — Tem a ver com dinheiro. Só para você saber.

Sandi voltou a se mexer de novo no banco. O livro *Sorte do diabo* deslizou alguns centímetros em seu rosto. Darby se perguntou se ela estava realmente dormindo. E se ela estivesse só fingindo? E se tivesse ouvido toda a conversa?

— Quer dizer, sabe de uma coisa? — Ashley prosseguiu, abafando uma risada e se soltando novamente. Seu comportamento apresentava mudanças de fase arrepiantes, indo da luz para a escuridão, e vice-versa. — Você devia *ver* a casa, Darbs. Parece a mansão do sr. Burns dos Simpsons. O pai é dono de uma *startup* de tecnologia. Algo a ver com um reprodutor de vídeo. Sei lá, essas porras de informática, que vão além da minha cabeça de trabalhador braçal. Sou um cara mais prático. Mais pão com manteiga. Por isso estamos pegando Jaybird emprestada, levando-a para as Montanhas Rochosas por algumas semanas e deixando que os pais dela fiquem realmente preocupados e saquem seus talões de cheques. Assim que formos compensados de modo justo pelo nosso trabalho, vamos pegar a grana e deixá-la em uma estação rodoviária de alguma cidadezinha perdida no Kansas. Não vamos machucá-la. Será como um período de férias. Droga, talvez a gente até ensine Jaybird a fazer *snowboard* enquanto nós...

— Você está mentindo de novo.

O sorriso amigável dele desapareceu.

— Já te disse, Darbs. Tente acompanhar. Nós não vamos machucá-la...

— Vocês *já* a machucaram — Darby falou com rispidez, meio esperando que Sandi realmente estivesse acordada sob o livro. Que realmente estivesse ouvindo. — Você disparou um maldito prego na mão dela. Juro por Deus, Ashley, se eu tiver a chance, vou fazer coisa pior com você.

Silêncio.

Lars recolocou a carteira de Darby na bolsa e então a pôs no chão junto aos pés dela. Ela não olhou para ele.

— Então, você viu a mão de Jay? — Ashley perguntou.

— Vi.

Por alguns instantes, Ashley avaliou a situação, voltando a sugar o lábio inferior com um barulho de lagarto.

— Ok. Ótimo — ele disse, se enrijecendo, em outra mudança de fase estranha. — Ótimo, ótimo. *Incrível*, até. Vamos chamar isso de um momento de aprendizado, tá? Se é do meu interesse manter Jaybird viva, abalada, mas viva, e ontem de manhã fiquei de saco cheio com a choramingação e coloquei uma pistola de pregos na palma da mão dela e puxei o gatilho... Bem, Darbo, imagine o que vou fazer com pessoas que *não tenho* por que manter vivas. Imagine o que vou fazer com as pessoas nessa área de descanso. O que vou fazer com Ed e Sandi. O que vou fazer você assistir. E tudo vai ser culpa sua, porque você se sentiu moralmente superior e não quis colaborar. Então, vou perguntar de novo, Darby. E também vou alertá-la: pense muito sobre o que você vai dizer em seguida, porque, se for a coisa errada, eu te *prometo*, você não vai ser a única pessoa que vai morrer aqui esta noite.

Darby olhou de volta para ele, com medo de piscar.

— Além disso, seu nariz está sangrando.

Ela tocou o dedo no nariz...

Ashley se lançou para a frente, agarrou um punhado do cabelo de Darby e bateu o rosto dela no tampo da mesa. Com uma dor vertiginosa, ela viu fogos de artifício explodindo por trás de seus olhos e sentiu a cartilagem do nariz rebentar. Darby se projetou para trás, quase caindo da cadeira e pondo as duas mãos no rosto. Do outro lado do salão, Sandi acordou de supetão. Seu livro caiu no chão.

— O que... o que aconteceu? — ela perguntou.

— Nada, nada — Ashley respondeu, olhando para Darby. — Estamos bem.

Darby assentiu, apertando o nariz. O sangue vermelho vivo escorria pelos pulsos. Os olhos ardiam, contendo as lágrimas.

Não chore.

— Ah, querida, o seu nariz...

— Sim. Eu estou bem — Darby disse e provou o sangue cúprico nos dentes. Grandes gotas cobriam o tampo da mesa. Os dedos grudavam uns nos outros.

— O que aconteceu? — Sandi perguntou.

— É a alta altitude — Ashley respondeu secamente. — Baixa pressão atmosférica. Simplesmente surpreende a pessoa. Meu nariz sangrou como uma *torneira* no desfiladeiro de Elk...

Sandi o ignorou.

— Você precisa de um lenço?

Darby balançou a cabeça bruscamente, apertando as narinas. O sangue escorreu pela garganta em bocados. Gotas salpicaram seu colo.

Meu Deus, não chore.

Sandi atravessou o recinto, com sua grande bolsa balançando. Ela pegou um punhado de guardanapos marrons no balcão da cafeteria e os colocou no colo de Darby. Pôs a mão sobre o ombro dela.

— Você tem certeza? Está sangrando muito.

Darby sentiu o rosto se contrair, como se a pele estivesse sendo esticada ao redor do crânio. A visão se embaçava com as lágrimas contidas e a respiração sibilava entre os dentes. Enquanto isso, Ashley a observava calmamente do outro lado da mesa, com as mãos enfiadas no colo.

Não chore, Darby, ou ele vai matar todo mundo aqui.

— Estou bem — insistiu, com o nariz congestionado. — É só a altitude...

— Tomei minha primeira cerveja a 2.400 metros de altitude — Ashley se intrometeu na conversa novamente. — Cortei minha mão em uma lâmpada fluorescente e sangrei água vermelha pura durante dois dias seguidos...

— Ah, *cala a boca!* — Darby falou com rispidez.

Ela ficou paralisada, surpresa com sua súbita ferocidade. Deveria ter sido outra vitória, outro pequeno momento da presa pegando o predador desprevenido, mas Darby já sabia que era um grande erro.

Porque Sandi tinha reparado.

— Eu... — Sandi disse e hesitou, com a palma das mãos para cima. Ela olhou para eles, com a parca amarela enrugando enquanto se movia. — Espera aí! O que realmente está acontecendo aqui?

Silêncio.

Pensativamente, Ashley mordeu o lábio. Em seguida, fez um movimento com a cabeça para Lars.

Não, não, não...

Lars enfiou a mão no bolso da jaqueta para pegar a pistola. No entanto, a porta da frente se abriu perto dele, batendo na parede e o assustando...

— Finalmente encontrei o café — disse Ed, entrando com as botas chiando e respingando flocos de neve. Ele colocou dois pacotes de café solúvel grampeados sobre a mesa. — A receita é a seguinte: duas colheres de sopa de café para cada 250 mililitros de água fervida... Ah, puta merda, isso é *sangue*.

— A altitude — Darby explicou.

Sandi ficou em silêncio.

— Droga — disse Ed, olhando Darby de alto a baixo. — Mantenha a pressão no nariz e se incline para a frente e não para trás.

Darby obedeceu.

— Ótimo. Inclinar a cabeça para a frente faz o sangue coagular. Para trás, tudo escorre pela garganta e você fica com o estômago cheio de sangue — Ed explicou, tirando a neve de seus ombros. — E use esses guardanapos. São de graça.

— Obrigada.

Quando Ed se afastou um pouco, Darby olhou para Sandi, criando um momento de contato visual instável. Sandi estava desconfiada, com os olhos arregalados, observando os dois irmãos. O contorno da pistola escondida de Lars estava sombreado claramente pela luz do teto.

Darby levou o dedo indicador aos lábios pedindo silêncio.

Sandi assentiu uma vez.

Ao mesmo tempo, Ashley devia ter feito um sinal de mão para Lars. Darby se virou para trás e só captou o final, mas pareceu um gesto frenético de mão na garganta: *Pare, pare, pare*. Era isso: o recinto tinha ficado apenas a uma fração de segundo de explodir em violência. Ed não tinha ideia de que talvez tivesse salvado a vida de todos quando voltou para dentro trazendo dois pacotes de café solúvel.

Em seguida, Ed enfiou a mão através da persiana de segurança e testou a água quente do bebedouro.

— Não está fervendo, mas está quente o suficiente para um chá. Deve servir para um café de merda.

— Maná do deserto — Ashley disse. — Querida cafeína.

— Sim, essa é a ideia.

— Você é o meu herói, Ed.

Ele assentiu, a paciência com a conversa-fiada claramente se esgotando.

— Bom saber.

Sandi recuou e se sentou no banco de canto, onde podia controlar todo o salão. Darby a observou erguer o livro, mas o mantendo no colo. Ela enfiou a outra mão discretamente dentro da bolsa, atrás das letras bordadas do Salmo 100:5. Talvez para segurar uma lata de spray de pimenta.

Por favor, Sandi, não diga nada.

A área de descanso de Wanashono era um barril de pólvora. Tudo o que precisava era de uma única faísca, e o lugar estava cheio de atrito. Com cuidado, fora do alcance da visão, Darby abriu o bilhete onde estava escrito SE VOCÊ CONTAR PARA ELES, EU MATO OS DOIS em seu colo, embaixo do tampo da mesa, e escreveu outra mensagem sobre a coxa. Ela tampou sua caneta e voltou a dobrar o guardanapo, deixando uma impressão digital sangrenta.

— Quem mais quer café? — Ed perguntou.

— Eu — Lars respondeu.

Sandi assentiu, mas sem falar.

— Eu também — Darby disse, levantando-se, apertando o nariz machucado, entregando o bilhete para Ashley e depois se virando para encarar Ed. — Sem açúcar, nem creme. E faça bem forte, por favor. Esta noite vai ser uma longa jornada *infernal*.

Atrás de si, ouviu Ashley desdobrar o guardanapo com avidez.

Ele estava lendo a mensagem dela.

01h02

O bilhete dizia o seguinte: VOCÊ GANHOU. NÃO VOU DIZER UMA PALAVRA.

Ashley deu um sorriso malicioso.

Aquela garota da Universidade do Colorado em Boulder era uma complicação inesperada, mas ele já a havia decifrado. Tinha visto o tipo dela antes, mas nunca em carne e osso. Darby era uma heroína de boa-fé, uma daquelas pessoas em uma fita gravada por uma câmera de segurança de um posto de gasolina que avançava contra a arma do ladrão ou prestava ajuda a um funcionário que estava sangrando. Era o tipo que se jogava sob as rodas de um trem para salvar um estranho. Proteger os outros, fazer *a coisa certa*, era instintivo para ela, quer ela soubesse ou não.

Ao contrário da crença popular, aquilo não era uma força, Ashley sabia.

Era uma fraqueza, porque deixava a pessoa previsível. Controlável. E previsivelmente — com apenas uma conversa de trinta minutos, meia rodada de A Hora da Roda e um jogo de cartas abortado — Ashley já era dono dela.

Esmagar o nariz? Tinha sido apenas uma pequena e divertida volta olímpica.

E Ashley ficara surpreso com o quanto tinha gostado de ver Darby conter as lágrimas na frente de Ed e Sandi, com o nariz parecendo uma torneira jorrando água vermelha. Havia algo de incrível naquilo, algo que ele não entendia direito. Darby foi humilhada, estava sofrendo em público, lembrando-o de alguns de seus vídeos pornôs favoritos. Ele gostava daquele em que a garota usava secretamente uma calcinha com vibrador na rua ou no restaurante, tentando não demonstrar. Tentando se conter.

Ajudava o fato de que Darby também era inegavelmente bonita, de um modo selvagem. Tinha uma ferocidade natural, uma tendência perversa que combinava com seu cabelo castanho-avermelhado. Darby não sabia o quanto poderia se tornar agressiva se levada ao limite. Ele adoraria levá-la até lá. Adoraria levá-la a Rathdrum, em Idaho, conduzi-la até a pedreira e ensiná-la a disparar a espingarda semiautomática SKS do tio. Firmar a coronha soviética de madeira no seu pequeno ombro, guiar a unha pintada ao redor do gatilho, sentir o cheiro de seu suor nervoso enquanto Darby alinhava a mira de ferro entalhada.

Que pena que ele teria de matá-la naquela noite.

Ele não queria fazer isso.

Tecnicamente, Ashley Garver nunca havia matado ninguém. Então, aquela noite seria sua primeira vez. O exemplo mais próximo em que ele conseguia pensar era mais um homicídio culposo do que um assassinato. E não por uma ação direta, mas por uma falta de ação.

Ele era garoto quando aconteceu.

Foi um ano ou dois antes de quase perder o polegar na mina. Então, ele tinha cinco ou seis anos. Naquela ocasião, nos meses de verão, seus pais costumavam empurrar ele e Lars (apenas uma criança que ainda frequentava o jardim de infância) para o tio Kenny, que vivia nas pradarias secas de Idaho. O tio chamava a si mesmo de Gordo Kenny. Ele era um homem alegre, que bufava quando subia escadas, fumava cigarros de cravo e sempre tinha uma piada para contar.

O que você diz para uma mulher com um olho roxo?

– *Ela deveria ter escutado.*

O que você diz para uma mulher com dois olhos roxos?

– *Nada. Ela já foi avisada duas vezes.*

Todos os anos, Ashley voltava para a escola com um arsenal de piadas excelentes. Todo mês de setembro, ele era o menino mais popular no recreio, deixando as piadas viralizarem. Em outubro, o distrito escolar sempre realizava uma reunião de emergência sobre tolerância.

No entanto, havia muito mais coisas a respeito do tio Kenny do que suas piadas. Ele também era dono de um posto com uma bomba de diesel em uma estrada de pista única a leste de Spokane, popular entre os caminhoneiros e ninguém mais. Ashley costumava subir nas macieiras com Lars e ver as carretas de dezoito rodas entrarem e saírem do posto. Às vezes, estacionavam no terreno de Kenny, arrancando parte do lamacento gramado amarelado, chegando tarde da noite e partindo de manhã cedo. Raramente, os caminhoneiros entravam na casa de tio Kenny. Em vez disso, encaminhavam-se para o seu abrigo subterrâneo contra tempestades.

Era como um abrigo nuclear, com uma única escotilha projetando-se no meio do mato a vinte metros da área de serviço. Aquela porta de submarino estava sempre trancada; mas, certa manhã, sob uma névoa úmida, Ashley descobriu que não estava.

Então, ele entrou.

Ashley se lembrava de poucos detalhes do espaço escuro ao pé de uma escada longa e apodrecida. Lembrava-se principalmente do cheiro: bolorento e pútrido e, ao mesmo tempo, estranhamente doce e atraente. Desde então, nunca havia sentido cheiro igual. O cimento estava úmido sob os seus pés. Havia cabos elétricos espalhados pelo chão e grandes luzes instaladas em tripés. As formas eram indistintas, espreitando no escuro.

Ashley estava subindo a escada, preparando-se para sair do abrigo, quando a voz de uma mulher o chamou: *Ei.*

Ele se virou, quase tropeçando. Ele esperou por um longo momento, no meio da escada, com os pelos dos braços arrepiados, perguntando-se se tinha imaginado aquilo. Então, finalmente, a voz feminina voltou a se manifestar.

Oi, menino.

Foi um choque. Ashley não sabia como a mulher no porão podia vê-lo. Estava escuro como breu ali embaixo. Só quando se tornou adulto, Ashley se deu conta de que as pupilas dela já tinham se adaptado à escuridão, enquanto as dele, não.

Você é um bom menino, não é?

Ashley se encolheu de medo ali na escada, tapando os ouvidos.

Não. Não tenha medo. Você não é como eles. A voz fantasmagórica ficou mais baixa, como se estivesse revelando um segredo: *Ei, você pode me ajudar?*

Ele ficou com medo de responder.

Você pode me trazer um copo de água?

Ele ficou calado.

Por favor?

Finalmente, Ashley cedeu e subiu correndo os degraus apodrecidos. Em seguida, correu até o rancho de seu tio e encheu um copo azul na pia da cozinha. A água da torneira tinha gosto de ferro. Quando ele saiu da casa, tio Kenny estava parado junto à porta aberta do porão, com as mãos apoiadas nos quadris flácidos.

O pequeno Ashley ficou paralisado, derramando um pouco de água.

Mas o tio Kenny não estava bravo. Não, ele nunca ficava bravo.

Ele sorriu, exibindo grandes dentes amarelados e arrancando o copo dos pequenos dedos petrificados de Ashley. *Obrigado, garoto. Está tudo bem. Vou levar isso lá embaixo para ela. Ei, por que você não vai com seu irmãozinho até o posto e pega dois tacos de frango para vocês, por minha conta?*

Submetidos à lâmpada de aquecimento, os tacos estavam secos como lixa. Lars não se importou, mas Ashley não conseguiu terminar o dele.

Naquele mesmo ano, um ou dois meses depois, Ashley voltou para a casa do tio Kenny para passar o fim de semana do Dia dos Veteranos de Guerra. Ele se lembrava de ter encontrado a porta do porão escancarada, com um exaustor barulhento que retirava o ar para fora. Dessa segunda vez, ao descer a escada, ele encontrou as luzes acesas, revelando um abrigo vazio com as paredes de concreto úmidas por causa da condensação. O chão apresentava marcas de esfregamento e o recinto cheirava à água sanitária. A mulher não estava mais lá.

Fazia muito tempo.

Mesmo naquela idade, Ashley entendeu que deveria confrontar seu tio a respeito ou, melhor ainda, contar aos seus pais e deixar que eles chamassem a polícia. E tinha chegado muito perto disso, ruminando sobre o fato durante todo o fim de semana como se fosse uma arma carregada. No entanto, naquela noite de sábado, Gordo Kenny preparou um macarrão com queijo e pimenta e fatias inteiras de bacon e contou uma piada tão engraçada que fez Ashley cuspir um bocado meio mastigado.

Ei, Ashley, como você sabe que um preto usou seu computador?

Como?

Seu computador sumiu.

No final das contas, Ashley gostava muito de Gordo Kenny. Ele era muito divertido. E era verdadeiramente decente com Lars, deixando o menino de quatro anos carregar ferramentas na oficina e o ensinando a atirar em corvos com uma arma de ar comprimido. Assim, moral da história: para Ashley, não importava o que aqueles caminhoneiros estivessem fazendo com a mulher no abrigo. Ele simplesmente arquivou a história em um canto recôndito de seu cérebro.

Fazia dezessete anos que essa história tinha acontecido.

E agora, na área de descanso de Wanashono, no Colorado, na noite glacial de 23 de dezembro, os papéis tinham sido embaralhados, como um programa de tevê clássico retornando com um elenco de novos atores. Ashley é que era o novo Gordo Kenny, lutando para proteger um segredo prejudicial. E Darby era a testemunha inesperada.

A história não se repete, mas, com certeza, pode rimar.

Ed enfiou a mão atrás da persiana de segurança e testou o bebedouro de água quente. Em seguida, separou os dois pacotes de café solúvel.

– Tenho um pacote de café extraforte e um de café suave.

– Para mim, qualquer um está bom – Sandi disse.

– Extraforte, por favor – Ashley pediu. – O mais preto possível.

Na realidade, Ashley não tinha preferência. Ele simplesmente gostava de como *café extraforte* soava. Suas papilas gustativas eram mais ou menos mortas. Então, qualquer café tinha o mesmo gosto para ele. Mas, caramba, se havia uma noite para um café bem preto, era aquela. Ele enfiou o guardanapo marrom de Darby no bolso do jeans, notando que estava manchado com uma impressão digital do sangue dela.

Ashley se deu conta de que a tinha perdido de vista.

Rapidamente, ele esquadrinhou o salão. Ed estava ao lado do quiosque de café trancado; Sandi, sentada como uma grande e gorda abelha amarela; Lars, vigiando a porta da frente. Sim, Darby tinha desaparecido. Tinha evaporado. Se aproveitado da desatenção dele para agir.

Mas tudo bem. Não havia motivo para se preocupar. Ashley Garver também iria agir.

Banheiro?

Banheiro.

Ele fez um movimento com a cabeça para o irmão.

* * *

Darby sabia que tinha apenas alguns segundos.

Ela fechou a porta do banheiro masculino atrás de si sem diminuir a marcha, passando pelas pias manchadas, com sua imagem seguindo-a nos espelhos. A cicatriz estava visível, semelhante a uma foice branca. E os olhos pareciam assombrados.

Sim, a área de descanso de Wanashono era uma panela de pressão. Tinha quase feito com que Ed e Sandi fossem mortos. Ela precisava *cair fora*. Precisava reformular a batalha, deslocá-la para outro lugar. Em algum lugar sem o risco de danos colaterais.

Vou correr, Darby decidiu. *Vou correr até a estrada. O mais rápido possível e com o máximo de esforço. Só vou parar quando encontrar um sinal e ligar para a polícia.*

Ou ficarei paralisada até a morte.

Ela voltou a checar o iPhone. A bateria tinha caído para 4%.

Darby levantou os olhos e viu a janela sem o vidro. Era uma pequena fatia triangular do céu noturno e das copas das árvores. Ficava a quase dois metros e meio do chão. A entrada tinha sido fácil, graças às mesas de piquenique empilhadas do lado de fora. A saída seria muito mais difícil. O mictório no qual ela se chocara ficava longe demais para ficar de pé e, mesmo na ponta dos pés, ela não conseguiria alcançar a moldura da janela. Darby precisaria dar um grande salto para pegá-la com as pontas dos dedos. Precisaria de uma pista de corrida e tirar proveito de cada centímetro dela.

Ela recuou, passou pelas cabines verdes, passou pela porta com a inscrição PAUL DÁ O CU, chegou até a porta do banheiro e encostou o traseiro na parede. Então, o banheiro retangular se estendeu diante dela como uma pista de seis metros de comprimento. Darby sentiu o ladrilho liso sob os pés, escorregadio por causa da umidade. Arqueou as costas, agachou-se como uma corredora e cerrou os punhos.

Ela respirou fundo e sentiu o cheiro intenso da amônia.

Vai.

Darby correu.

Os espelhos, os mictórios, as portas das cabines passaram correndo por ela. O ar soprou forte e rápido em seus ouvidos. Não havia tempo para pensar demais. Não havia tempo para sentir medo. Ela abriu as mãos, impulsionou as pernas e deu um salto camicase rumo à pequena abertura...

Em pleno ar, ela pensou: *Isso vai doer...*

E doeu. Ela se chocou contra a parede de azulejos primeiro com os joelhos. Depois, machucou o queixo e perdeu o ar dos pulmões, mas (*sim!*) conseguiu pegar a moldura da janela com dois dedos desesperados. Cravou as unhas na madeira velha encharcada. Apoiou o tênis úmido contra a parede. Então, arqueou novamente as costas, travou os cotovelos e projetou o corpo para cima, ofegando através dos dentes cerrados, como se estivesse enfrentando a barra fixa mais terrível do mundo. Impeliu-se, impeliu-se e *impeliu-se...*

Darby ouviu uma respiração pela boca do lado de fora.

Não.

Não, não, não, por favor, não pode ser verdade...

Mas sim, era. Diretamente do lado de fora, do outro lado da parede. Aquela respiração ruidosa que ela conhecia muito bem, aquele bufo sumoso. Lars, o Cara de Roedor, tinha dado a volta no prédio e agora a esperava do lado de fora. Observando aquela janela, com a pistola na mão, pronto para disparar uma bala em sua cabeça no momento em que ela expusesse o rosto na janela.

E agora?

Darby estava pendurada ali com as pontas dos dedos doloridas, com os tênis pairando sobre o chão, desejando desesperadamente que tivesse apenas ouvido errado o zumbido de vento do lado de fora. Mas ela sabia que não tinha ouvido errado. Sabia que Ashley tinha mandado o obediente Lars impedir sua fuga. O que deixava um inimigo muito mais astucioso e perigoso com o paradeiro desconhecido.

Então, Darby ouviu a porta do banheiro abrir e se fechar.

Ele está aqui dentro comi...

Um saco plástico puxou o rosto de Darby por trás. Ela gritou, mas o grito ficou preso dentro da boca.

01h09

Jay Nissen serrou a última barra do canil portátil.

Ela as havia serrado uma de cada vez com a lâmina serrilhada do jeito que a mulher de cabelo castanho-avermelhado havia instruído. Como uma motosserra em miniatura. Sua mão esquerda latejava, por isso levou muito tempo. Jay deixou cair o canivete duas vezes e teve de procurá-lo no escuro. Em uma das vezes, temeu que tivesse saltado para fora do canil e se perdido para sempre, mas o encontrou.

E agora?

Com um empurrão, a grade caiu sobre a porta traseira do furgão fazendo barulho.

Era a primeira vez que o canil ficava aberto desde que a tinham pegado. Jay não sabia quantos dias fazia. Quatro? Cinco, provavelmente. Passar mais do que uma noite sem tomar suas injeções a deixava confusa e, desde então, ela caíra em um ritmo irregular de cochilos de quatro horas. O sol tinha se erguido e se posto de diferentes janelas. Os cheiros de ketchup, molho *ranch* e suor envelhecido se impregnavam nos vidros. O barulho das embalagens amassadas de *fast-food*. As vozes murmurantes dos irmãos, as piadas de Ashley, o zumbido do asfalto, o tique-taque do pisca-pisca do furgão. Já tinha se passado uma semana? O que os seus pais estavam fazendo naquele exato momento?

Jay não tinha ouvido os irmãos entrarem em sua casa.

Lembrava-se de que tinha ido até a geladeira pegar um copo de suco de maçã e os visto postados na cozinha. Usavam máscaras de Halloween: um zumbi à esquerda e um lobisomem rosnando à direita. Os dois rostos de borracha se viraram para vê-la.

Do lado de fora, a luz do dia tinha baixado. O sol se escondia atrás das nuvens.

Na pia, Jay também viu Tanya, a empregada da família, com uma regata vermelha, segurando a boca com as duas mãos. Os olhos estavam aquosos e as costas estavam arqueadas, como se ela estivesse reprimindo um espirro.

Ninguém falou, nem a empregada nem os monstros. Jay se lembrava de ter sentido uma sensação desconfortável, como se tivesse interrompido uma conversa de adultos. Então, no outro lado da cozinha, Tanya olhou para ela, abaixou as mãos, e Jay se deu conta de que a empregada estava de regata branca naquela manhã – não vermelho-sangue. Tanya estava sem um dente da frente quando falou, com calma, mas de modo urgente:

Corra.

Mas Jay não correu. Não foi capaz. Algo a ver com a cena em suspensão na cozinha, os três adultos, o choque do sangue cor de morango, a estranheza onírica de tudo...

Por favor, corra, Jay...

E ela quis muito correr, mas ficou paralisada, como se os seus ossos estivessem presos com pinos, enquanto os monstros davam a volta na bancada, avançando à direita e à esquerda dela...

Corra, eles estão aqui por sua causa...

Então, a grande mão do lobisomem agarrou o ombro de Jay, poderosa, mas surpreendentemente gentil, e tudo acabou. Ele tinha sido uma sombra avultante de dentes caninos e pelos pintados. Ele era aquele que Jay agora conhecia como Ashley.

A voz de Tanya, inconsolável quando eles a levaram: *Por que você não correu, Jay?*

Jay ainda não sabia.

Agora, Jamie Nissen – ou Jay, como ela era chamada desde o primeiro ano – engatinhava para fora do canil, passando por cima dos cobertores e das toalhas sob os quais sua salvadora tinha se escondido algumas horas antes. As barras se curvaram ao redor dela fazendo um som metálico. Jay esperava que Ashley e Lars não estivessem por perto para ouvir. Ela alcançou a porta traseira do furgão, supondo que não estivesse travada. Lars sempre tinha o cuidado de travar as portas todas as vezes que ele...

Ela moveu a maçaneta com os dedos ensanguentados.

A porta se abriu.

Jay ficou paralisada, espreitando através da escuridão. Milhares de flocos de neve rodopiantes. Uma rajada forte de ar noturno. Um estacionamento coberto de branco aveludado e impassível, brilhando com cristais. Era estranhamente emocionante. Ela nunca tinha visto tanta neve em toda a sua vida.

E agora?

* * *

— E agora, Darbs?

Darby não conseguia respirar nem ver. Ashley esticava o saco plástico em seu rosto, pressionando os dentes da frente. As mãos em torno do pescoço torciam o saco e fechavam suas vias respiratórias. Ela sentia um pânico indefinido, um medo de ser enterrada viva.

— Quieta, quieta.

Darby se debatia, mas Ashley era muito forte. Ele tinha trazido os braços dela para trás e os torcido por meio de algum tipo de golpe de luta livre. As duas omoplatas de Darby estavam distendidas e as mãos, posicionadas em algum lugar bem atrás dela, tolhidas e inúteis. Como se ela estivesse enfrentando o abraço de uma camisa de força. Ela dava chutes, com os pés procurando a parede do banheiro para usar como alavanca, mas só encontrava o vazio. Sua coluna estalou.

— Não lute — ele sussurrou. — Está tudo bem.

A pressão aumentou no peito de Darby. Os pulmões ardiam, inchando contra a caixa torácica. Ela sentiu a última respiração — uma arfada que ficara na garganta quando o saco a cobriu — presa contra o rosto, brumosa e úmida. Um avermelhado quente se espalhando pelo queixo. O nariz estava sangrando novamente.

E mais uma vez, Darby se contorceu e se debateu. As pernas chutavam o vazio. Os dedos arranhavam e raspavam. Ela encontrou o laço do cordão na jaqueta de Ashley. As chaves tiniram, mas não havia nenhuma arma para agarrar. Ela também estava perdendo as forças. Sua disposição para a luta tinha menos energia do que a primeira.

É isso, ela se deu conta. *Vou morrer aqui.*

Bem ali, em um banheiro encardido da Rodovia Estadual 6. Ao lado dos mictórios manchados, dos espelhos arranhados, das portas das cabines descascadas e rabiscadas com pichações. Bem ali, bem naquele momento, com aquele gosto de antisséptico na boca.

— Quieta — instruiu Ashley, movendo a cabeça como se estivesse olhando sobre o ombro. — Está quase acabando. Apenas deixe acontecer...

Darby gritou silenciosamente dentro do saco plástico, formando uma pequena bolha nele. Então, por reflexo, seus pulmões inspiraram — um sorvo revigorante — mas encontraram apenas pressão negativa, sugando apenas alguns centímetros de ar reutilizado.

— Eu sei que dói. Eu sei. Sinto muito — Ashley disse.

Ele torceu o saco plástico com mais força, no sentido horário, e, naquele momento, ela viu a janela. Através de um olho preso, embaçado pelo plástico turvo e pelas lágrimas, ela viu aquela pequena janela triangular, a dois metros e meio do chão, polvilhada com flocos de neve. Tão próxima. Tão angustiantemente próxima. De algum modo, ela queria que estivesse mais longe, do outro lado do banheiro, perdida e inalcançável. Mas não, a janela estava *bem ali*, e ela quase podia alcançá-la e tocá-la se ao menos suas mãos não estivessem tolhidas.

Darby se debateu pela terceira vez, mas de forma ainda mais débil. Dessa vez, Ashley mal teve de contê-la. Ela sabia que era a última tentativa, que possivelmente não haveria uma quarta vez. Naquele momento, Darby era um caso perdido. Ed e Sandi estavam no mesmo prédio, do outro lado da porta, a três metros de distância, alheios enquanto ela sufocava até a morte nas mãos de um assassino. Darby sentiu o tempo dilatar. Uma paz densa e reconfortante tomou conta dela, como um pesado cobertor de lã.

Darby odiou se sentir tão bem.

— Descanse agora — Ashley disse, dando um beijo molhado no alto da cabeça de Darby, enrugando o plástico. — Você lutou bravamente, Darbs. Agora descanse um pouco.

A voz repugnante de Ashley estava muito distante. Dava a impressão que ele estava em outro lugar, falando com outra pessoa, asfixiando alguma outra garota até a morte. A dor em seus pulmões já estava desaparecendo. Todas aquelas sensações terríveis estavam acontecendo com outra pessoa e não com Darby Thorne.

A mente de Darby vagou, se desconectou, se deixou levar pela corrente, fazendo um balanço de todos os itens pendentes em sua vida. A pintura do teto incompleta. Seu financiamento estudantil não pago. Sua senha do Gmail bloqueada para sempre. Sua conta bancária com 291 dólares. Seu dormitório na universidade. Sua parede com decalques de lápides. Sua mãe no Hospital Utah Valley, acordando da cirurgia, prestes a saber que a filha tinha sido assassinada em uma área de descanso a 480 quilômetros de distância...

Não.

Ela lutou contra aquilo.

Não.

Darby se agarrou à sua mãe, Maya Thorne, de 49 anos, que vegetava em uma UTI. Porque se morresse ali, naquele banheiro, Darby nunca pediria desculpas por todas as coisas que disse para ela no Dia de Ação de Graças. Tudo se tornaria uma história imutável. Cada palavra desagradável dita.

E de repente Darby não estava mais com medo. Ela sentia algo mais útil do que o medo: a raiva. Ela estava furiosa. *Totalmente furiosa* com a injustiça de tudo, do que Ashley estava tentando fazer com ela e com sua família, furiosa com a escuridão envolvente. E com algo mais...

Se eu morrer aqui, ninguém vai salvar Jay.

— ... Darbs?

Darby arqueou as costas e ordenou aos seus pulmões fatigados uma tarefa final: inspirar com o máximo de força. Para sugar o ar preso no plástico diante de sua boca aberta, ele tinha que se contrair em apenas um fino centímetro...

Ela mordeu.

Não com força suficiente. O plástico escorregou de sua boca.

— Câncer de pâncreas? — Ashley perguntou, com os lábios encostados sobre a orelha de Darby, como se ele tivesse lido a mente dela. — Sua mãe tem... Você disse câncer de pâncreas, certo?

Ela tentou novamente. Sugou o saco esticado com os pulmões ardendo.

Mordeu.

Nada.

— Não é engraçado, então? — Ashley prosseguiu. — Você tinha certeza de que iria enterrar sua mãe, não é? Mas acontece que você fez tudo errado, sua vaca estúpida. E é *ela que vai enterrar você*...

Darby mordeu novamente e o plástico rasgou.

Um pouco de ar gelado invadiu o saco e desceu pela garganta dela em uma corrida pressurizada, como se tivesse passado por um canudo.

Ashley fez uma pausa e, em meio segundo de confusão, deixou de apertar o saco com tanta força. Então, os tênis de Darby acharam o chão. Meio segundo era tudo de que ela precisava. Darby apoiou os pés na parede, chutou o azulejo e arremessou o corpo para trás.

Ashley tropeçou, desequilibrado.

Darby continuou se movendo para trás, continuou o empurrando...

— Espere, espere, espere... — ele disse, ofegando.

Darby fez Ashley bater de costas contra uma pia. As vértebras contra a louça. A torneira se abriu, acionada por um cotovelo. Ele gemeu de dor e seu domínio sobre Darby esmoreceu. Então, ela conseguiu se desvencilhar dele. Darby pegou o saco plástico, arrancou-o do rosto e respirou fundo, como se fosse um grito invertido, entupido de sangue, muco e lágrimas.

Darby viu cores novamente e sentiu oxigênio no sangue. Ela caiu longe dele, com os joelhos moles, agarrando-se no chão com as palmas das mãos estendidas. Os ladrilhos estavam frios, salpicados com o sangue dela.

Atrás, Ashley tirou algo do bolso.

Ele ergueu um braço...

* * *

... E aproximou a meia com a pedra da parte de trás da cabeça de Darby, movendo-a para esmagar o crânio da garota. No entanto, ela já estava se arrastando para a frente, afastando-se.

O golpe só acertou o cabelo.

Ashley foi atrás dela, desequilibrado por causa de uma nova tentativa de golpe, com a meia com a pedra acertando a parede à esquerda, lascando o azulejo. Ele viu Darby se afastar e correr pelo banheiro rumo à pequena janela triangular, com o saco plástico tremulado atrás dela. *Ela não vai conseguir*, ele disse para si mesmo. Porém, num piscar de olhos, ela saltou, agarrou a moldura da janela e arremessou o corpo através da pequena abertura como uma ginasta. Os tornozelos no alto e depois para fora.

Desse jeito.

Darby sumiu.

De repente, Ashley Garver estava sozinho no banheiro. Ele cambaleou, quase escorregando no saco plástico manchado de sangue.

Não importava, ele refletiu, alisando o cabelo para trás com a mão e recuperando o fôlego. Tinha incumbido Lars de vigiar a parede do lado de fora, perto das mesas de piquenique empilhadas. Seu irmão, armado com uma confiável pistola Beretta Cougar, era a retaguarda. Darby tinha escapado da zona de morte do banheiro, sim, mas, ao fazê-lo, praticamente caiu nos braços de Lars e, naquele momento, ela estava muito fraca para se defender de forma eficaz...

A porta do banheiro se abriu atrás de Ashley. Ele se virou, esperando ver o rosto confuso de Ed, ali para investigar a barulheira, e já tinha uma história preparada: *Escorreguei no chão molhado. Acho que bati a cabeça...* Só que não era Ed parado ali na entrada.

Era Lars.

Ashley chutou o saco plástico.

— Ah, *fala sério*!

— Pareceu que você precisava de ajuda...

— Sim. Eu precisava de você lá fora.

— Ah...

— *Lá fora*. — Ashley apontou furiosamente. — *Lá fora*, e não aqui dentro.

Lars arregalou os olhos, movendo-se rapidamente até a janela vazia. Ele se deu conta do que tinha feito, do que tinha permitido fazer. Sentiu o rosto enrugar e ruborizar e deixou escapar algumas lágrimas:

— Desculpe. Sinto muito, não tive a intenção...

Ashley beijou o irmão nos lábios.

— Foco, irmãozinho — ele disse, dando um tapa no rosto dele. — O estacionamento. É para lá que ela foi agora.

Ashley esperava que ainda conseguisse correr. A parte inferior das costas latejava onde a ruiva tinha feito colidir contra a pia de louça. E enquanto ele recobrava plenamente os sentidos, notou outra coisa. Uma leveza súbita no bolso direito do jeans.

Seu cordão com as chaves tinha desaparecido.

— E... a putinha levou as nossas chaves.

* * *

Darby pousou pesado sobre as mesas de piquenique empilhadas. Ela deixou cair as chaves de Ashley na neve, mas as recuperou.

O cordão vermelho tinha ficado preso ao redor de seu polegar durante a briga. Pura sorte, na verdade. Quando ela arremessara Ashley contra a pia e se libertara, o molho de chaves barulhentas tinha vindo com ela. As chaves estavam em seu poder, não no dele.

Elas tiniram em sua mão. Meia dúzia de chaves e um *pen drive* preto. Ela enfiou o molho inteiro no bolso e, ao mesmo tempo, um novo plano tomou forma.

O que seria melhor do que correr atrás de ajuda?

Roubar o furgão dos sequestradores e *partir* atrás de ajuda.

Com Jay dentro.

Uma aposta perigosa. Darby ainda estava em estado de choque, com os dedos ainda escorregadios por causa do suor e com a respiração ainda se recuperando. Alguns pensamentos apavorantes atravessaram sua mente. Ela não tinha certeza se o Astro conseguiria ir mais longe do que Blue no armagedom de neve, mas tentaria. Ela pisaria no acelerador, usaria a tração nas quatro rodas, tentaria tudo. Não tinha outras opções. Se ficasse ali em Wanashono, Ashley e Lars a matariam.

Darby circundou o prédio, atravessando com dificuldade montes de neve. O ar noturno feriu sua garganta. Ela passou pelas estátuas meio enterradas das Crianças de Pesadelo à sua esquerda. Eram formas de bronze na escuridão, como se fossem vítimas de ataques de pitbull, congeladas em brincadeiras. Passou pelo mastro sem bandeira, oscilando sob outra rajada de vento.

Adiante, viu o estacionamento, os carros, o furgão dos irmãos.

Apenas mais quinze metros...

A porta do centro de informações turísticas se abriu rangendo atrás de Darby. Um retângulo de luz se projetou, fazendo com que ela lançasse uma sombra impressionante sobre a neve. Um par de passos a seguiu. A porta se fechou e sua sombra desapareceu.

— Não — Ashley disse, com a voz firme, como se estivesse dando uma bronca em um cachorro. — Não atire nela.

Darby escorregou, cortando um joelho no gelo irregular, mas continuou correndo até que os passos que a perseguiam a flanquearam. Como lobos circulando em torno da presa. Ela os reconheceu pela respiração: as arfadas congestionadas de Lars à esquerda e os bufos controlados de Ashley à direita. Ela continuou correndo e focada no Astro, com as chaves tinindo em sua mão.

— Lars! Não atire nela.

— Ela está tentando roubar o furgão...

— Você quer receber um cartão amarelo?

Darby escorregou de novo, mas se reequilibrou. A bolsa bateu no joelho. Ela estava a apenas dez passos do furgão dos sequestradores. Conseguia ver a raposa de desenho animado na lateral, ainda segurando a pistola de pregos...

— Ela não vai chegar a lugar nenhum. A neve está muito profunda...

— E se ela conseguir?

— Ela não vai conseguir.

— E se ela conseguir, Ashley?

Darby alcançou a porta do motorista, com o coração aos pulos. Ela tirou a neve da fechadura e apalpou o molho de chaves, mas estava muito escuro para identificar a chave do furgão. Pelo menos três pareciam ser chaves de carro. Ela tentou a primeira, mas não deu certo. Tentou a segunda, que encaixou na fechadura, mas não virou...

— Ela está destravando a porta...

Darby estava na terceira chave, enfiando-a na fechadura gelada, quando notou algo à direita. Um pequeno detalhe, mas muito errado.

A porta traseira do Astro.

Devia estar fechada, mas estava entreaberta, com o vidro refletindo a luz de uma lâmpada e a borda superior coberta por flocos de neve. Darby não a tinha deixado aberta. Não poderiam ter sido Lars ou Ashley. Isso deixava... Jay?

— Ela está parando — Lars disse, ofegando.

— Percebi.

— Por que ela está parando?

À medida que eles se aproximavam, Ashley entendeu:

— Ah, droga!

01h23

De sua posição, Darby não conseguia ver.

Mas ela entendeu o que Ashley viu: o canil de Jay serrado de forma desajeitada, a porta traseira do Astro aberta e um par de pegadas pequenas que levavam à escuridão.

Boquiaberto e em choque, Ashley manteve o olhar fixo na traseira do furgão. Então, dirigiu o olhar para Darby e disse:

— Se ela tentar fugir, atire nela.

Ela se virou, mas Lars já tinha dado a volta pelo furgão e apareceu atrás dela com a pistola apontada para sua barriga.

Darby recuperou o fôlego. Estava cercada novamente.

— Eu não... Eu não acredito — Ashley disse, andando de um lado para o outro, seus dedos revolvendo os cabelos. Darby notou que a calva era tão pronunciada quanto a do irmão caçula. Ele havia deixado a franja crescer para cobrir as entradas.

Darby não pôde deixar de sentir uma satisfação amarga. Ela adorou isso. Apesar de toda a presunção e todo o exibicionismo de Ashley, ela ainda tinha conseguido cumprir uma parte de seu plano. A pequena Jaybird estava livre.

Ashley chutou a lateral do Astro, afundando o metal.

— Eu não acredito, porra...

Lars recuou.

Mas Darby não conseguiu resistir. Havia muita adrenalina incandescente correndo em suas veias. Dois minutos antes, Ashley a estava asfixiando com um saco plástico, e ela ainda estava furiosa, ainda cheia de energia impulsiva.

— Ei, Ashley. Não sou especialista em sequestros, mas a coisa só funciona se tiver uma criança ali dentro, não é?

Ashley se virou para encará-la.

— É apenas a opinião de uma amadora — ela disse, dando de ombros.

— Você deveria parar... — Lars disse, erguendo a pistola.

— E você deveria chupar uma pastilha para o *hálito* — Darby retrucou e olhou de volta para Ashley, proferindo palavras rudes, que se desenrolaram como barbante: — Você tem certeza daquele seu pequeno discurso? Seres humanos impotentes simplesmente deixando os grandes e assustadores monstros fazerem suas coisas? Porque eu acho que acabei de *influenciar na trama*, seu filho da puta...

Ashley avançou na direção dela.

Darby recuou, lamentando sua momentânea perda de controle.

Ashley ergueu a meia com a pedra, preparando-se para dar um golpe que fraturasse o crânio, mas então, no último instante, ele passou por ela e arremessou a meia com a pedra.

Darby abriu os olhos.

Ashley tinha mirado em um poste de luz a sessenta metros de distância. Com apenas alguns momentos de voo, a pedra acertou o poste em cheio, ricocheteando com um som estridente. Ecoou duas vezes.

A maioria dos *quarterbacks* da liga nacional de futebol americano não conseguia fazer aquilo.

— Mágica — Lars sussurrou.

Sou um homem mágico, Lars, meu irmão.

Eles tinham brincado com ela durante toda a noite. Manipulando-a, fingindo ser estranhos, atuando no salão, soltando mentiras flagrantes, dando pequenas dicas estúpidas e estudando como ela reagia. Como um rato em um labirinto.

Você sabe como cortar uma menina ao meio?

Sei, mas você só ganha a medalha de ouro se ela sobreviver.

Aquele salão cheio de risadas nervosas voltou a soar dentro do cérebro de Darby, um barulho tão metálico quanto o som de microfonia. Sua enxaqueca tinha voltado.

Ashley limpou a saliva da boca e se virou para Darby, com o vapor condensado da respiração ondulando no ar da montanha.

— Você ainda não entendeu, Darbs. Tudo bem. Você vai entender.

Entender o quê?

Isso lhe causou calafrios doentios. Sua adrenalina em alto nível e seu destemor absurdo estavam escapulindo, desaparecendo como um zumbido fraco. Como o efeito de duas cervejas que, enquanto durava, era divertido, mas que passava já na sobremesa.

Lars espreitou o interior do furgão.

— Há quanto tempo ela fugiu?

Ashley estava andando de um lado para o outro de novo. Pensando.

Darby se sentiu desconfortável com o silêncio. Como qualquer bom ator, Ashley era um personagem de difícil leitura, sinalizando sua violência só quando tinha a intenção. Seu irmão ainda a mantinha obedientemente sob a mira da pistola, nunca deixando o cano tocar as costas dela. Nunca deixando a arma ficar ao alcance de ser agarrada.

Lars voltou a perguntar:

— Há quanto tempo ela fugiu?

Novamente, Ashley não respondeu. Ele parou com as mãos nos quadris, estudando as pegadas de Jay na neve. Levavam para o norte. Para longe da área de descanso. Acima do terreno em elevação, passando pelo viaduto, junto à via de acesso. Rumo à Rodovia Estadual 6.

As palavras de Ashley fervilhavam na mente de Darby. *Você ainda não entendeu, Darbs.*

Você vai entender.

Com base nos flocos de neve acumulados no topo da porta traseira do furgão, ela estimava que Jay tinha fugido havia cerca de vinte minutos. Antes do ataque no banheiro, pelo menos. As pegadas da menina já estavam ficando pouco visíveis, preenchidas por flocos de neve poeirentos.

— O que é isso? — Lars perguntou.

Ashley se ajoelhou para recuperar algo que parecia uma pele de cobra preta enrugada, mas Darby reconheceu: era a fita isolante que tinha fechado a boca de Jay. Ela a havia descartado ali quando fugiu.

Sensatamente, Jay tinha evitado o prédio do centro de informações turísticas, porque sabia que Ashley e Lars estavam ali dentro. Então, ela se dirigira para a rodovia, provavelmente na esperança de acenar para um desconhecido e chamar a polícia; porém, a pobre menina não sabia onde estava. Jay não sabia que estava bem além de Gold Bar, bem além das cercanias de *qualquer coisa* notável, a 2.740 metros acima do nível do mar. Ela também não sabia que faltavam dez quilômetros de subida até o cume e dezesseis de descida até Icicle Creek e que aquele clima gélido e varrido pelo vento poderia pertencer a Antártida.

Jay era uma criança abastada da cidade de San Diego, terra de sandálias e invernos de quinze graus.

Darby revolveu a mente, a cabeça agora latejando como se estivesse de ressaca. Jay estava vestida com o que dentro do canil? Um casaco fino, aquela camiseta vermelha com a Pokébola, calças leves, sem luvas. Enfim, nenhuma proteção contra o clima.

Finalmente, em um lampejo de horror, Darby *entendeu*.

Lars também.

— Ela vai morrer de frio...

— Vamos seguir as pegadas — Ashley disse.

— Mas ela pode estar a quase dois quilômetros daqui...

— Vamos chamar por ela.

— Ela não vai responder às nossas vozes.

— Você tem razão — Ashley disse e apontou para Darby com um movimento de cabeça. — Mas Jay vai responder à voz dela.

Naquele momento, os irmãos olharam para Darby.

Por um instante, o vento diminuiu e o estacionamento ficou em silêncio. Apenas o ruído leve dos flocos de neve caindo ao redor deles, enquanto Darby se dava conta serenamente do motivo pelo qual Ashley ainda não a tinha matado.

— Bem, aqui vamos nós — Ashley disse. — Acho que isso nos coloca no mesmo time, não? Nenhum de nós quer encontrar a pequena Jay com os dedos pretos.

Piadas. Tudo era uma piada para ele.

Darby não disse nada.

Ashley acendeu uma lanterna de bolso, iluminando as pegadas da menina com um feixe de LED branco azulado. Os flocos de neve se inflamaram como fagulhas. Então, ele apontou a luz para o rosto de Darby, expondo um brilho intenso.

— Comece a chamar o nome dela.

Darby olhou para os pés, sentindo o gosto do refluxo na garganta. Um tipo de azia rançosa e gordurosa, borbulhando com pensamentos terríveis. *Não devia ter dado aquele canivete para ela. E se, ao intervir esta noite, eu piorei as coisas?*

E se eu causei a morte de Jay?

A pistola de Lars cutucou sua espinha, um gesto rude que significava que ela deveria *andar*. Se ela estivesse a postos, poderia ter se virado, golpeado a arma e talvez até se apossado dela. Mas a oportunidade passou.

— O nome dela é Jamie — Lars informou. — Mas chame de Jay.

— Continue. Siga as pegadas e comece a gritar — Ashley disse, apontando a lanterna para elas. Em seguida, voltou a olhar para Darby com seus olhos sombrios. — Você queria salvar muito a vida dela, não é? Bem, Darbs, eis a sua chance.

* * *

As pegadas da menina os levaram um pouco mais à frente da via de acesso, até os muros de gelo sujo da Rodovia Estadual 6. Então, eles seguiram na direção da floresta e subiram uma encosta rochosa coberta de neve e ladeada por abetos. A cada passo, Darby temia chegar ao fim das pegadas e encontrar um pequeno corpo enrugado usando uma camiseta vermelha com uma Pokébola. Em vez disso, algo ainda pior aconteceu: as pegadas de Jay simplesmente desapareceram. Apagadas pela neve exposta ao vento.

Darby pôs as mãos em concha na frente da boca e gritou de novo:

— Jay!

Já tinham se passado trinta minutos. Ela estava rouca.

Ali em cima, o único marco de orientação era a sombra do Pico Melanie, exatamente a leste. O terreno ficou mais íngreme ao redor deles. Rochas se projetavam através da camada de gelo. Eram superfícies de granito com filetes de gelo. As árvores oscilavam sobre raízes pouco profundas. Galhos finos estalavam sob os pés, como ossinhos quebrando na neve.

— Jay Nissen — Darby chamou, apontando o feixe de luz da lanterna, que projetava sombras irregulares. — Se você puder me ouvir, venha na direção da minha voz.

Nenhuma resposta. Apenas o rangido tenso das árvores.

— É seguro — ela acrescentou. — Ashley e Lars não estão aqui.

Ela odiava mentir.

Mas persuadir Jay a sair do esconderijo era a única chance de a menina sobreviver. A possível morte nas mãos dos irmãos Garver era ainda melhor do que a morte certa em uma nevasca glacial. Certo? Fazia sentido, mas ela ainda se desprezava por mentir. Era humilhante. Ela se sentia como um pequeno animal de estimação de Ashley, falando obedientemente em seu nome, com as narinas ainda encrostadas com sangue seco.

Os irmãos seguiam Darby, mantendo certa distância, dez passos para trás à direita e à esquerda. Estavam protegidos pela escuridão, pois só Darby portava a única fonte de iluminação: a lanterna LED de Ashley. Isso tudo estava de acordo com o plano de Ashley. Jay não teria coragem de aparecer se visse seus sequestradores seguindo atrás de Darby, mantendo-a sob a mira de uma arma. Pelo menos, aquela era a ideia.

Até aquele momento, não tinha funcionado.

Jamie Nissen. A filha desaparecida de uma rica família de San Diego com uma árvore de Natal erguida sobre uma pilha de presentes fechados. Naquele momento, ela estava em algum lugar nas Montanhas Rochosas, com as pontas dos dedos enegrecendo de ulceração causada pelo frio, com os órgãos parando de funcionar, soterrada por uma enxurrada de flocos de neve, com as lágrimas congelando em seu rosto e em suas pálpebras. Eles talvez já tivessem passado por cima de seu corpo cinco minutos atrás sem nem perceber.

Hipotermia era um jeito tranquilo de morrer, Darby se lembrava de ter lido em algum lugar. Aparentemente o desconforto do frio passa rapidamente, substituído por um torpor cálido. A pessoa adormece, alheia ao dano terrível infligido às extremidades. Os dedos ficam quebradiços com bolhas escuras de carne necrosada. Ela esperava que Jay não tivesse sofrido.

Ela chamou de novo na escuridão.

Ainda nenhuma resposta.

À esquerda, ela ouviu Lars cochichar:

— Quanto tempo mais?

À direita:

— O tempo que for necessário.

Darby sabia que Ashley não era idiota. Ele calculava os mesmos números em sua mente. Trinta minutos gastos para seguir aquelas pegadas meio apagadas, além de uma vantagem inicial de Jay de vinte minutos (pelo menos), significavam que as chances de sobrevivência da menina naquela floresta gelada eram mínimas e pioravam a cada segundo.

Sem muito entusiasmo, Darby avaliou suas opções sob a mira de uma arma. Lutar? Levaria um tiro. Correr? Levaria um tiro nas costas. Ela pensou na possibilidade de se virar e projetar o feixe de luz da lanterna nos olhos dos irmãos para cegá-los, mas as pupilas deles já estava adaptadas à luz. Esse era o problema número um. E mesmo se ela conseguisse cegá-los por alguns segundos, o terreno coberto de neve era muito acidentado para uma fuga rápida, o que era o problema número dois.

À esquerda de Darby, Lars mostrava preocupação:

— E se matamos a Jay?

À direita:

— Nós não matamos.

— E se matamos?

— Nós não matamos, irmãozinho. Porém, *ela* pode ter se matado.

Aquilo atingiu Darby como uma adaga na barriga. Ashley estava dolorosamente certo. Fazia sentido, de um jeito diabólico. Se ela não tivesse intervindo, Jay ainda estaria confinada naquele canil portátil dentro do furgão, cativa, mas muito viva. *Por que eu tive de me envolver? Por que não poderia chamar a polícia de manhã?*

Darby tentou se concentrar em sua própria sobrevivência, em solucionar o problema número um (a luz) e o problema número dois (o terreno), mas não conseguia.

Darby queria poder retroceder no tempo e anular suas decisões. Todas elas. Cada escolha feita desde que tinha olhado pela janela congelada e visto a mão de Jay agarrando a barra do canil. Ela queria ter se contentado simplesmente em brincar de detetive e coletar informações. Ela podia ter esperado em silêncio até a manhã seguinte, manter sua vantagem e, quem sabe depois que os limpa-neves chegassem e os refugiados da área de descanso seguissem seus caminhos, poderia ter seguido discretamente o furgão de Ashley e Lars com seu Honda. Quinhentos metros atrás, com uma mão no volante e o iPhone na outra, transmitiria informações detalhadas para a polícia do Estado do Colorado. Ela ainda poderia ter salvado Jay.

(*E sua mãe ainda teria câncer de pâncreas.*)

Mas não. Em vez disso, Darby Elizabeth Thorne, aluna do segundo ano da universidade, sem nenhum treinamento militar ou policial, tentou resolver o problema por sua própria conta. E então ali estava ela, caminhando pela floresta com uma pistola calibre .45 apontada para suas costas, procurando uma criança morta.

À direita, Darby ouviu uma risada doentia.

— Preciso dizer, Darbs, no que diz respeito aos bons samaritanos, você está batendo um bolão. Primeiro, você confia um segredo a um dos sequestradores e, depois, mata a sequestrada. Excelente trabalho.

Tudo era uma piada para Ashley Garver. Mesmo aquilo, de alguma forma.

Deus, ela o *odiava*.

Mas, naquele momento, Darby se perguntou se Ashley tinha dito a verdade. Talvez fosse realmente um plano de sequestro de manual, exatamente como ele havia descrito para ela, e, após o pagamento do resgate, os irmãos tinham a intenção de devolver Jay viva para a família. Ela os imaginou deixando a menina em uma estação rodoviária de alguma cidadezinha perdida no interior do país. A pequena Jaybird piscando sob o sol do Kansas após duas semanas de escuridão, correndo na direção do estranho mais próximo sentado em um banco, implorando para que ele ligasse para os seus pais...

Até que Darby tinha intervindo, claro. E entregado à menina um canivete suíço para que ela pudesse escapar em um clima hostil para o qual estava totalmente despreparada. E então outro pensamento ruim tomou conta da mente de Darby — ela se sentiu culpada até por ter pensado nisso, dado o que já tinha acontecido —, mas se cravou como uma farpa.

Eles vão me matar agora.

Darby tinha certeza.

Agora que Jay sumiu, agora que não precisam mais da minha voz. E agora que...

* * *

Agora que estavam além da área de descanso, onde não podiam ser ouvidos, Lars estava aguardando a permissão para atirar em Darby na parte de trás da cabeça, e Ashley finalmente a dera. A frase "você está batendo um bolão" era a dica.

Significava *matar*.

Os irmãos chamavam aquele jogo de "código de espião". Desde criança, Ashley tinha introduzido dezenas de mensagens secretas no diálogo cotidiano. "Sorte minha" significava *ficar*. "Sorte sua" significava *ir*. "Queijo extra" significava *correr feito louco*. "Ás de espadas" significava *fingir que somos estranhos*. A desobediência a uma mensagem codificada significava um cartão amarelo instantâneo. Os dedos de Lars estavam marcados por cicatrizes pálidas de erros passados. Naquela noite, já havia acontecido um quase desastre assustador; Lars quase tinha deixado escapar um "ás de espadas" na área de descanso.

Mas Lars sabia que o cumprimento da última mensagem estava prestes a acontecer.

A arma estava gelada em sua mão. A pele grudava no metal. Era uma Beretta Cougar, uma pistola robusta de cano curto, que se destacava sob sua jaqueta e nunca se ajustava muito bem nas mãos. Como segurar uma grande jujuba. Geralmente, a Cougar era carregada com cartucho de 9 milímetros, mas aquele modelo específico era a 8045, que disparava cartucho mais avantajado de calibre .45 ACP. Tinha mais poder de parada, mas recuo mais forte e menos cartuchos armazenados no pente (o *magazine*, Ashley insistia). Oito tiros, sobrepostos individualmente.

Lars gostava bastante dela, mas secretamente preferia a Beretta 92 FS, como a pistola icônica que o detetive durão Max Payne empunhava em sua série de videogames para Xbox. Claro que ele nunca admitiria isso para Ashley. A arma tinha sido um presente. Nem os presentes de Ashley nem suas punições podiam ser questionados. É assim que os irmãos mais velhos são. Certo dia, ele trouxe uma gata de rua para Lars. Uma pequena e vivaz gata tartaruga com um ronronar alto e ruidoso. Lars a chamara de Stripes. Então, no dia seguinte, Ashley encharcou Stripes com gasolina e a arremessou em uma fogueira.

Como qualquer irmão mais velho, dá com uma mão e pega de volta com a outra.

Lars ergueu a Beretta Cougar.

Enquanto caminhavam, ele mirou a parte de trás da cabeça de Darby (*alvo pequeno, erro pequeno*). Ajustou a mira de visão noturna: dois pontos verdes de néon que traçaram uma linha vertical acima da coluna vertebral. Ela ainda estava alguns passos à frente deles, apontando a lanterna de Ashley para as árvores. O corpo de Darby ficava perfeitamente desenhado em silhueta pela sua própria luz. Ela não tinha ideia.

Lars se preparou para puxar o gatilho.

À direita do irmão, Ashley tapou os ouvidos, precavendo-se para o tiro. E Darby continuou caminhando com neve até os joelhos, apontando a lanterna para a frente, alheia ao fato de que estava vivendo os últimos segundos de vida, alheia ao fato de que o dedo indicador de Lars estava começando a puxar o gatilho da Beretta, aplicando uma pressão suave, prestes a disparar um projétil de ponta oca de calibre .45 contra ela...

Darby desligou a lanterna.

Escuridão.

* * *

Darby ouviu as vozes tomadas de surpresa atrás dela.

— Não vejo nada...

— O que aconteceu?

— Ela apagou a lanterna.

— *Atire nela*, Lars!

Darby correu feito louca, cambaleando através da neve espessa. Ela ofegava a ponto de fazer arder a garganta. Havia deixado os irmãos com cegueira noturna. Não por cegá-los com o feixe da lanterna LED, ao qual as pupilas deles já estavam adaptadas, mas por *apagá-lo*. Ela tinha protegido os olhos para preservar sua visão noturna. Aquela tinha sido sua solução para o problema número um. Quanto ao problema número dois...

A voz de Ashley se ergueu atrás dela, calma, mas urgente:

— Me dê a arma.

— Você está vendo a garota?

— Me dê a arma, irmãozinho.

Mesmo morro abaixo, era como correr com água pela cintura. Cambaleando sobre montes de neve, desviando-se de árvores, tropeçando, golpeando o joelho contra uma rocha gelada, recuperando-se, com o coração disparado, sem tempo para parar, *não pare...*

— Estou vendo ela — Ashley gritou.

— Como você consegue vê-la?

Ele está mantendo um olho fechado, Darby se deu conta com crescente pânico. *Exatamente como eu o ensinei.*

Ashley gritou atrás dela:

— Obrigado pelo truque, Darbs.

Naquele exato momento, ele estava mirando nela, assumindo a posição de um atirador. Darby sentiu a mira da pistola formigando em suas costas como um laser. Impossível de escapar. Nenhuma chance de fugir dele. Restavam apenas décimos de segundo enquanto buscava uma solução desesperada para o problema número dois...

O que é mais rápido do que correr?

Cair.

Ela se atirou morro abaixo.

O mundo ficou de cabeça para baixo. Ela viu um redemoinho de céu negro e galhos congelados, mergulhando em meio segundo de queda livre. Então, uma parede de granito surgiu em seu caminho. O impacto foi estrondoso. Ela viu estrelas e perdeu a lanterna. Rolou sobre os joelhos e os cotovelos, levantando flocos de neve em uma queda brutal...

— Onde ela está?

— Eu a vi...

Dez cambalhotas para baixo e o terreno se tornou plano novamente. Darby pousou zonza com gelo dentro da roupa. Conseguiu ficar de pé e continuou andando. Moveu-se violenta e rapidamente através dos pequenos arbustos com espinhos com os braços estendidos, com os galhos batendo contra as palmas das mãos, cortando a pele nua. Então, o terreno se inclinou para baixo novamente e ela voltou a cair....

As vozes deles ficaram distantes:

— Eu... eu a perdi.

— Ali, ali...

Darby escorregou sobre as costas. Troncos de abetos passaram sibilantes por ela. À direita e à esquerda. Sem parada dessa vez. O declive continuou e ela prosseguiu escorregando sobre montes de neve, acelerando a uma velocidade perigosa. Ela levantou os braços, tentando desacelerar, mas bateu em outra rocha. Outro impacto esvaziou o ar de seu peito, desconjuntando-a. Para cima e para baixo perderam todo o sentido. O mundo de Darby se tornou uma máquina de lavar roupa violenta, um caleidoscópio extremo.

Então, acabou.

Foram necessários alguns segundos para Darby se dar conta de que tinha parado de rolar. Ela aterrou de costas, esparramada, com os tímpanos zumbindo, uma dúzia de novos hematomas latejando no corpo. O tempo pareceu se tornar um borrão. Por um momento nebuloso, ela quase perdeu os sentidos.

À sua esquerda, um abeto apresentou um tremor estranho, deixando cair um punhado de neve e a salpicando com lascas de madeira.

Em seguida, Darby ouviu um eco vindo do alto — como uma chicotada — e ela entendeu exatamente o que tinha acontecido. Cambaleante, conseguiu ficar em pé e recomeçou a correr.

* * *

Ashley evitou o clarão do disparo da Beretta e mirou para dar um segundo tiro, mas ele a perdera em meio ao mato e às rochas. Havia muita cobertura vegetal.

Ele abaixou a pistola. A fumaça ondulou no ar.

— Você acertou nela? — Lars perguntou.

— Acho que não.

— Ela está... Ela está fugindo...

— Tudo bem — Ashley disse, começando a descer com cuidado o declive, encontrando apoios para os pés nas rochas cobertas de neve. — Nós vamos pegá-la lá embaixo.

— E se ela voltar para a área de descanso e contar para Ed...

— Ela pegou a direção errada — Ashley explicou, apontando morro abaixo com a arma. — Está vendo? A vadia está indo para o norte, entrando cada vez mais fundo na floresta.

— Ah.

— A área de descanso é naquela direção. Para o *sul*.

— Ok.

— Vamos, irmãozinho — Ashley ordenou. Ele guardou a pistola no bolso da jaqueta, estendeu os braços em busca de equilíbrio e andou sobre pedras lisas. Encontrou sua lanterna LED na neve em posição vertical onde Darby a deixara cair.

Enquanto ele a pegava, notou algo ao longe, algo incongruente: a sombra branca do Pico Melanie. O mesmo marco oriental de sempre, encoberto por nuvens baixas, mas que, naquele momento, assomava-se sobre o horizonte *direito* de Ashley e não sobre o esquerdo.

O que significava que o sul ficava na verdade...

— Ah! — ele exclamou, entendendo subitamente. — Ah, aquela *vadia*.

— O quê?

— Ela nos enganou. Ela está voltando para o prédio...

* * *

Darby já estava conseguindo ver a área de descanso.

Como uma fogueira na escuridão, ficava cada vez mais perto a cada passo dolorido. O brilho âmbar cálido da única janela do centro de informações turísticas, os carros estacionados, o mastro da bandeira e as estátuas meio enterradas...

Na floresta atrás dela, Ashley uivou:

— Daaaarby.

Nenhuma enunciação, nenhuma emoção, apenas seu nome, ressoando em gritos monótonos na escuridão. Aquilo a arrepiou.

Darby ganharia algum tempo. Não dez minutos, mas tempo suficiente para roubar o Astro dos irmãos (as chaves ainda estavam na porta) e tentar uma fuga. Havia 50% de chance de que ela conseguisse sair do estacionamento coberto de neve, mas era uma chance maior do que se usasse seu Honda e provavelmente era a melhor chance de toda a noite. Pensou na pobre Jay enquanto corria, e aquilo a atingiu de novo como uma onda esmagadora, uma torrente de pensamentos terríveis.

Por que eu me envolvi?

Ela não podia pensar naquilo.

É minha culpa.

Não naquele momento.

Ah, meu Deus, eu matei uma criança...

Darby se aproximava do estacionamento, passando por uma tabuleta verde, quando Ashley voltou a gritar para ela das árvores, mais perto agora, com a voz entrecortada em um tom desagradável de adolescente:

— A gente vai pegar você.

O Astro estava a quinze metros de distância. A neve estava mais rasa no estacionamento e aquilo renovou sua energia. Ela se lançou em uma corrida mais ligeira e leve. Passou por uma forma indistinta soterrada sob a neve, que ela inicialmente acreditou ser o carro de Ashley. Daquele novo ângulo, ela vislumbrou um metal verde. Tinha fendas de ferrugem vertical. Um desenho branco. Sob o monte de neve, não era um carro estacionado: era uma caçamba de lixo.

Eu devia saber. Eu devia ter olhado mais de perto...

Darby continuou correndo, com o ar queimando a garganta e as articulações doendo. O furgão Astro dos sequestradores estava ficando mais próximo.

Darby desejou nunca ter parado naquela área de descanso. Desejou nunca ter saído de sua cidade natal para fazer a faculdade no ano anterior. *Por que não posso ser como minha irmã, Devon?* Que era bastante feliz trabalhando como garçonete na Cheesecake Factory, em Provo? Que passava aspirador na casa da mãe todo domingo de manhã? Que tinha "Força em chinês" tatuado na omoplata?

Naquele momento, o Astro estava a nove metros.

Seis metros.

Três metros.

— E quando a gente te pegar, sua vadiazinha, *vou te fazer implorar por aquele saco plástico...*

Darby alcançou a porta do motorista. Uma boa quantidade de neve escorregou pelo vidro. O cordão com as chaves ainda estava pendurado na fechadura, onde ela o havia deixado. Darby abriu a porta e olhou para o prédio da área de descanso de Wanashono. Ela podia girar a chave na ignição e tentar uma fuga. E talvez ela conseguisse. Talvez não.

No entanto, assinaria uma sentença de morte para Ed e Sandi.

Pensando um passo à frente, Darby sabia que os irmãos não teriam outra escolha a não ser matar os primos para pegar as chaves da picape de Sandi, perseguir Darby e matá-la na estrada.

Não, eu não posso deixar Ed e Sandi.

Não posso matar mais ninguém esta noite.

Darby hesitou, segurando a porta aberta em busca de equilíbrio. Seus joelhos estavam lamacentos. Ela quase desmoronou por dentro. A ignição estava *bem ali,* perto o suficiente para ela dar a partida. O volante estava pegajoso, com pedaços de fita isolante. Um mar de pacotes amassados de Taco Bell inundava o assoalho. Percebeu o aeromodelo de plástico de Lars. O interior do furgão ainda estava quente e úmido como um bafo. O estofamento ainda fedia a suor viscoso, cobertores de cachorro e urina e vômito da menina morta.

A ignição estava *bem ali.*

Não. A neve estava muito profunda. Ela viu a rodovia com os próprios olhos. A Rodovia Estadual 6 estava soterrada, irreconhecível; uma pista de neve intransitável. Com tração nas quatro rodas ou não, o Astro encalharia na via de acesso e os irmãos a alcançariam e dariam um tiro nela através da janela do furgão...

E se isso não acontecer?

E se isso, neste exato momento, for a minha única chance de escapar?

As chaves tiniram em sua mão direita. Darby cerrou o punho ao redor delas. Ela queria desesperadamente embarcar no carro dos assassinos, dar a partida, engatar a marcha, tentar conduzi-lo, *apenas tentar...*

Aproximando-se:

— Daaaaaarby...

Tome uma decisão.

Então, Darby decidiu.

Ela fechou a porta do furgão com força. Enfiou as chaves de Ashley no bolso. E, com os irmãos Garver ainda a perseguindo em algum lugar, deu a volta no veículo, com os ossos doloridos, e correu para o brilho alaranjado do centro de informações turísticas. Ela tinha que alertar Ed e Sandi. Tinha que fazer a coisa certa. Todos escapariam da área de descanso de Wanashono juntos. Ninguém mais morreria naquela noite.

Ed e Sandi, eu ainda posso salvá-los.

Na melhor das hipóteses, Darby tinha sessenta segundos antes de Ashley e Lars a alcançarem. Sessenta segundos para bolar um novo plano. Ela olhou para aquela raposa de desenho animado, para a pistola de pregos em sua mão peluda, para aquele slogan estúpido que agora era uma promessa mórbida:

TERMINAMOS O QUE COMEÇAMOS.

02h16

Darby ficou imóvel na entrada do prédio.

A meio passo do quiosque de café, com o celular na mão, Ed murmurava algo ("Nenhum sinal até agora...") e parou no meio da frase quando percebeu Darby. Sandi estava ajoelhada perto da mesa e se virou para encarar Darby, revelando uma pequena forma de pé atrás dela.

Era... era Jay.

Ah, graças a Deus!

Jay tinha o cabelo escuro salpicado com flocos de neve e as bochechas enrubescidas. Estava envolta na parca amarela de Sandi, apequenada pelas mangas que sobravam. Era a primeira vez que Darby via a menina em plena luz, fora daquele canil portátil. Por um momento trêmulo, ela só quis vencer a distância entre elas, erguer aquela criancinha que mal conhecia e apertá-la em um abraço revigorante.

Você se virou, menina.

Ah, graças da Deus, Jay, perdemos suas pegadas, mas você se virou.

Sandi ficou de pé, com uma lata de spray de pimenta erguido numa mão.

— Não dê mais nenhum passo — ela advertiu Darby.

— Não. Ela me salvou... — Jay disse, agarrando o pulso de Sandi.

— Sandi, pelo amor de Deus — Ed exclamou.

A porta se fechou atrás de Darby, trazendo-a de volta ao momento. Ela tentou imaginar a que distância será que os irmãos estavam agora? Cem metros? Cinquenta? Ela recuperou o fôlego, com lágrimas nos olhos, esforçando-se para falar:

— Eles estão chegando. Estão armados e estão atrás de mim...

Ed sabia quem *eles* eram.

— Você tem certeza de que eles estão armados?

— Tenho — Darby respondeu, prendendo a trava da porta.

— Com o quê?

— Com uma arma!

— Você viu?

— Confie em mim. *Eles têm uma arma* — Darby insistiu, olhando para Ed e Sandi, percebendo naquele instante que a trava era inútil. — E eles *não* vão parar até que estejamos mortos. Precisamos pegar a picape de vocês e dar o fora. Agora mesmo.

— E se eles nos perseguirem? — Sandi perguntou.

— Eles não vão — Darby respondeu, mostrando as chaves de Ashley.

Ao levar em conta aquilo, Ed parou de andar de um lado para o outro atrás de Darby. Ele pareceu gostar daquilo.

Darby percebeu que o ex-veterinário estava segurando uma chave de roda na mão direita, meio escondida sob a manga da jaqueta. Uma arma contundente. Ed passou por ela, limpando o suor na sobrancelha.

— Tudo bem, também mantenha as chaves do Honda com você. Não podemos deixar que eles roubem seu carro e nos sigam...

Jay ficou de pé.

— *Vamos* então.

Darby já gostava dela.

E ela notou uma pulseira amarela fosforescendo no pulso de Jay. Não a tinha visto antes, na escuridão do furgão dos sequestradores. Parecia vagamente algo relativo a um remédio. Por um instante, Darby se perguntou: *O que é isso?*

Não havia tempo para perguntar. Todos se amontoaram na porta da frente e Ed soltou a trava com uma pancada forte. Ele reuniu o grupo como um treinador relutante.

— Em três, nós vamos todos correr para a picape. Ok?

Darby assentiu, sentindo o cheiro de vodca no hálito dele.

— Parece bom.

— Será que eles estão lá fora?

Sandi espiou pela janela suja.

— Eu ainda não os vejo.

— Tudo bem. Sandi, você vai levar Jay para o assento da frente e dar a partida no motor. Pise no acelerador e engate a marcha para a frente, para trás, para a frente, para trás...

— Eu sei *dirigir na neve*, Eddie.

— E Dara, você fica na traseira da picape comigo. Assim, podemos empurrar.

— Combinado.

Ed apontou para Jay, estalando os dedos:

— E alguém carregue a menina.

Sandi acomodou Jay sobre o ombro, apesar dos protestos da menina ("Não, eu também posso correr"), e voltou a checar a janela.

— Eles vão chegar aqui a qualquer momento...

— Não tente lutar contra eles. Apenas corram feito loucas — Ed sussurrou, apoiando-se contra a porta e começando a contar: — Um.

Corram feito loucas.

Trêmula, Darby se agachou em posição de corredora atrás do grupo, sentindo suas panturrilhas fatigadas arderem. Sem armas – eles só a retardariam. Da porta do prédio, ela lembrou que eram quinze metros até o estacionamento por uma trilha estreita cortada na neve.

— Dois — disse Ed, girando a maçaneta.

Darby ensaiou o minuto seguinte em sua mente. Ela calculou que os quatro poderiam correr quinze metros em talvez... vinte segundos? Trinta? Mais dez segundos para o embarque na picape e para Sandi dar a partida. Mais tempo para o Ford começar a se mover, avançando através da neve densa. E aquele cálculo presumia que Ed e Darby não precisariam empurrar a picape. Ou desenterrar os pneus. Ou raspar o gelo das janelas.

E de algum modo, no fundo de sua mente, Darby sabia: *Já faz muito tempo. Ashley e Lars estavam apenas um minuto atrás de mim, aproximadamente. Eles já estão de volta...*

— Três — disse Ed e abriu a porta...

Darby agarrou o pulso dele com força.

— Pare...

— O que você está fazendo?

— Pare, pare, pare — ela disse, com o pânico tomando conta dela. — Eles já estão aqui. Estão escondidos atrás dos carros. Estão *esperando por nós lá fora*...

— Como você sabe?

— Eu simplesmente sei.

* * *

— Estou vendo Lars — Sandi sussurrou junto à janela, com as mãos apoiadas no vidro. — Ele está agachado lá fora. Atrás da minha picape.

Bastardos espertos.

— Também estou vendo — disse Ed.

Darby voltou a prender a trava.

— Eles iriam nos emboscar.

Teria sido muito ruim. Os irmãos poderiam atirar em todos eles, pegando-os em uma fila indiana naquela trilha estreita e sem nenhum lugar para fugir. Seria tiro ao alvo. Darby sentiu uma dose de adrenalina percorrer seu corpo, tão amarga quanto tequila. Eles estiveram na iminência de ser assassinados. Sua intuição acabara de salvar a vida deles.

Esperta, esperta, esperta.

— Como você sabia? — Ed perguntou de novo.

— É o que eu teria feito — Darby respondeu, dando de ombros. — Se eu fosse eles.

— Ainda bem que você não é — Jay disse, sorrindo.

— Acho que também estou vendo Ashley — Sandi alertou. — Atrás do furgão.

Darby imaginou Ashley Garver ali fora, no frio, agachado na neve, com seus olhos verdes apontados para a porta da frente. Esperava que ele estivesse desapontado. Esperava que estivesse percebendo, naquele exato momento, que sua armadilha indecente tinha falhado, que sua presa tinha passado a perna nele pela terceira ou quarta vez naquela noite. Esperava que ele estivesse contando os pontos. Esperava que o autoproclamado *homem mágico* estivesse ficando puto.

Sandi olhou pelo vidro.

— Não consigo ver o que eles estão fazendo...

— Eles estão vigiando os carros — Darby explicou.

As palavras de Ashley ecoaram em sua mente, como elementos meio lembrados de um pesadelo: *A gente vai te pegar. E quando a gente te pegar, sua vadiazinha, vou te fazer implorar por aquele saco plástico...*

Próximo da janela, Ed puxou o ombro de Sandi.

— Fique abaixada.

— Eu estou vendo eles. Eles estão se movendo.

— Fique longe da *maldita* janela, Sandi. Eles vão atirar em você.

Darby mordeu o lábio, sabendo que Ed tinha razão. O vidro era o principal ponto fraco na estrutura. Uma bala, ou até mesmo uma pedra grande, e os irmãos poderiam escalar a neve acumulada e entrar no prédio.

Darby estava no centro do salão, iluminada por lâmpadas fluorescentes, passando a ponta dos dedos ao longo da superfície arranhada da mesa. Ela girou 360 graus, percorrendo com os olhos o leste, o norte, o oeste e o sul. Quatro paredes sobre uma fundação de cimento. Uma porta com uma trava. Uma grande janela. E duas menores, uma em cada banheiro.

Nós temos o prédio.

Mas eles têm os carros.

— Trata-se de um impasse — ela sussurrou.

— Então o que vai acontecer? — Sandi perguntou, olhando para Darby.

— Eles vão fazer o movimento deles — disse Ed, soturnamente. — E nós vamos fazer o nosso.

Cada movimento seria um risco calculado. Se saíssem, seriam baleados. Se os irmãos atacassem o prédio, deixariam os carros desprotegidos. Se um irmão atacasse, seria vulnerável a uma emboscada em um espaço apertado. As possibilidades e as consequências fizeram a cabeça de Darby girar, como se tentasse pensar em seis movimentos à frente no jogo de xadrez.

Ela percebeu que Jay tinha ficado ao seu lado e que segurava a manga de sua jaqueta.

— Não acredite em Ashley — disse a menina. — Ele mente para se divertir. Ele vai dizer qualquer coisa para entrar aqui...

— Não vamos cair nisso — Darby respondeu, olhando para Ed e Sandi em busca de apoio. Eles ofereceram apenas silêncio fatigado. Talvez *impasse* fosse a palavra errada, ela se deu conta, em meio à tensão crescente. Talvez uma melhor fosse *cerco*.

E se deu conta de outra coisa: todos estavam olhando para ela.

Darby odiava aquilo. Ela não era uma líder. Nunca se sentia à vontade como centro das atenções. Quase sofrera um ataque de pânico no ano anterior quando os garçons do Red Robin cercaram sua mesa para cantar "Parabéns a você". Novamente, se viu desejando desesperadamente que alguém estivesse em seu lugar. Alguém mais esperto, mais tenaz, mais corajoso, a quem todos pudessem recorrer. Mas não havia ninguém.

Só ela.

E nós.

E os monstros circulando do lado de fora.

— E também nunca insulte Ashley — Jay advertiu. — Ele age como se tudo estivesse bem inicialmente, mas depois ele se lembra e dá o troco se você feriu os sentimentos dele...

— Confie em mim, Jay. Esta noite, estamos *muito* além dos sentimentos feridos. — Darby esvaziou os bolsos e a bolsa, colocando o chaveiro de Ashley, as chaves do Honda e o iPhone sobre o balcão. Em seguida, desdobrou o guardanapo, expondo sua mensagem manuscrita para Ashley e a resposta: SE VOCÊ CONTAR PARA ELES, EU MATO OS DOIS.

Ed leu e seus ombros perderam a firmeza.

Sandi suspirou, cobrindo a boca.

— Quando eles perceberem que não vamos correr até a picape, eles vão mudar a tática e vão vir atrás de nós — Darby disse para todos. — Eles não têm escolha, porque somos todos testemunhas agora e temos a refém deles. Assim, esse prédio será o nosso forte nas próximas quatro horas.

Darby tirou o item final de seu bolso — quase o tinha esquecido — e o colocou sobre a bancada de falso granito com um som seco e enfático. Era o cartucho calibre .45 de Lars, com um brilho dourado sob a luz intensa.

Ao ver a bala, Sandi desabou sobre seu assento, cobrindo o rosto enrubescido com as mãos.

— Ah, meu Deus, não vamos durar nem quatro *minutos*...

Darby a ignorou.

— Primeiro, precisamos bloquear a janela.

— Tudo bem — disse Ed. — Ajude-me a empurrar aquela mesa.

* * *

Ashley viu a janela escurecer.

Uma forma ampla foi apoiada contra o vidro do lado de dentro do prédio, virada para cima, reduzindo a iluminação alaranjada a fendas brilhantes. Ele imaginou o vidro rangendo por causa da pressão.

— Ah, Darbs. Eu te amo — Ashley disse e cuspiu na neve.

Lars olhou para o irmão. Ele estava agachado em posição de tiro junto à traseira da picape Ford, com o cotovelo apoiado no para-choque e a Beretta apontada para a porta do prédio.

— Não se incomode — Ashley disse para o irmão. — Eles não vão sair. Ela armou uma emboscada.

— Como?

— Ela acabou de armar. — Ashley ficou de pé e caminhou alguns passos, sentindo as vértebras doloridas, esticando as pernas e respirando o ar das montanhas. — Caramba, ela não é demais? Eu simplesmente *adoro* aquela ruivinha.

Pousado sobre um mundo vertical de pinheiros, abetos brancos e picos rochosos, o centro de informações turísticas de Wanashono parecia uma noz a ser quebrada. A neve tinha parado de cair e o céu se abrira para um vazio imaculado. As nuvens estavam desaparecendo, revelando uma lua crescente pálida e estrelas penetrantes. O mundo tinha mudado com aquilo, atraído pelas sombras de um picador de gelo do novo luar. Uma lua implorando por sangue.

Como sempre, a diversão era decidir o *como*. Ashley já tinha passado por dezenas de animais de estimação de Lars — tartarugas, peixes, dois cachorros, mais gatos de rua do que ele era capaz de contar — e quer fosse água sanitária, balas, fogo ou o estalido forte de uma faca golpeando carne e ossos, não havia dignidade na morte. Toda criatura viva morria com medo.

Apesar de sua astúcia, Darby também aprenderia aquilo.

Por um longo momento, Ashley ficou em silêncio, mordendo o lábio inferior. Finalmente, decidiu:

— Mudança de planos — disse. — Vamos cuidar deles entre quatro paredes.

— Todos eles?

— Sim, irmãozinho. Todos eles.

* * *

— O que temos de armas? — Darby perguntou.

— Meu spray de pimenta.

— O que mais?

— Quer dizer, há uma cozinha da cafeteria ali, mas está trancada... — Sandi disse, apontando para o quiosque.

— Espere — pediu Ed e atravessou o salão. — Vou experimentar minha chave.

— Uma chave? Onde você conseguiu uma...

Ed quebrou o cadeado com sua chave de roda, lançando pedaços pelo chão. Em seguida, agarrou a persiana de segurança pela alça e a ergueu até o teto.

— *O Pico do Café Expresso* está aberto para o Natal.

Darby saltou por sobre o balcão, aterrissando com força sobre os tornozelos doloridos e revistou a parte da frente: máquinas de café expresso, uma torradeira, uma caixa registradora e garrafas de xarope. Abriu as gavetas, de baixo para cima: grãos de café em sacos, baunilha, leite em pó, colheres...

— Alguma coisa?

— Nada útil.

Ed checou a parte de trás.

— Nenhum telefone fixo.

— Tem que ter um — Darby afirmou, examinando o próximo conjunto de gavetas, tirando um adesivo post-it amarelo: LEMBRETE. POR FAVOR, LIMPE OS BANHEIROS. TODD.

— Alguma faca?

— Colheres, colheres — Darby respondeu, fechando outra gaveta. — Nada além de colheres.

— Que cafeteria não tem facas?

— Esta, ao que tudo indica — Darby respondeu, limpando o suor dos olhos, olhando para a caixa registradora (muito pesada), para a vitrine de doces (não era uma arma), para a torradeira (não), para as máquinas de café expresso sobre a bancada. — Mas, tudo bem, essas coisas devem liberar água bem quente. Alguém, por favor, encha uma garrafa.

— Para ser usada como arma? — Sandi perguntou.

— Não. Para uma porra de um *café*.

— Já temos café.

— Estava sendo sarcástica.

Darby ouviu passos atrás de si, esperando que Sandi se apresentasse, mas era Jay. A menina pegou a garrafa de CAFE e a colocou sob o bico da máquina. Ela ficou na ponta dos pés e apertou o botão. A máquina chiou.

— Obrigada, Jay.

— Sem problemas.

Sandi ainda estava na frente do recinto. De joelhos, espiando o lado de fora através de um espaço de menos de oito centímetros entre a mesa virada e a moldura da janela.

— Ashley e Lars acabaram de se mexer de novo — ela informou. — Eles estão perto do furgão deles agora.

— Fazendo o quê?

— Não consigo ver.

— Mantenha a cabeça abaixada — Ed lembrou.

— Está bem.

Darby abriu a última gaveta debaixo da caixa registradora e encontrou algo chocalhando no fundo com canetas e um talão de recibos: uma chave prateada. Ela a pegou, arrancando outro adesivo post-it: NÃO FAZER CÓPIA. TODD.

O armário, ela lembrou.

Darby correu até ele, inseriu a chave e girou a maçaneta.

— Por favor, por favor, meu Deus, que haja um telefone aí dentro...

O interior do armário estava escuro. Ela apertou um interruptor de luz, revelando um pequeno armário com materiais de limpeza, de um metro e meio por um metro e meio, com estantes tortas e prateleiras repletas de caixas de papelão meio caídas. Tinha um cheiro asfixiante de mofo. Havia um balde com um esfregão no canto, cheio de água cinzenta. Na prateleira superior, ela viu uma caixa branca de primeiros socorros coberta de poeira.

E, à esquerda, aparafusado à parede, havia um telefone fixo bege.

— Ah, graças a Deus...

Darby pegou o fone e o pôs junto ao ouvido. Não havia sinal de discagem. Ela tentou apertar os botões. Sacudiu. Checou o fio espiral. Nada.

— Alguma sorte com isso? — Ed perguntou.

Ela notou outro adesivo post-it pregado na parede (TELEFONE FIXO MUDO DE NOVO. TODD) e bateu o fone com força.

— Estou começando a odiar muito o tal do Todd.

— A garrafa está cheia de água quente — Jay gritou.

Darby recuou para longe do armário, quase se chocando com Ed, e pegou a garrafa da bandeja.

— Obrigada, Jay. Agora encha a outra, por favor.

— Tudo bem.

Em seguida, Darby levou a garrafa para a porta da frente, sentindo o vapor na mão. A água estava bastante quente para queimar a pele e talvez para cegar temporariamente um agressor, mas também estava esfriando rapidamente. Em poucos minutos, seria apenas uma garrafa inofensiva de água morna.

Ela estava no meio do caminho quando notou alguma coisa: um guardanapo marrom preso sob a alça de transporte prateada da garrafa.

Era o *seu* guardanapo.

Ela parou e o desdobrou. De um lado, viu o seu ENCONTRE-ME NO BANHEIRO e a resposta provavelmente falsa de Ashley: TENHO NAMORADA. Do outro lado, SE VOCÊ CONTAR PARA ELES, EU MATO OS DOIS. E finalmente, debaixo daquilo, na caligrafia cheia de curvas de uma criança, encontrou a mensagem de Jay.

NÃO CONFIE NELES.

O quê?

Ela levantou os olhos. Jay estava enchendo a segunda garrafa, segurando o botão vermelho, mas observando-a com expectativa. Darby balbuciou:

— Não... não confie em quem?

Ed e Sandi?

Jay não respondeu. Ela assentiu com um movimento rápido de cabeça, escondendo o gesto dos outros dois adultos.

Darby quase perguntou em voz alta, mas não foi capaz.

Por quê? Por que não podemos confiar em Ed e...

Uma mão bruta segurou na clavícula de Darby, assustando-a.

— Três entradas, então três possíveis rotas de ataque para Beavis e Butt-Head — disse Ed, contando com os dedos. — Porta da frente.

— Trancada — Darby disse.

— Janela da frente.

— Protegida pela barricada.

— Janelas dos banheiros?

— Há duas. Eu quebrei uma delas mais cedo, para entrar no prédio — Darby explicou, sentindo os ombros perderem a firmeza. — É com isso que estou preocupada.

Darby não estava apenas preocupada: tinha certeza. Era a rota que Ashley e Lars tentariam primeiro. As mesas de piquenique empilhadas do lado de fora formavam uma escada até a janela quebrada do banheiro masculino. Era outro ponto fraco estrutural, e Ashley tinha plena consciência de sua existência. Tinha salvado a vida de Darby duas vezes naquela noite.

Ed ainda estava avaliando. Darby voltou a sentir aquele cheiro em seu hálito: vodca ou gim, talvez. *Por favor, não esteja bêbado*, Darby pensou.

— Eles conseguem passar por ali? — Ed perguntou.

— Eles vão tentar.

— Não temos muita coisa para obstruir a janela...

— Talvez... — Darby observou a chave de roda na mão de Ed. Ela se lembrou do spray de pimenta de Sandi e também das garrafas de água fervente. Correu na direção dos banheiros, com a mente acelerada: — Talvez usemos isso a nosso favor.

— Como assim?

Darby abriu a porta com uma cotovelada e apontou para a janela triangular vazia na parede oposta situada depois das cabines verdes.

— Para entrar no banheiro, Ashley e Lars precisarão rastejar, um de cada vez. Eles não podem entrar primeiro com os pés. Terão de entrar primeiro com a cabeça para que possam apontar a arma e terão de se contorcer e se soltar para cair em pé.

Ed olhou para ela, impressionado.

— E *você* escalou isso?

— Eis o meu plano. Um de nós... — Darby parou de falar, lembrando-se de sua conversa naquele mesmo banheiro, sob as mesmas lâmpadas que zumbiam, com o próprio Ashley. Apenas algumas horas atrás, eles discutiram sobre quem seria a Pessoa A (o atacante) e quem seria a Pessoa B (o apoio). *De agora em diante nesta noite, sou a Pessoa A*, ela decidiu prendendo a respiração.

Sem mais desculpas.

— Dara?

— Vou me apoiar contra a parede — ela continuou, apontando para a cabine mais distante. — Bem naquele canto ali, e eles não vão me ver quando entrarem, e...

Ed deu uma risada.

— Podemos borrifar spray de pimenta neles.

— E pegar a arma.

E matar os dois.

Os irmãos estavam armados e eram fisicamente mais fortes. Portanto, permitir que um ou ambos entrassem seria fatal. No entanto, aquela janela era um gargalo natural, e seria a única rota realista para o interior do prédio, a menos que conseguissem quebrar a trava da porta da frente ou superar a janela protegida pela barricada. E Darby sabia: se Ashley entrasse primeiro com a arma, ela teria uma chance razoável de dominá-lo com o spray de pimenta ou com a água fervente. Se ela conseguisse pegar a pistola, seria uma virada no jogo.

Ed abriu a porta da cabine.

— Eu vou defender a janela.

— Não. Eu vou cuidar isso.

— Dara, tem de ser eu...

— Eu disse que *vou cuidar disso* – ela retrucou. – Sou a única pequena o suficiente para se esconder ali. E sou aquela que começou isso.

E nunca mais serei a Pessoa B novamente.

Enquanto eu viver.

A expectativa de Darby era que a discussão continuasse, mas Ed apenas a encarou. Ela também quase o corrigiu a respeito de seu nome, de uma vez por todas, mas não o fez, porque, naquela noite, *Dara* era próximo o suficiente. E ela ficou grata por não ter que mencionar o álcool no hálito dele.

Talvez... *Talvez seja por isso que Jay não confia em você?*

Por um instante, Ed hesitou.

— Então, foi você que encontrou a Jay? – perguntou ele.

— Foi. Eu a tirei do furgão.

— E eles estavam viajando com ela? O furgão estacionado do lado de fora, bem debaixo do nosso nariz, enquanto eu jogava Go Fish com o canalha?

— Sim.

— Meu Deus. Você é uma heroína, Dara. Sabe?

— Ainda não – Darby respondeu, recuando. Ela olhou para o chão, combatendo um arrepio enjoativo. De hora em hora, ela passou a detestar cada vez mais aquela palavra. – E nem perto disso. Não se eu provocar a sua morte e a da sua prima esta noite...

— Isso não vai acontecer – disse Ed. – Ei, olhe para mim.

Com relutância, Darby obedeceu.

— Algumas palavras de sabedoria para você – continuou ele. – Você sabe qual é a primeira coisa que dizem no centro de reabilitação de Clairmont? Quando você passa por aquelas portas, registra seus itens, assina todos os formulários de entrada e se senta?

Darby fez um gesto negativo com a cabeça.

— Nem eu – disse Ed, sorrindo. – Mas eu vou informá-la, tá?

Ela riu.

Isso não fez Darby se sentir melhor, mas ela fingiu que sim, como se um pequeno e apressado discurso motivacional em um banheiro fosse tudo o que ela precisava. Ela sorriu, deixando a cicatriz se materializar na sobrancelha.

— Vou obrigá-lo a manter sua palavra, Ed.

— Com certeza.

Quando Ed voltou para o salão, Darby sentiu algo ainda pesado no bolso direito: o chaveiro de Ashley. Ela o tirou e o examinou, espalhando as chaves na palma da mão. Um *pen drive* preto. Uma chave para um boxe em um guarda-volumes chamado Sentry Storage. E, finalmente, a crucial chave do Chevrolet Astro.

Então, ela cerrou o punho em torno delas e, antes que pudesse reconsiderar, arremessou-as pela janela. Ouviu um baque suave quando pousaram do lado de fora.

Chame isso de proposta de paz.

Uma chance para Ashley e Lars reduzirem suas perdas, pegarem seu furgão e tentarem uma fuga antes de o sol nascer. Antes dos limpa-neves chegarem. Antes dos policiais aparecerem com suas armas em punho.

Peguem suas chaves, Darby quis gritar.

Ninguém tem que morrer hoje.

Por favor, pegue suas chaves, Ashley, e todos vamos seguir os nossos caminhos.

Era uma bela fantasia; mas, de algum modo, Darby considerou que não havia chance de que aquele impasse terminasse sem derramamento de sangue. Os irmãos Garver tinham muito em jogo para simplesmente ir embora. Ela já tinha sentado diante de Ashley naquela noite, olhado nos olhos dele e visto a objetividade implacável neles. Com luz refratada através de uma pedra preciosa. Um jovem que enxergava as pessoas como carne. Nada mais.

E a hora das bruxas estava se aproximando. Aquele tempo do mal, das entidades demoníacas, das coisas rastejantes que viviam na escuridão. Apenas superstição, mas Darby tremeu enquanto digitava outra mensagem em rascunho.

Oi, mãe. se você encontrar essa mensagem no meu celular...

Darby hesitou.

Quero que você saiba que não parei de lutar. Não desisti. Não sou uma vítima. Escolhi me envolver. Sinto muito, mas tive de fazer isso. Por favor, saiba que eu sempre te amei, mãe, e aconteça o que acontecer, sempre serei a sua garotinha. E morri esta noite para salvar a vida de outra pessoa.
Com amor, Darby.

02h56

Em seu caminho de volta para o salão, Darby dobrou o guardanapo com a curta e enigmática mensagem de Jay e o enfiou no bolso de trás da calça.

Por quê?, ela se perguntou, sentindo um ligeiro embrulho no estômago.

Por que não devo confiar em Ed e Sandi?

Ela queria perguntar para Jay, mas Ed estava perto demais.

— Jay, esses imbecis disseram para onde estavam levando você? — ele perguntou. — Quero dizer, antes de ficarem presos aqui no desfiladeiro?

— Não — Jay respondeu, balançando a cabeça. — Eles estão aqui de propósito.

— O quê?

— Eles estavam procurando por essa área de descanso. Estavam consultando os mapas hoje na estrada, localizando...

— Por quê?

— Não sei — ela replicou. — Só sei que eles *queriam* estar aqui.

Esta noite, Darby pensou, amarrando o cabelo em um rabo de cavalo. Outra peça solta do quebra-cabeça. Outro fragmento não resolvido. Aquilo fez seu estômago doer. Ela não conseguia imaginar por que Ashley e Lars escolheriam aquela área de descanso específica para estacionar com a refém, claramente visível entre um punhado de viajantes.

A menos que planejassem matar todo mundo ali desde o começo? Os irmãos homicidas viajavam com uma pistola, vinte litros de gasolina e um recipiente de água sanitária. Talvez Ashley tivesse algo diabólico em mente. Enquanto Darby avaliava aquilo, Ed perguntou para Jay outra coisa que chamou sua atenção:

— Eles pegaram seus remédios quando te sequestraram?

As orelhas de Darby ficaram em pé. *Remédios?*

— Minhas injeções? — Jay perguntou, denotando incerteza.

— Sim. Remédios, injeções. Tanto faz como os seus pais chamam.

— Acho que não.

— Tudo bem — disse Ed, suspirando e puxando para trás seu cabelo ralo. — Então, me diga, Jay. Há quanto tempo você não os toma?

— Eu tinha um no meu bolso para emergências, mas eu usei — Jay revelou.

— Então, faz três... Não, quatro dias — ela disse, contando nos dedos.

Ed deixou escapar o ar com força, como se tivesse sido socado.

— Uau. Ok.

— Sinto muito...

— Não. Não é sua culpa.

Darby agarrou o cotovelo de Ed.

— Do que se trata?

— Ao que tudo indica... Bem, ela tem Addison — Ed informou. Então, abaixou a voz e apontou para a pulseira amarela de Jay. — *Doença de Addison*. É uma insuficiência suprarrenal das glândulas endócrinas. Elas não produzem cortisol suficiente para o organismo funcionar. Uma entre cerca de 40 mil pessoas tem isso. Requer medicação diária ou a taxa de glicose no sangue despenca e você...

Ed parou de falar.

Darby tocou no pulso de Jay e leu a pulseira: DOENÇA DE ADDISON/ DEPENDENTE DE ESTEROIDE. Ela a virou ao contrário, esperando obter mais detalhes, como instruções de dosagem, o número do telefone de um médico ou um tratamento de emergência recomendado, mas não os encontrou. Aquilo era tudo. Quatro palavras estampadas.

Dependente de esteroide.

— Então, o que acontece? — Darby perguntou. — Ashley não sabia como medicá-la?

— Acho que eles a medicaram de modo incorreto. Provavelmente, os idiotas fizeram uma busca no Google, arrombaram uma farmácia e pegaram a primeira coisa com *esteroide* no nome. Isso apenas a deixou mais doente...

— Achei que você disse que era veterinário.

— Eu sou — Ed respondeu, forçando um sorriso. — Cachorros também sofrem de Doença de Addison.

Darby se lembrou do cheiro forte de vômito no furgão de Lars, dos tremores de Jay, de sua pele pálida. Isso explicava tudo. E, naquele momento, Darby se perguntou: se você precisa tomar uma injeção diária de esteroide, o que acontece se você não tomar durante quatro dias?

Para Ed, ela balbuciou:

— *É sério?*

— *Depois* — ele balbuciou de volta.

— Ashley e Lars ainda estão perto do furgão — Sandi gritou da janela. — Eles estão fazendo alguma coisa. Só não sei o quê...

— Preparando-se para nos atacar — Darby disse, sem amenizar.

Ela andava de um lado para o outro pelo recinto, fazendo o inventário das armas. Duas garrafas de água quente. O spray de pimenta de Sandi. A chave de roda de Ed.

Era um plano de batalha apressado, mas fazia sentido. Quando o ataque chegasse, Sandi controlaria a porta trancada e a barricada com Jay, informado os movimentos dos atacantes. Darby defenderia a janela do banheiro masculino. Se os irmãos tentassem entrar ali, como ela previa, ela atacaria Lars ou Ashley de surpresa a partir do canto cego com um banho de água fervente. E Ed, com sua chave de roda, seria um curinga, deslocando-se para onde fosse necessário.

— O que... — Sandi começou a dizer, limpando sua respiração do vidro e olhando para fora. — Já faz dez minutos. Por que eles ainda não tentaram entrar?

— Para mexer com a gente — Darby supôs. — Para nos deixar nervosos.

— Está funcionando.

No silêncio do prédio, os ouvidos de Darby começaram a ressoar por causa da pressão. As vigas do teto pareciam mais baixas. O chão estava vazio, coberto de guardanapos soltos e rastros de esfregão. De algum modo, o deslocamento da mesa tinha feito o salão parecer menor. O ar estava abafado, tomado de dióxido de carbono reciclado e suor.

Darby ficou esperando que alguém contasse uma piada para aliviar a tensão.

Ninguém contou.

Na longa viagem a partir de Boulder, ela odiara os trechos silenciosos entre as músicas, porque era quando sua mente ficava superexcitada.

Lembrando coisas que tinha dito para sua mãe. Novas dores. Novos arrependimentos. E, naquele momento, ela repensou a resposta de Ed ao seu questionamento, quando perguntou o quão sério era Jay ter deixado de tomar quatro injeções. Ele não tinha balbuciado *depois*.

Não, Darby se deu conta com o coração apertado. Ed tinha dito algo diferente.

Ele disse *fatal*.

Jay morreria se ficasse sob os cuidados de Ashley e Lars naquela noite. Mesmo que não tivessem planejado assassiná-la, ainda não sabiam como lidar com sua insuficiência suprarrenal. E o tempo dela estava se esgotando.

Mas, na realidade, fazia todo sentido que os irmãos Garver acabassem se revelando sequestradores tragicamente ineptos. Ashley podia ter um traço de caráter bastante cruel, mas claramente não era bastante metódico para coordenar uma operação de resgate. Ele improvisava demais e brincava com suas vítimas. E Lars? Apenas um homem-criança de bigode, uma psique frágil e rudimentar que Ashley moldara à sua própria imagem mórbida. Aquelas duas crianças crescidas estavam despreparadas para a complexidade e a escala do que estavam tentando. Não estavam nem remotamente qualificados para aquilo. Eram algo muito pior.

Alguns anos antes, em um estacionamento escuro do Walmart, observando um viciado em crack arrombar o carro delas a partir das luzes seguras da seção de Casa e Jardim, ela se lembrou de sua mãe segurando seu ombro e dizendo: *Não tema os profissionais, Darby. Os profissionais sabem o que estão fazendo e fazem de forma limpa.*

Tema os amadores.

— Eles estão... — Sandi disse, apoiando as mãos na janela. — Ok. Ashley acabou de tirar algo do furgão.

Ed se ajoelhou diante de Jay.

— Quando eles vierem, você vai ficar atrás do balcão. Vai fechar os olhos. E aconteça o que acontecer, você não vai sair. Entendeu?

— Ok — a menina disse, assentindo.

Sobre a cabeça de Jay, Darby balbuciou para Ed: *Como podemos tratá-la?*

— Temos... temos de levá-la para um hospital. É tudo o que podemos fazer — ele sussurrou, inclinando-se para mais perto. — Eu só lidei com essa doença em cachorros e poucas vezes. Só sei que ela está em um período de choque nesse momento. O organismo dela não está produzindo adrenalina (isso se chama crise addisoniana) e, se as coisas ficarem assustadoras ou intensas, Jay poderá sofrer uma convulsão, um coma ou algo pior. Precisamos controlar seu nível de estresse. E manter o ambiente dela o mais calmo e pacífico possível...

Sandi suspirou.

– Ashley tem uma... Ah, meu Deus, é uma *pistola de pregos*?

– Sim – Darby disse, voltando-se para Ed. – Não vai dar.

* * *

Ashley instalou uma bateria em sua pistola de pregos sem fio e esperou que a luzinha verde piscasse.

Na época de seu pai, para fornecer energia para uma pistola de pregos, precisava-se de um compressor de ar e muitos metros de mangueira de borracha. Na época atual, bastavam baterias e células de combustível. Ou seja, coisas que podiam ser carregadas no bolso.

A pistola de pregos de Ashley era cor de laranja brilhante. Pesava pouco mais de sete quilos. O decalque do fabricante tinha se desgastado. Os pregos eram alimentados por um magazine cilíndrico, mediam cerca de nove centímetros e podiam atravessar uma madeira com cinco centímetros de espessura e dez centímetros de largura. Conseguiam penetrar no corpo humano ao ser disparados de uma distância de até três metros e até mesmo de distâncias maiores. Eram hastes de metal giratórias, deslocando-se a uma velocidade de quase mil quilômetros por hora.

Bacana, certo?

Ashley podia ter fracassado espetacularmente na gestão diária da empresa da família, mas adorava os brinquedos que vinham com aquilo. Felizmente, naquele momento, seu pai estava ocupado demais esquecendo o próprio nome e defecando em uma fralda para ver o que tinha virado seu legado sob a liderança de Ashley. Dois especialistas tinham sido demitidos sem cerimônia, o nome de domínio na internet havia expirado, o telefone ainda tocava esporadicamente, mas caía direto no correio de voz. Às vezes, conduzir o furgão com aquele personagem de desenho animado descascando parecia como guiar um grande cadáver, uma casca ressecada dos sonhos e do trabalho duro de seu pai.

Veja, quando Wall Street quebrou, o governo federal interveio e socorreu os ricaços com dinheiro das outras pessoas. Quando sua pequena empresa familiar quebra, bem, aí você tem de se socorrer com suas próprias mãos. É o jeito americano.

Ashley ergueu a pistola de pregos com a mão esquerda, tirando a proteção com um empurrão leve. Em seguida, ele apertou o gatilho...

Tumpf.

Um prego perfurou um pneu dianteiro do Honda de Darby. A borracha preta esvaziou com um assobio.

Lars observava.

Ashley chutou o pneu, sentindo-o amolecer. Em seguida, inclinou-se e disparou outro prego em um pneu traseiro.

Tumpf.

— Não fique nervoso, irmãozinho. Nós vamos resolver isso — Ashley disse, circundou o carro e perfurou os outros pneus. *Tumpf. Tumpf.* — Só um pouco de trabalho sujo esta noite e depois vamos visitar o tio Kenny. Tá?

— Tá.

Ashley baixou a voz, como se estivesse compartilhando um segredo perigoso:

— E outra coisa que esqueci de dizer. Lembra do seu Xbox One?

— Sim?

— Ele tem a versão mais nova de *Gears of War*.

— Tá. — O sorriso de Lars cristalizou, e Ashley sentiu uma pontada de simpatia por seu querido irmãozinho. Lars não era talhado para aquilo, mas não era culpa dele. Como poderia ser? Ele não tivera controle sobre o fato de que sua mãe bebia dois vinhedos por dia durante a gravidez. O pobre Lars tinha sido geneticamente prejudicado antes mesmo de respirar. O pior dos mundos.

Rapidamente, Ashley voltou a checar a luz de sua pistola de pregos, que continuava verde. O tempo frio era prejudicial para aquelas baterias, e ele tinha apenas duas. A última coisa de que ele precisava era que sua pistola de pregos perdesse energia enquanto estivesse apontada contra a têmpora de Darby. Seria constrangedor ou não?

Em termos de poder de fogo, a Beretta Cougar calibre .45 de Lars vencia obviamente. Ninguém entrava em um tiroteio com uma pistola de pregos e esperava vencer. E seria necessário menos de dez centímetros de distância para dar cabo de um ser humano. Pior, os pregos raramente penetravam em algo além de três metros de distância. No entanto, Ashley Garver achava que gostava da pistola de pregos por todas as coisas que a tornavam uma arma bastante inútil para matar pessoas. Ele gostava dela porque era pesada, incômoda, imprecisa, assustadora e horripilante.

Todos os artistas se expressavam por meio de seus instrumentos, certo?

Aquele era o de Ashley.

— Vamos lá, irmãozinho — ele disse, apontando com sua pistola de pregos. — Ponha sua cara de mau.

O magazine cilíndrico da pistola continha trinta e cinco pregos e era alimentado por pequenos pentes de cinco pregos. Ashley havia disparado quatro. Ainda tinha mais do que o suficiente para transformar um ser humano em um porco-espinho. Andando ao lado dele, Lars moveu o ferrolho de metal da Beretta do jeito como fora ensinado, assegurando-se de que havia um cartucho carregado. Ele já tinha recarregado o magazine.

— *Gears of War 4*, certo? — ele perguntou enquanto caminhavam. — Não é o do ano passado?

— Foi o que eu disse.

— Tudo bem.

— E não se atreva a atirar em Darby — Ashley o lembrou. — Ela é minha.

* * *

— Eles estão vindo.

— Eu sei.

— Agora eles têm uma pistola de pregos...

— Eu sei, Sandi.

Jay apertou as têmporas como se estivesse evitando uma dor de cabeça, apoiando-se contra as pernas da mesa virada.

— Por favor, por favor, não discutam...

— Ed, eles vão nos *matar*...

Ele mostrou a chave de roda para ela.

— Cala a boca.

Darby pegou Jay pelos ombros e a levou para longe da janela, em direção ao centro do salão. Qualquer estresse ou trauma poderiam desencadear uma convulsão. *Isso é literalmente vida ou morte. Tenho que mantê-la calma.*

Seria possível naquela noite? Darby tentou se lembrar do termo exato usado por Ed – *uma crise addisoniana?* – e se agachou na frente da menina.

– Ei, Jay. Olhe para mim.

Ela obedeceu, com os olhos cheios de lágrimas.

– Jaybird, vai dar tudo certo.

– Não, não vai...

– Eles não vão machucá-la – Darby disse. – Eu prometo. Eu não vou deixar.

Perto da porta, a discussão se intensificou:

– Ed, eles vão entrar...

– Então, nós vamos lutar contra eles.

– Você está bêbado. Se tentarmos lutar contra eles, vamos morrer – Sandi disse com a voz trêmula. – Eu vou *morrer*, você vai *morrer*, e ela vai *morrer*...

– Ela está enganada – Darby disse, levando Jay para trás do balcão do quiosque. Ela deu um tapinha nas pedras compactadas. Eram bastante sólidas para deter uma bala. – Mas fique atrás desse balcão, como Ed disse, tá? Por precaução.

– Eles não vão me machucar – Jay sussurrou. – Eles vão machucar *você*.

– Não se preocupe comigo – Darby pediu, lembrando-se da misteriosa mensagem da menina no guardanapo. Ela chegou mais perto de Jay e abaixou a voz para que os outros não ouvissem: – Mas me diga: por que você não quer que eu confie em Ed e Sandi?

– Eu... Não é nada – Jay respondeu, parecendo constrangida.

– Por que, Jay?

– Eu me enganei. Não é nada...

– Conte-me.

Junto à porta da frente, a discussão entre Ed e Sandi alcançou o ponto máximo. Ele mostrou a chave de roda para a prima, brandindo-a como uma arma, e disse com a voz trovejante:

– Eles vão nos matar de qualquer jeito se a gente cooperar.

– É nossa única chance...

— Achei, inicialmente, que tinha reconhecido aquela mulher. Porque ela se parece exatamente com uma das motoristas do ônibus escolar — afirmou Jay, apontando por cima do balcão para Sandi.

Durante o tempo todo em San Diego.

Darby ficou paralisada.

— Mas isso é impossível — Jay disse. — Certo?

Darby não tinha uma resposta. Quais eram as probabilidades de aquilo acontecer? Quais eram as probabilidades de dois outros viajantes terem vindo da mesma cidade da costa oeste que a criança sequestrada? Entre todos os outros lugares? Ali, a centenas de quilômetros no interior do país, presos em uma área de descanso remota nas Montanhas Rochosas? Ela notou que Sandi tinha deixado suas chaves sobre o balcão e as pegou, examinando o chaveiro da picape Ford.

O oxigênio ali dentro parecia estar se esvaindo.

San Diego.

— Mas... mas não é ela — Jay acrescentou rapidamente, segurando seu pulso. — Ela só se parece com a motorista. É apenas uma coincidência.

Não, não é, Darby quis dizer. *Não esta noite.*

Esta noite não há coincidências...

Perto da porta da frente, Ed e Sandi tinham parado de discutir. Naquele momento, eles estavam ouvindo com uma atenção petrificada. Então, Darby também ouviu um par de passos abafados — botas esmagando a neve acumulada do lado de fora — aproximando-se da porta. Um esquadrão da morte de dois homens.

Ruborizado, Ed se afastou da porta.

— Meu Deus, se preparem...

— Ed, de onde você disse que vocês são? — Darby perguntou.

— Agora não...

— Responda à pergunta, por favor.

— Eles estão bem junto à porta. Do lado de fora — disse Ed, apontando.

— Responda à *maldita pergunta*, Ed.

Os passos dos irmãos cessaram do lado de fora. Eles ouviram Darby levantar a voz e também estavam ouvindo. Ashley estava a menos de dois metros, esperando do outro lado daquela porta. Ela até ouviu a familiar respiração pela boca do Cara de Roedor, como um ventilador de hospital.

— Estamos vindo da Califórnia — Ed respondeu. — Por quê?

— De qual cidade?
— *Como?*
— Me diga de que cidade vocês são.
— O que isso importa?
— Me responda — Darby insistiu com a voz trêmula, com dois estranhos do lado de dentro e dois assassinos do lado de fora perto da porta. Eles também estavam ouvindo. *Todos* estavam ouvindo. Tudo dependia do que aquele ex-veterinário diria a seguir...
— Carlsbad — Ed respondeu. — Somos de Carlsbad.
Eles não são de San Diego.
Darby piscou. *Ah, graças a Deus.*
Ele levantou os braços.
— Pronto, Dara. Está contente?
Darby soltou o ar com força, como se esvaziasse os pulmões depois de emergir de um mergulho profundo. Era apenas uma coincidência. Jay tinha se enganado. Era fácil correlacionar rostos de estranhos meio lembrados e, aparentemente, Sandi tinha uma sósia em San Diego que dirigia um ônibus escolar. A Califórnia tinha uma população enorme e, então, não seria insólito que Ed e Sandi procedessem do mesmo estado que a menina sequestrada. Tudo o mais era apenas nervosismo. Apenas paranoia.
O silêncio permanecia do lado de fora. Os irmãos ainda estavam ouvindo pela porta.
— Eu disse a você — Jay sussurrou. — Viu? Eu estava enganada...
— Carlsbad — Ed balbuciou para Darby, com o rosto brilhando de suor. — Carlsbad, Estados Unidos. O que mais você precisa, pelo amor de Deus? Estado? Califórnia. Código postal? 92018. População? Pouco mais de cem mil habitantes...
— Desculpe, Ed. Eu só precisava ter certeza...
Darby se deu conta vagamente de Sandi se movendo atrás dela e estava se virando para encarar a mulher mais velha quando Ed continuou:
— Condado? *Condado de San Diego...*
E esse foi o último pensamento claro que atravessou a mente de Darby antes que um borrifo de líquido gelado fizesse seus olhos arderem.
Em seguida, dor.
Uma dor absurda.

HORA DAS BRUXAS

03h33

— Sandi! — Ed gritou.

A vermelhidão tomou conta do mundo de Darby. Foi um banho ácido. Ela sentiu as células das córneas irritadas, simultaneamente quentes e frias demais. Como uma água sanitária sob as pálpebras. Aquilo expulsou todos os seus pensamentos.

Darby caiu de joelhos no chão, com os olhos fechados, arranhando o rosto e esfregando gotas de queimadura química. Dedinhos agarraram seu cotovelo, puxando-a. Ela ouviu a voz de Jay:

— Darby, esfregue os olhos...

— Sandi, que *porra* você está fazendo?

— Eddie, desculpe. Sinto muito...

— Esfregue os olhos — Jay repetiu, com a voz mais alta.

Darby obedeceu, com fúria, gemendo de dor, até que os globos oculares fizessem barulhos úmidos nas cavidades. Ela forçou a abertura das pálpebras, puxando-as com as unhas, e viu um caldo turvo de vermelho e laranja, borrado com lágrimas incendiárias. Os contornos aquosos dos ladrilhos do piso. O salão girou, movendo-se ao redor dela como um palco giratório. Darby tossiu, com a garganta cheia de muco borbulhante. Viu gotas escuras atingindo o chão. Seu nariz estava sangrando novamente.

— Fique quieta — Jay disse, levantando algo pesado. Darby estava prestes a se perguntar o que era, mas então uma chuva de água quente caiu em seu rosto. *A garrafa*, ela se deu conta, esfregando os olhos. *Menina esperta.*

Darby percebeu sombras furiosas se movendo acima dela, com passos pesados.

— Darby — Jay disse, puxando o cotovelo dela com mais força. — Vamos. Rasteje. *Rasteje.*

Darby obedeceu. As palmas das mãos e os joelhos sobre os ladrilhos frios, meio cega, encharcada. Jay a guiou com empurrões e puxões. Atrás delas, as vozes ficaram mais altas, retumbando dentro do recinto, pressionando o ar:

— Sandi, só me explique o que está acontecendo.

— Eu posso salvar você.

— Não toque nessa porta...

— Por favor, me deixe salvá-lo — Sandi ofegou, implorando. — Eddie, querido, eu posso salvar sua vida estúpida esta noite, mas só se você calar sua boca e fazer exatamente o que eu disser...

Darby ouviu um clique metálico atrás dela. Era familiar, mas ela não conseguia identificar. Tinha ouvido diversas vezes naquela noite, o suficiente para provocar uma espécie de *déjà-vu*. Então, através das brumas da dor, sua mente se iluminou e gritou: *trava, trava, trava...*

Sandi tinha acabado de destravar a porta da frente.

* * *

A maçaneta da porta girou livremente na mão de Ashley, surpreendendo-o. Ele pressionou os dedos contra a porta e a empurrou de leve, revelando o interior do centro de informações turísticas em uma lenta transição. Primeiro, ele viu Sandi Schaeffer, parada junto à porta, com o rosto da cor de um pimentão vermelho.

— Estou com elas — Sandi ofegou. — Estou com as duas trancadas no banheiro.

As duas? Aquilo era um alívio para Ashley.

— Jaybird está aqui, então?

— Por que ela não estaria?

— É uma longa história.

— Claro. *Claro...* — disse ela, fazendo uma careta.

— Está tudo sob controle.

— Tudo sob controle? *Sério?* Porque acabei de espirrar spray de pimenta em alguém...

— Sim, obrigado por isso.

— Você não tinha que fazer nada hoje e ainda assim estragou tudo — Sandi disse e tossiu sob o vapor do spray de pimenta, esfregando o nariz. — Quer dizer... Deus do céu, como você deixou isso acontecer? Como você deixou isso chegar a esse ponto?

Ashley estava cansado de falar. Ele forçou a entrada, com os olhos lacrimejando no ar ácido. Sandi cambaleou para trás, subitamente alarmada, com todas as suas palavras fortes momentaneamente presas na garganta. Ela viu de perto a pistola de pregos cor de laranja na mão de Ashley.

Deus, ele *amava* aquela coisa.

— Está tudo sob controle — ele assegurou. — Está tudo bem.

Lars também entrou, com a jaqueta de esqui azul-clara açoitada por uma rajada de vento e a pistola Beretta Cougar na mão.

— Você é doente — Sandi resmungou, dando outro passo vacilante para trás. — Vocês dois são doentes. Não deveriam ter machucado a menina...

— Nós improvisamos.

— Eu estava certa sobre você. Sobre vocês dois...

— Ah, é? — Ashley deu um tapinha no peito do irmão. — Escute. Vai ser bom.

— Eu sabia que vocês eram dois caipiras ignorantes.

— Ah, Sandi, você está ferindo meus sentimentos.

— É como se vocês estivessem *tentando* ser pegos — Sandi prosseguiu, cuspindo enquanto falava, com uma baba balançando no queixo. Ela ainda cambaleava para trás enquanto eles avançavam sobre ela com as armas em punho. — Você me disse... você falou que daria roupas limpas para ela todos os dias. Você disse que cuidaria da dieta dela. Que daria os livros dela. Você me prometeu que não tocaria em nenhum fio de cabelo de Jay...

— Em termos técnicos, é verdade. O cabelo dela está uma beleza.

— Como você pode achar isso engraçado? Você vai apodrecer na prisão. Você e a pequena síndrome de alcoolismo fetal do...

Seu irmão, Sandi teria concluído se Ashley não a tivesse empurrado.

Ele não estava zangado. *Está tudo sob controle, lembra?*

Mas foi um empurrão mais forte do que ele tinha pretendido. Sandi escorregou para trás, batendo o traseiro avantajado contra o balcão do quiosque de café. O rádio caiu e a antena torceu. O horrível cabelo preto cortado em forma de cuia de Sandi cobriu seu rosto e ela se segurou no balcão, arfando.

— Você estragou *tudo*.

Lars apontou sua Beretta.

— EI!

Ashley não tinha notado a presença de Ed até então, mas sim, ali estava ele. O ex-veterinário com barbicha de bode que ele havia surrado no Go Fish, que detestava os produtos da Apple, cujo maior medo era enfrentar sua família em Aurora naquele Natal, estava perto dos banheiros, com uma chave de roda em sua mão direita erguida, pronta para ser usada.

— Não posso deixar — disse Ed. — Não posso deixar você perto delas.

— Sandi, por favor, diga ao seu primo para soltar essa coisa — Ashley disse calmamente.

— É uma *chave de roda*, babaca.

— Ed, faça o que Ashley está dizendo.

Mas Ed aguentou firme, com as costas para as portas dos banheiros. O suor escorria pela testa, e a chave de roda tremia na mão.

Ashley não quebrou o contato visual ao avançar, dando um pequeno passo lateral para oferecer ao seu irmão uma pontaria melhor.

— Sandi — ele disse calmamente, falando através do canto da boca. — Deixe-me ser bem claro. Se o primo Ed não colocar a chave de roda no chão agora mesmo, ele vai morrer.

— Eddie, por favor, *por favor*, faça o que Ashley está dizendo.

Ed limpou o suor dos olhos, olhando para Sandi com uma expressão de horror. Naquela altura, ele já tinha que ter se dado conta, mas aquilo pareceu confirmar:

— Meu Deus, de onde você conhece essas pessoas? O que está acontecendo?

— As coisas se complicaram... — Sandi respondeu, recuando.

— O que você estava *fazendo com aquela garotinha*, Sandi?

— Largue isso — Ashley repetiu, dando mais um passo à frente. — Largue isso agora e eu não vou machucar você. Prometo.

À sua direita, Lars adotou uma posição de tiro com a Beretta Cougar, exatamente como Ashley lhe ensinara certa vez. As duas mãos juntas, os polegares erguidos, o dedo indicador ao redor do gatilho, mas Ashley sabia que o irmão não atiraria. Não sem sua permissão. Obedientemente, ele estava esperando por uma dica para executar Ed, que poderia vir de muitas formas, incluindo uma referência de beisebol.

Uma gota de suor caiu no chão.

— Prometo que não vamos machucá-lo — Ashley reafirmou. — Você tem a minha palavra.

— Eddie, por favor — Sandi disse baixinho. — Você está bêbado. Largue isso e eu explico tudo.

Mas, para seu crédito, Ed não cedeu. Aguentou firme, não levando em conta a arma de Lars, olhando só para Ashley, como se ele fosse a única pessoa do mundo. Os olhos fixos, desafiando o criminoso. Quando Ed finalmente falou, foi um rosnado grave:

— Eu sabia que odiava você.

— Sério? — Ashley brincou. — Eu gosto de você.

— Logo que te conheci hoje, quando apertei sua mão, eu simplesmente... De algum modo, eu sabia. — O velho veterinário deu um sorriso estranho, triste. — Vislumbrei, acho, exatamente quem você é. Por trás dos jogos e por trás das piadas infames. Você é a soma de todos os atributos que sempre odiei em um ser humano. Você é presunçoso, você é irritante, você é um falastrão, você não é nem metade tão esperto quanto acha, e debaixo de tudo isso? Você é pura maldade.

E você está batendo um bolão, Ashley quase disse.

Mas então Ed suspirou e algo se rompeu atrás de seus olhos, como se ele estivesse finalmente reconhecendo a inutilidade daquele pequeno impasse. Ele levantou as duas mãos e abriu a direita em rendição relutante. A chave de roda caiu e bateu no chão de ladrilhos. O barulho ecoou no ar, e Ashley sorriu ironicamente.

Lars abaixou a Beretta.

— Obrigada — Sandi disse, com lágrimas nos olhos. — Obrigada, Eddie, por...

Crack.

Ed fez uma careta, como alguém surpreendido por um arroto. Por um momento confuso, ele ainda manteve contato visual com Ashley, como antes; mas, naquele momento, seus olhos estavam arregalados, aterrorizados, procurando...

— Você se esqueceu — Ashley disse para Ed. — Eu também sou um *mentiroso.*

Ashley abaixou a pistola de pregos.

Ed o seguiu com os olhos, brilhantes de espanto enjaulado. Ele apertou os lábios úmidos, contraindo a carne, como se estivesse tentando falar, mas algo surreal aconteceu: o maxilar não estava se movendo. Nem mesmo um centímetro. A voz escapou através das narinas, como um gemido sufocado. Uma bolha vermelha pastosa – saliva engrossada com sangue – se formou nos dentes da frente e caiu no chão.

Ashley retrocedeu alguns passos para não sujar os sapatos.

Sandi deu um grito ensurdecedor.

Ashley estalou os dedos e apontou:

– Lars, *controle* ela, por favor.

Ed levou as duas mãos até a garganta, também tentando gritar, mas o ferimento não o deixou fazer isso. A boca estava pregada – literalmente – por um prego de aço, perfurada através do maxilar inferior em um ângulo ascendente, prendendo a língua no céu da boca. Ashley a imaginou ali se contorcendo como uma enguia ensanguentada. E ele estava realmente curioso sobre quão profundo o prego de nove centímetros havia penetrado. Será que sua ponta estava fazendo cócegas na superfície do cérebro de Ed?

Ashley empurrou Ed para o lado com o pé. Ed se chocou com o mapa regional do Colorado e escorregou pela parede, gemendo silenciosamente sobre as mãos, com o sangue se acumulando nelas e pingando gotas do tamanho de moedas de dez centavos no chão.

– Sente-se. Você deveria saber, Eddie-boy, eu *odeio* alcoólatras...

Sandi estava histérica. Ela voltou a gritar. Foi um grito de hiena. Outra grande baba ficou pendurada no queixo. Lars encostou o cano da Beretta no rosto dela e ela imediatamente se calou.

– Mudança de planos – Ashley disse, dando um tapinha no ombro de Lars. As lâmpadas fluorescentes piscaram acima dele. – Veja, eu e você, irmãozinho, já enchemos esse predinho com provas forenses e não temos água sanitária nem tempo suficiente para limpar tudo. Então, vamos ter que ser criativos, se é que você *me entende*.

Lars fez que sim com a cabeça. Código de espião captado.

Ashley continuou, passando por cima de uma poça de sangue de Ed.

– E quanto a Darby e...

Espere.

Ashley se deu conta de algo.

— Espere, espere... — ele disse e agarrou Sandi pelo cotovelo, estalando os dedos junto ao rosto dela. — Ei. Olhe para mim. Você disse que prendeu Darby e Jaybird no banheiro, certo? No banheiro dos homens?

Sandi fungou, olhando para Ashley com os olhos injetados, e assentiu.

Não.

Lars também olhou para ele, sem entender. Mas Ashley tinha entendido.

Não, não, não...

Ele jogou Sandi no chão, passou por ela pisando firme, passou por Ed, rumo aos banheiros. Com uma cotovelada, ele abriu a porta do banheiro masculino e viu... um espaço vazio. Os flocos de neve flutuavam junto à janela triangular.

Lars prestou atenção.

Ashley Garver deu um passo para trás e bateu a porta com violência.

— Estou de saco cheio dessa *maldita janela...*

* * *

Darby girou a chave de Sandi e deu a partida na picape. Um ronco de motor a diesel quebrou o silêncio do estacionamento.

— E se Ashley ouvir? — Jay perguntou, acomodada no assento do passageiro.

Ela moveu a manopla do câmbio.

— Ele acabou de ouvir.

Darby já havia limpado um pedaço do para-brisa e escavado uma parte da neve acumulada ao redor dos pneus traseiros. Apenas o suficiente para criar rampas de gelo para ganhar algum impulso. Sandi tinha vindo preparada. Sua F-150 era uma picape robusta, equipada com pneus cravejados, correntes estridentes e incríveis 45 centímetros de altura livre do solo. Se algo estacionado ali podia conseguir vencer a montanha, era aquele veículo. E se não conseguisse... Bem, Darby se lembrou da piadinha idiota de Ashley a respeito da marca Ford: *Found on road, dead.*

Esperemos que não. Darby esfregou o ardor químico dos olhos. Seu rosto ainda estava molhado com a água daquela garrafa, que então congelava em sua pele.

— Todo mundo aqui é ruim — Jay murmurou.

— Eu não.

— Sim, mas todos os outros...

Darby tentou não pensar naquilo. Sua cabeça ainda estava girando. Primeiro, Ashley se apresentava como um aliado antes de traí-la. E depois Sandi revelava seu envolvimento no plano do sequestro. Ela não era capaz de saber onde Ed Schaeffer se encaixava em todo aquele caos, mas esperava que ele ainda estivesse vivo lá dentro.

Se ele estava mesmo do nosso lado, para começo de conversa.

Esperava que ele estivesse, mas, a cada segundo, a área de descanso de Wanashono parecia se tornar mais hostil. Seus aliados diminuíam. Seus inimigos se multiplicavam. A cumplicidade era estonteante.

— O que a *motorista* do meu ônibus estava fazendo ali? — Jay perguntou.

— Momento da verdade — Darby disse, agarrando o volante.

Ela pisou no acelerador e a picape avançou devagar pela neve lamacenta, com os pneus girando em falso e lançando placas de gelo. Darby manteve a pressão constante sobre o acelerador. Nem muito forte, nem muito fraca. A picape patinava, mas se movia.

— Vamos. Vamos. *Vamos...*

— A polícia está muito longe? — Jay perguntou.

Darby se lembrou da transmissão do CDOT que Ed tinha descrito para ela. A carreta estava ao pé do desfiladeiro.

— Doze quilômetros, talvez treze.

— Não é muito longe, certo?

Darby virou o volante para fazer uma meia curva e mover a picape de Sandi por torrões de grama congelada e se dirigir para o sul. Para a descida da via de acesso, para a descida do desfiladeiro, para enfrentar o tráfego que se aproximava, se havia algum. Ela procurou pelo interruptor dos faróis e o ligou. Ashley e Lars já tinham sido alertados pelo barulho do motor. Então, a discrição não existia mais.

Os irmãos estavam se preparando para aparecer.

— Você roubou a picape dela — Jay sussurrou.

— Ela espirrou pimenta em mim. Estamos quites.

A menina riu baixinho. Então, uma fatia de luz alaranjada apareceu no vidro atrás dela. Era a porta do centro de informações turísticas se abrindo. Um raio de luz e, nele, uma figura magra.

Era Lars.

O Cara de Roedor. Ele era uma sombra toda negra. A silhueta ergueu o braço direito, tão à vontade quanto alguém mirando um controle remoto de tevê. Instintivamente, Darby entendeu o gesto de Lars e agarrou Jay pelo ombro e a puxou para baixo no assento de couro frio.

— Abaixe-se.

BANG.

A janela do passageiro explodiu. Cacos de vidro se espalharam pelo painel. Jay gritou, cobrindo o rosto.

Darby se encolheu sob uma chuva de estilhaços. O tiro ecoou como um fogo de artifício no ar rarefeito. O corpo de Darby a incitou a ficar abaixada em seu assento, o mais abaixada possível, abaixo da linha de fogo do Cara de Roedor, mas seu cérebro entendeu melhor a situação: *Ele está vindo em nossa direção. Agora.*

Vai, vai, vai...

Darby encontrou o pedal do acelerador e pisou fundo. A picape avançou, o motor descarregando potência e as empurrando contra os assentos. O mundo se agitou. A bagagem sacolejou ruidosamente na traseira. Então, Darby se endireitou no assento de couro viscoso, espiou de lado sobre o volante – expondo apenas um olho – e conduziu a F-150 de Sandi em direção à rodovia.

— Darby... — Jay disse, agarrando o pulso dela.

— Fique abaixada.

— Darby, ele está atirando em nós...

— Sim, eu *percebi...*

BANG. Uma bala perfurou o para-brisa da picape e Darby se encolheu. Uma brisa fria assobiou à sua esquerda. Sua janela lateral também estava quebrada. Flocos de neve invadiram o interior do carro, atingindo seu rosto.

— Ele está nos caçando — Jay disse. — Ande mais rápido...

Darby estava tentando. Ela pisou mais fundo no acelerador e a picape guinou, mas ganhou velocidade. Os pneus lançaram lascas de gelo através das janelas, salpicando o interior com cascalho frio. Lars atirou novamente – *BANG* – e o espelho retrovisor lateral explodiu. Jay gritou.

Darby a puxou para baixo com a mão livre.

— Mantenha sua cabeça baixa. Está tudo bem.

— Não, não está.

— Ele não vai nos pegar...

BANG. Outro tiro atravessou o para-brisa, deixando uma forma de estrela irregular acima da cabeça de Darby. Mas os últimos tiros de Lars soaram diferentes. Estavam ficando ocos, diluindo-se com o aumento da distância.

— Sim — Darby disse com o coração acelerado. — Sim, sim, sim...

— O que está acontecendo?

Estavam descendo a rampa de saída, ganhando velocidade. Graças a Deus pelo impulso, pela gravidade, pelo grau de inclinação. Darby pisou fundo novamente e o motor deu outro ronco. O mundo se inclinou para baixo e lascas de vidro temperado deslizaram em torno delas como cascalho.

— Está vendo? Eu falei para você.

Lars disparou novamente, mas não acertou a picape. Ele já estava muito distante delas. Desaparecendo. O brilho alaranjado do prédio de Wanashono também estava desaparecendo, com suas formas familiares mergulhando na escuridão coberta de neve. Darby ficava muito feliz de ver tudo aquilo desvanecendo. Como acordar de um pesadelo pavoroso, que ela nunca mais queria ver. Nunca. Que bons ventos as levassem daquele lugar de merda.

Jay espiou ao redor de seu assento, observando a figura do Cara de Roedor encolher através da janela traseira perfurada — "Se abaixe" — e ela ergueu um punho trêmulo com o dedo anular para cima.

Darby precisou de um momento para entender.

— Ah... É o dedo errado.

Jay se corrigiu.

— Melhor?

— Melhor.

— Obrigada — disse a menina de nove anos. Então, mostrou o dedo médio através da janela traseira perfurada de uma picape roubada. Darby começou a rir. Uma risada involuntária, irritando seus pulmões como uma tosse. Ela não conseguiu se conter.

Ah, meu Deus, nós conseguimos.

Nós escapamos.

Faltam apenas doze ou treze quilômetros. Darby tirou o iPhone do bolso e o passou para Jay.

— Ei. Fique de olho na tela, tá? Se você vir uma barra de sinal, entregue o celular para mim imediatamente.

— A bateria está quase no fim.

— Eu sei.

Elas pegaram o declive, com os pneus agitando a neve fresca como rodas d'água. Darby pisou no acelerador, mantendo a picape em movimento. Mantendo a inércia ininterrupta. Naquele momento, tudo era um impulso desesperado para a frente. Como cruzar dois estados com o estômago cheio de Red Bull e ibuprofeno, lutando para manter seu barato de cafeína com uma mensagem enigmática de Devon balançando na palma da mão (*Neste momento, ela está OK*), enfrentando o armagedom de neve no desfiladeiro. Para a frente, para a frente, para a frente. *Não pare.*

Não pare, não pare...

Então, elas se aproximaram da Rodovia Estadual 6, com os faróis altos iluminando montes congelados de neve varridos pelo vento. Ali, Darby planejou pegar a pista que seguia para o norte. Ela sentiu outro arrepio de excitação. Aquilo estava realmente acontecendo. Ela tinha conseguido. Elas estavam realmente escapando.

Ainda assim, ela estava preocupada. E se os irmãos desenterrassem o furgão, conseguissem conduzi-lo através da neve e as perseguissem pela rodovia? Então, sentiu mais um arrepio de triunfo quando se lembrou de que Ashley não sabia onde estavam as chaves do Astro.

Ele nunca me viu jogá-las pela janela do banheiro.

Sim, sim, sim. Tudo parecia bom demais para ser verdade.

— Segure meu celular. Fora da janela — Darby pediu para Jay.

Jay obedeceu, ajoelhando-se para se inclinar para fora da janela do passageiro. De repente, Darby se imaginou dando uma freada brusca e lançando aquela pobre menina para fora da picape como um boneco de teste de colisão. Seria difícil explicar aquilo aos pais dela.

— E aperte o cinto de segurança — Darby acrescentou. — Por favor.

— Por quê?

— Porque é a lei.

— E se precisarmos sair e correr?

— Então você vai desafivelá-lo.

— O seu não está afivelado.

— *Ei*, não me faça dar meia-volta com esse carro — Darby disse, com um sorriso ameaçador e a voz imitando um pai irritado.

Jay apertou o cinto de segurança com um clique metálico e apontou para o encosto de cabeça atrás de Darby.

– Ele quase acertou um tiro em você.

Darby tocou no encosto de cabeça atrás do rabo de cavalo. De fato, seus dedos encontraram um furo irregular, que deixava escapar pedaços de espuma amarela. A bala de Lars atravessara o encosto a dois centímetros e meio de altura, no máximo, roçando o couro cabeludo de Darby antes de sair pelo para-brisa. Salva por pura sorte. Ela deixou escapar uma risada rouca.

– Ainda bem que só tenho um metro e cinquenta e sete de altura, hein?

– Ainda bem – Jay disse. – Eu meio que gosto de você.

Darby conduziu a picape de Sandi para a rodovia, mudando de faixa para pegar as pistas desoladas que se aproximavam. Sob condições normais de tráfego, seria uma manobra suicida. Automaticamente, ela acionou o pisca-pisca antes de se sentir estúpida. Suas mãos ainda estavam tremendo. Um silêncio estranho se instalou. Então, Darby pigarreou, esforçando-se para preencher o silêncio:

– Sandi então era mesmo a motorista do seu ônibus escolar, hein?

– Senhora Schaeffer, acho.

– Ela era boa gente?

– Ela mandou me sequestrarem.

– Fora isso.

– Não muito – Jay respondeu, dando de ombros. – Eu mal me lembro dela.

Mas com certeza ela se lembrava de você, Darby pensou. *Ela se lembrava de você e de sua reluzente mansão e dos horários diários de seus pais yuppies.* Uma motorista de ônibus escolar era uma informante lógica para uma operação de sequestro, e Ashley e Lars estavam obviamente fazendo o trabalho sujo. Mas por que Sandi se arriscaria a se encontrar com Beavis e Butt-Head em pessoa em uma área de descanso remota a dois estados de distância?

Darby observou a rodovia coberta de neve se estender à frente, sentindo o sangue voltar às suas extremidades, firmando-se contra o ar gelado que entrava através das janelas. Apenas naquele momento ela começou a perceber o humor negro de toda a confusão, em sua própria falta de sorte e julgamento equivocado. Involuntariamente, ela tinha confiado em um dos sequestradores pela *segunda vez* naquela noite. Aquela garrafa de água fervente que ela planejou usar como arma? Jaybird tinha jogado parte da água em seu rosto, que ainda latejava com queimaduras de primeiro grau. Nada tinha saído de acordo com o planejado. Ela não podia evitar, batendo os dentes de frio:

— Juro por Deus, Jay, da próxima vez que você achar que reconhece alguém aqui... Tipo, se o primeiro policial do Colorado que você vir parecer o seu mordomo em San Diego, *me diga*, tá?

— A gente é normal. Não temos mordomo.

— Ótimo. Sua *empregada*, então.

— Não temos empregada.

— Sério? Aposto que você tem.

— Não tenho.

— Só porque ela é chamada de governanta?

Jay pareceu constrangida. *Xeque-mate.*

— Eu sabia. Seus pais criaram o Google ou algo assim?

— Você está me provocando.

Darby sorriu.

— É tarde demais para eu mesma exigir resgate por você?

— Talvez não – Jay respondeu, sorrindo também. – Você é quem está dirigindo uma picape rouba...

Tudo parou.

O mundo inteiro pareceu congelar. A picape se chocou contra uma elevação de neve, os faróis se entocando e não iluminando mais nada, duas toneladas de peças em movimento se imobilizando em uma parada brusca. Uma garrafa vazia de Gatorade voou para fora do console. Cacos de vidro soltos saltaram. Darby bateu o maxilar no volante, mordendo a língua. Em um milionésimo de segundo, elas estavam presas novamente, imobilizadas novamente, e toda a alegria se tornou amarga e desagradável, como o gosto de sangue em sua boca.

Ah, não.

Não, não, não

Jay olhou para Darby e disse:

— Ainda bem que você me fez apertar o cinto de segurança.

03h45

– *Ah, droga.*

Darby engatou a ré. Tentou novamente. Acelerou repetidas vezes. Em vão. Os pneus giraram até elas sentirem cheiro de borracha queimada.

A picape estava presa, voltada para o lado errado da pista mais à direita rumo ao norte da Rodovia Estadual 6, logo depois da placa azul da área de descanso. Darby esticou o pescoço para olhar para trás através da janela traseira estilhaçada. No todo, ela conseguira percorrer menos de quinze metros de rodovia, ficando a uma distância de 400 metros, no máximo, do prédio de Wanashono. Darby ainda podia ver as luzes alaranjadas do estacionamento através do bosque de abetos. Na realidade, não importava se Ashley e Lars encontrassem suas chaves, porque eles ainda estavam a uma curta distância. *Dava para ir a pé.*

– Droga, droga, *droga* – Darby repetiu, dando um soco no volante e tocando a buzina acidentalmente.

Jay também olhou para trás.

– Eles podem nos alcançar?

Sim, sim, sim, com toda a certeza.

– Não – Darby respondeu. – Nós conseguimos nos afastar bastante, mas fique aqui dentro – prosseguiu. Ela abriu a porta do motorista, espalhando cacos soltos de vidro e saiu para enfrentar a neve espessa. Sentiu-se velha e cansada. Os ossos doíam. Os olhos ainda ardiam por causa do spray de pimenta.

– O que você está fazendo?

— Escavando para podermos sair — Darby explicou, observando o para-choque dianteiro da picape e os faróis meio escondidos. Sentiu o estômago revirar quando viu o imenso monte de neve deslocada, transformada em uma bola na frente da grade da F-150. Devia pesar uns cinquenta quilos, talvez mais, tão densa quanto cimento úmido.

Darby quase desmaiou ao ver aquilo, a enormidade daquilo. Mas então seu olhar se fixou na menina atrás do para-brisa rachado, à beira de uma crise addisoniana. Uma bomba-relógio de ansiedade; um momento ruim isolado longe de uma convulsão, de um coma ou de algo pior.

Então, Darby se ajoelhou e começou a cavar.

— Posso ajudar? — Jay perguntou.

— Não. Você não pode se esforçar demais. Apenas se concentre no meu celular. Me avise se conseguir um sinal — Darby disse, erguendo uma pedra de gelo esfarelada e a pondo de lado. Seus dedos nus tremeram de frio.

Onze quilômetros, ela pensou.

Onze quilômetros até a carreta acidentada. Darby imaginou uma cena de acidente movimentada lá embaixo, cheia de socorristas, luzes e movimento. A pulsação luminosa vermelha e azul dos carros de polícia. As equipes de manutenção da rodovia com suas jaquetas reflexivas. Os paramédicos introduzindo tubos em gargantas. Vítimas atordoadas sendo evacuadas em macas.

Tudo aquilo a apenas onze quilômetros descendo pela estrada escura. Não parecia possível.

Apenas onze malditos quilômetros.

A Rodovia Estadual 6 era mais elevada ali onde elas haviam batido na crista superior de um caminho em zigue-zague. As árvores coníferas eram as menores, e o terreno era rochoso e vertical. À luz do dia, com tempo claro, devia se abrir para um panorama montanhoso impressionante. Mas, naquele momento, talvez fosse o único trecho do desfiladeiro de Backbone com a menor chance de pegar um sinal de celular. Para o inferno com as Crianças de Pesadelo de Ashley. Em retrospecto, ela entendeu que quase certamente tinha sido outra de suas mentiras. Apenas mais um ardil perverso para fazê-la desperdiçar sua bateria.

Outra rajada de vento soprou pela montanha, rangendo galhos e levantando estranhos redemoinhos de neve que deslizaram pela rodovia como fantasmas dançantes.

— Ei, Jay — Darby chamou, ofegante enquanto cavava, esforçando-se para conversar para preencher o silêncio misterioso, tentando manter o astral leve, agradável, sem pressa. — O que você quer ser quando crescer?

— Não vou dizer.

— Por quê?

— Você vai me zoar de novo.

Darby se encostou em um dos faróis, observando a rampa de saída da área de descanso para checar a presença de Ashley e Lars. Nenhum sinal deles ainda.

— Vamos, Jay. Você me deve essa. Levei spray de pimenta no rosto por você.

— Não foi por *mim*. Foi apontado para você.

— Você sabe o que eu quero dizer...

— Uma paleontóloga — Jay respondeu.

— Uma o quê?

— Uma paleontóloga.

— Tipo... Tipo uma caçadora de fósseis de dinossauros.

— Sim. É o que uma paleontóloga faz.

Mas Darby não estava ouvindo. Ela notou que um dos pneus da picape parecia estranhamente flácido e ficou apavorada. Removeu outro punhado de neve e viu um círculo de aço projetando-se da parte lateral externa do pneu. Uma cabeça de prego. Então, ela ouviu o assobio suave e furtivo de um vazamento de ar.

Ela engatinhou até outro pneu. Mais dois pregos cravados na banda de rodagem.

Ah, meu Deus, esse era o plano de contingência de Ashley o tempo todo.

Darby socou a neve.

— Merda!

Ele inutilizou todos os carros, para garantir, caso conseguíssemos escapar em um deles...

Mas não fazia sentido. Por que Ashley também dispararia pregos nos pneus da picape de Sandi se ela era integrante do plano de sequestro? Depois de terem todo aquele cuidado para se encontrarem ali nas Montanhas Rochosas cobertas de neve?

Jay espiou por cima da porta.

— O que foi?

— Nada — Darby respondeu, voltando para a frente da picape de Sandi e recomeçando a cavar em marcha acelerada. Ela tentava aparentar calma, mas seu coração estava disparado. — Jaybird, me diga, qual é o seu dinossauro favorito?

— Eu gosto de todos eles.

— Sim, mas você deve ter um favorito? O Tiranossauro Rex? O Velociraptor? O Tricerátopo?

— O Eustreptospondylus.

— Não... Eu não tenho a menor ideia de como ele é.

— É por isso que eu gosto dele.

— Descreva ele, por favor — Darby pediu. Ela precisava manter a conversa, cavando punhados de neve, com seus pensamentos frenéticos em agitação: *Ele vai vir atrás de nós. Nesse momento, ele está nos alcançando e está carregando aquela pistola de pregos...*

— É um carnívoro — a menina disse. — Anda sobre duas patas traseiras. É do período jurássico. Tem três dedos em cada mão. Tipo um Velociraptor.

— Então você poderia ter simplesmente dito "Velociraptor".

— Não. É um Eustreptospondylus.

— Parece um dinossauro de merda.

— Você não consegue soletrar — Jay disse e fez uma pausa. — Ah, seu celular encontrou um sinal...

Darby ficou de pé e correu para a porta do passageiro, estendendo a mão através da janela estilhaçada e pegando o iPhone das mãos de Jay. Ela não acreditou até ver: uma barra de sinal solitária. Piscando insistentemente.

— Sua vez de cavar — ela disse.

— 1% de bateria.

— Eu sei.

A porta rangeu, espalhando mais cacos de vidro e Jay saltou para fora. Darby segurou o celular com os dedos avermelhados, digitando o número da polícia com o polegar. Porém, o celular vibrou em sua mão, assustando-a. Era uma mensagem. Ela viu o número do remetente: era o número da polícia.

Era uma resposta à sua mensagem, aquela que ela tentara enviar horas antes e que devia ter sido enviada só naquele instante: *Sequestro de criança*.

Furgão cinza. Placa VBH9045. Rodovia Estadual 6. Área de descanso de Wanasho. Envie a polícia.

A resposta?

Encontre um lugar seguro. Polícia chegando. Tempo estimado de chegada: 30.

Darby quase deixou cair o celular. *Trinta* devia ser minutos, certo? Não podia ser horas ou dias...

Trinta minutos.

— Está funcionando? — Jay perguntou, ofegando enquanto cavava. Darby não podia acreditar. Parecia uma alucinação. Ela piscou, com medo de que tudo se dispersasse como um sonho, mas a mensagem ainda estava ali, tremendo em suas mãos entorpecidas. Sua mensagem tinha sido enviada com sucesso às 3h56. Tinha recebido uma resposta do atendente do serviço de emergência da polícia às 3h58. Só fazia alguns minutos.

Ah, graças a Deus, os policiais estarão aqui em trinta minutos...

Darby sentiu palpitações no peito. Uma eletricidade nervosa crepitou em seus ossos. Ela tinha perguntas. Muitas. Para começar, não sabia como aquilo se ajustava com a situação dos limpa-neves do CDOT; os tratores também chegariam em trinta minutos? Chegariam primeiro? Todos subiriam o desfiladeiro de Backbone ao mesmo tempo — policiais e equipes de manutenção da rodovia — em um único e grande comboio? Ela não sabia e realmente não se importava, desde que os policiais chegassem e acertassem um tiro no rosto sorridente de Ashley Garver.

— Ah, Jay — ela sussurrou. — Posso beijar você...

— Darby, *pare* — a menina a interrompeu.

— O que foi?

Jay encarou Darby, que estava parada junto ao brilho curvado dos faróis da picape. Olhando fixamente com os flocos de neve se acumulando sobre os seus ombros, imóvel de modo alarmante.

Darby tentou manter a voz calma.

— Jay, não entendo...

— Não se mexa.

— O que *foi?*

— Ele está atrás de você — Jay sussurrou.

* * *

Ashley estava se preparando para puxar o gatilho da pistola, pronto para disparar um prego na parte posterior do crânio de Darby, quando ela se virou para encará-lo.

Ao se virar, a franja ruiva de Darby passou sobre as maçãs do rosto, e seus olhos se ergueram para encontrá-lo. Ao capturar uma réstia do luar, sua pele era macia como *marshmallow*. A cicatriz branca permanecia invisível, a menos que ela semicerrasse os olhos ou sorrisse. Como uma atriz encontrando sua marca no cenário, um esplendor suave enquadrado pelo olho de um cineasta, do jeito que Eva Green cumprimenta Daniel Craig em *007 – Cassino Royale*.

Apenas uma virada.

Mas, Deus, e que virada.

Sob o casaco e o jeans de Darby, Ashley conseguia perceber as formas sensuais de seu corpo: os ombros, os quadris, os seios. Ele gostaria de poder imprimir aquele momento, aquele instante de beleza desoladora, e mantê-lo para sempre. Assim como toda arte verdadeira, você nunca tem certeza de como vai se sentir no começo, até conseguir decifrar suas reações posteriormente. E Ashley tinha muito a decifrar. Ele gostaria de que aquilo pudesse ser algo simples, como o desejo sexual, porque desejo sexual podia ser saciado com um vídeo pornô no Pornhub – mas desde que ele tinha beijado Darby naquele banheiro sujo, seus sentimentos por ela tinham se tornado mais confusos e complexos.

– Oi, Darbs – ele disse, forçando um sorriso. – Noite longa, hein?

Ela não disse nada.

Sem nenhum medo nos olhos. Nem mesmo um tremor.

Darby simplesmente olhava para ele de alto a baixo, avaliando-o, como se já tivesse antecipado aquele encontro, horas antes, e tivesse preparado um plano de contingência, o que era obviamente impossível. Aquela noite fora marcada de modo vertiginoso pelo acaso e pelas surpresas inesperadas. Nem mesmo um *homem mágico* como o próprio Ashley poderia estar no controle de tudo o tempo todo.

Mas ainda assim, ele pensou, *queria que você não tivesse virado para trás. Deixa isso mais difícil.*

Ashley voltou a erguer a pistola de pregos. Empunhou a boca da pistola com a mão esquerda, tirou a proteção e segurou o gatilho de dois estágios, fazendo uma mira cuidadosa com o olho esquerdo.

Darby não se acovardou.

— Isso seria um erro.

— O quê?

— Você não vai querer me matar.

— Não? Por quê?

— Eu escondi seu chaveiro — Darby respondeu. — Eu sei onde estão as chaves do seu furgão e, se você me matar, nunca vai encontrá-las. Agora que a picape de Sandi está presa, e você furou os pneus do meu Honda, você não tem como sair daqui. O furgão é o único meio que você e seu irmão têm de escapar desta área de descanso esta noite.

Silêncio.

Darby levantou as mãos, como se tivesse levado a melhor.

E da frente da picape de Sandi, Ashley ouviu um gorjeio estranho, dissonante. Um som que ele nunca tinha ouvido antes.

Era Jay. Rindo.

04h05

Trinta minutos.
Trinta minutos.
Sobreviva os próximos trinta minutos, até os policiais chegarem aqui.
Esse mantra ficava martelando na mente de Darby durante a caminhada de volta para a área de descanso. Ashley ordenou que ela andasse na frente, com Jay ao lado, enquanto ele apontava a pistola de pregos para as costas delas. Ele também carregava o iPhone de Darby.

Ashley o arrancou da mão de Darby antes que ela pudesse apagar a mensagem de texto da polícia. Naquele momento, enquanto andavam, ele o examinava, com a tela iluminando a neve com um azul espectral. Calmamente, Darby se preparava para a reação apocalíptica de Ashley quando ele descobrisse a verdade: os policiais estavam chegando.

Mas nada aconteceu. Eles caminharam em silêncio. Ela o ouviu lambendo os lábios e ajustando a mão na pistola de pregos enquanto examinava o iPhone. Então, ela se deu conta: *Ele não está lendo minhas mensagens de texto.*

A possibilidade de que Darby tivesse enviado uma mensagem de texto para a polícia não lhe ocorrera. Ele só estava examinando o registro de chamadas, procurando ligações bem-sucedidas para o número da polícia. O que, é claro, ela havia tentado dezenas de vezes entre às nove e dez horas da noite. Ele as estava analisando, inspecionando as informações das ligações.

— Ligação falhou — ele leu. — Ligação falhou. Ligação falhou. Ligação falhou.

Você não tem ideia. Darby sentia vontade de rir, mas não podia.

Você está segurando na sua mão.

— Ótimo, ótimo — Ashley disse, dando a impressão de que estava relaxando.

Darby apertou a mão ilesa de Jay e disse baixinho:

— Não tenha medo. Ele não pode me matar, porque eu sei onde estão as chaves dele...

— Isso é verdade, Darbs — Ashley se intrometeu na conversa. — Mas eu posso *machucá-la*.

É mesmo? Ela teve vontade de dizer. *Você tem meia hora, babaca.*

Darby esperava desesperadamente que meia hora fosse uma estimativa realista para a chegada da polícia e não apenas um palpite do atendente. Entre a carreta acidentada e a nevasca, havia muitas complicações possíveis que talvez não fossem levadas em conta em um serviço de emergência situado dentro de uma sala aquecida em algum lugar. E se não fosse meia hora, mas quarenta minutos? Uma hora? Duas horas?

Ashley revistou Darby enquanto andavam. Com a pistola de pregos cutucando as costas, ele examinou os bolsos, as pernas e as mangas do casaco dela.

— Só para ter certeza — ele disse, fungando no cangote dela.

Ele estava procurando as chaves.

A única coisa que me mantém viva é esse chaveiro estúpido. Ela imaginou as chaves repousando na neve do lado de fora da janela do banheiro. Desaparecendo lentamente, um floco de neve de cada vez.

— Você deveria me dizer agora o que fez com as chaves — ele sussurrou. — Vai ser muito mais fácil para nós dois.

Por um tempo, Darby não entendeu muito bem o que ele queria dizer com aquilo. Então, a compreensão foi chegando lentamente, como uma grande figura emergindo das profundezas, assumindo uma forma monstruosa.

Quando voltassem para dentro do centro de informações turísticas, Ashley iria torturá-la. Era uma certeza. Ele lhe mostraria um cartão amarelo, ou pior, um cartão vermelho, até que ela confessasse a localização do chaveiro. E assim que ela confessasse, ele a mataria. Ela sentiu o coração aos pulos no peito, como um animal aprisionado em uma armadilha. Darby pensou na possibilidade de correr, mas ele dispararia um prego em suas costas. E ele era muito forte para ela enfrentar.

Ao se aproximarem, a área de descanso tomou forma ao luar. Parecia falsamente serena, como um modelo dentro de um globo de neve. Ela viu os carros: o Astro dos irmãos e seu Honda. Também viu a caçamba de lixo soterrada, que ela confundira anteriormente com o carro de Ashley. O mastro gelado, postado como uma agulha. As estátuas de bronze das Crianças de Pesadelo. E, emergindo da escuridão, meio soterrado na neve varrida pelo vento, com sua lâmpada queimada e sua janela fechada com barricada, o próprio centro de informações turísticas de Wanashono.

Grande diabo, era o significado do nome.

— Vire, vire — Ashley disse para Darby, girando-a.

Então, eles seguiram pela trilha de pedestres do estacionamento para a porta da frente. Os últimos quinze metros.

Já salvei Jay, Darby lembrou a si mesma. *Envolvi a polícia. Os policiais têm armas. Eles cuidarão de Ashley e Lars.*

Tudo o que tenho de fazer é sobreviver.

Aquela longa caminhada de volta levou dez, talvez quinze minutos, Darby supôs. Então, ela já estava na metade do caminho.

Apenas mais quinze minutos.

Ao se aproximarem do prédio, Darby percebeu que não estava mais com medo. Na realidade, estava exultante, embriagada com um tipo estranho de excitação. Tinha sido vítima de um spray de pimenta e quase asfixiada com um saco plástico e, como uma maldita barata, sobrevivera a tudo que Ashley e Lars — e até mesmo Sandi — tinham feito com ela. Contra todas as probabilidades, Darby ainda estava naquela luta. Era muito pessoal aquele duelo psicológico de oito horas com Ashley, todos os truques, reviravoltas, vitórias e derrotas da noite. E, naquele momento, ela tinha de testemunhar o xeque-mate sinistro. Queria estar ali no segundo em que acontecesse, para ver a surpresa estampada no rosto de Ashley quando o primeiro carro de polícia se aproximasse com as luzes vermelhas e azuis piscando. Aquilo a empolgou, de um jeito sombrio que ela não era capaz de descrever.

Você vai me machucar, Ashley. Vai me machucar muito. Nos próximos quinze minutos, sou toda sua. Mas e depois?

Você será meu.

E você não tem ideia...

— Ah, ei — Ashley disse, parando. — Você recebeu uma mensagem de texto na estrada.

O brilho azul voltou. Ele estava examinando o celular novamente.

Darby entrou em pânico. A polícia devia ter enviado uma segunda mensagem. *É claro.* O bem-intencionado funcionário do atendimento de emergência não tinha como saber que a própria Darby estava sob coação, que seu celular estava então na mão do assassino.

— De... — Ashley franziu o rosto para ler. — De alguém que se chama Devon.

Então, ele mostrou o iPhone para Darby, quando os olhos dela entraram em foco, o que restava do seu mundo desintegrou.

Aconteceu. Mamãe morreu.

— Ah — Ashley disse. — Complicado.

Então, ele quebrou o iPhone ao meio.

— Continue caminhando.

* * *

A porta da frente se fechou como um disparo de arma de fogo.

Jay gritou quando viu Ed. Ashley deu um sorriso largo, agarrando-a pela gola e a forçando a olhar.

— Legal, né?

Curvado, Ed Schaeffer estava sentado no chão debaixo do mapa do Colorado, com a frente de sua jaqueta reluzente de sangue escuro. Ele levantou a cabeça quando eles entraram no recinto, e seus lábios tremeram um pouco, como se ele estivesse tentando falar.

— Não se mexa, Eddie — Sandi pediu, ajoelhada ao lado do primo, tentando enrolar o comprimento certo da gaze médica em torno do maxilar lesionado. A caixa branca de primeiros socorros estava aberta no chão, com o conteúdo espalhado. — Não se mexa. Estou tentando ajudar você.

Sobre as mãos trêmulas de Sandi, Ed lançou um olhar para Darby — um lampejo de reconhecimento — e tentou falar novamente, mas só conseguiu deixar escapar um gemido lamentoso. Um bocado de sangue, viscoso com coágulos serpentiformes, respingou através de seus dentes bloqueados e caiu sobre o colo.

Jay estava chorando, esforçando-se para desviar o olhar, mas Ashley a impedia.

— Está vendo? — ele disse junto ao ouvido dela. — Isso é um cartão vermelho.

Do outro lado do recinto, Lars observava tudo como um espantalho, empunhando a pistola em uma das mãos e um recipiente branco de água sanitária na outra, enquanto o grito sufocado de Ed alcançava um ponto máximo no ar confinado.

Darby mal registrava todo aquele horror.

Na realidade, ela não estava ali. Estava em outro lugar. Aquele mundo tinha ficado escorregadio, tingido de óleo. Seu corpo era um conjunto frio, com a pulsação e a respiração caindo a um ritmo lento e mecânico. Ela imaginou uma pequena criatura, seu eu mais verdadeiro, talvez, puxando alavancas e vendo vídeos no interior de seu próprio crânio. Darby tinha visto aquilo em um filme: *Homens de preto*. Lembrava-se de ter visto o DVD anos antes, sentada com sua mãe no sofá do porão, dividindo um cobertor do Snoopy. *Eu gosto de Will Smith*, sua mãe lhe dissera, tomando um gole de algo que tinha cheiro de pêssego. *Ele pode me resgatar quando quiser.*

Ela se foi, Darby se deu conta.

O corpo de Maya Thorne estava em algum hospital em Provo, Utah, mas o pequeno ser que vivia no interior da cabeça dela estava perdido para sempre.

Ashley apertou a mão direita de Darby, entrelaçando seus dedos gelados com os dela, como se fossem adolescentes em um encontro romântico. Então ele a conduziu através do salão. Passaram por Ed e Sandi, passaram pelo balcão de pedra, passaram pelas máquinas de café expresso. Darby não sabia onde ele a estava levando, nem se importava. Entorpecida, notou que seu pé direito estava deixando pegadas vermelhas: tinha pisado sobre o sangue empoçado de Ed. Como um pesadelo, Darby só queria que tudo chegasse ao fim.

Que, *por favor*, chegasse ao fim.

Ela virou o pescoço e olhou para o relógio com a figura do Garfield na parede. Marcava 5h19. Considerando o fim do horário de verão, ela subtraiu uma hora.

Então, eram 4h19.

Ela recebera a mensagem de texto às 3h58. A caminhada de volta tinha levado vinte e um minutos. Subtraído de trinta, faltavam nove minutos para a polícia chegar. Nove breves minutos.

Sobreviver mais nove minutos.

Isso é tudo.

Ashley a deteve de forma brusca, ali junto à porta do armário com materiais de limpeza. Ainda entreaberta, desde quando ela a destrancara. Com delicadeza, ele girou Darby, como um tango lento e estonteante, e a encostou na parede.

— Sente-se aqui — ele disse.

Darby não obedeceu.

— Sente-se, por favor.

Ela fez que não com a cabeça, e as lágrimas caíram no chão. Suas cavidades nasais doeram.

— Você não vai se sentar?

Ela voltou a fazer que não com a cabeça.

— Você não está cansada?

Darby estava exausta. Seus nervos, em frangalhos; seus músculos, desconjuntados; seus pensamentos, confusos. Porém, de algum modo, ela sabia que, se ela se sentasse, tudo estaria acabado. Ela perderia a vontade e nunca mais se levantaria.

Por um momento, Darby considerou revelar o segredo, dizer o que não podia ser dito: *Ashley, joguei suas chaves pela janela do banheiro masculino. Caíram a três, talvez seis metros de distância na neve.*

Você pode me matar. Cansei.

Do outro lado do recinto, Jay continuava chorando. O Cara de Roedor se ajoelhou ao lado dela, tentando acalmá-la.

— Não olhe para o Ed. Não olhe para ele, tá? Ele está bem.

Atormentado, Ed respirou pelo nariz enquanto Sandi enrolava outra gaze em torno de seu maxilar. Então, ele fez um som estranho, como um arroto molhado. A gaze branca ficou manchada de sangue.

— Ele está *bem*, Jaybird. Quer jogar A Hora da Roda?

— Todos... — Sandi suspirou, limpando o sangue de Ed em sua calça. — Todos nós vamos acabar na prisão pelo resto das nossas vidas. Você sabe disso, não sabe?

Ashley a ignorou. Ele era uma sombra negra, elevando-se sobre Darby, examinando-a. Ainda segurando o pulso dela, prendendo-a contra a porta do armário entreaberta. Seus olhos percorriam o corpo dela de alto a baixo.

Darby estava olhando para o chão, para o tênis tamanho 36, coberto de neve e marrom de sujeira e sangue. Dez dias antes, eram novos em uma caixa.

Ashley pigarreou.

— Você era próxima de sua mãe? — perguntou.

Ela fez que não com a cabeça.

— Não?

— Não muito.

— Por que não? — perguntou, inclinando-se para mais perto dela.

Darby ficou calada. Ela tentou se livrar do aperto em seu pulso e ele revidou delicadamente com a outra mão, pressionando a pistola de pregos contra sua barriga. Ele pôs o dedo no gatilho. Algo na cor da ferramenta — um laranja nauseante — fazia com que parecesse um brinquedo infantil de tamanho desproporcional.

— Por que não? — ele repetiu a pergunta, com sua respiração quente lambendo o pescoço dela.

— Eu fui... Eu fui uma filha terrível — Darby respondeu, com a voz trêmula, mas logo se recompôs. Então, como um dique rompido, tudo saiu: — Eu me aproveitei dela. Eu a manipulei. Eu a chamei de coisas horríveis. Roubei o carro dela uma vez, usando um cadarço. Eu sumia por dias a fio sem contar aonde eu tinha ido ou com quem. Devo ter provocado úlceras nela. Quando fui embora para a faculdade, nem sequer me despedi. Simplesmente entrei no meu Honda e fui para Boulder. Roubei uma garrafa de gim do armário quando saí.

Darby se lembrou de ter bebido o gim sozinha em seu dormitório, sentindo o ardor amargo na garganta, sob uma parede repleta de decalques de lápides de estranhos, como nomes e datas de nascimento desenhadas com giz de cera.

Ashley assentiu, sentindo o cheiro do cabelo dela.

— Sinto muito.

— Não sente, não.

— Sinto.

— Você está mentindo.

— Estou falando sério — Ashley disse. — Sinto muito mesmo por sua perda.

— Eu não sentiria se fosse sua mãe — ela retrucou, entre os dentes.

Darby sentiu outras lágrimas chegando, atormentando seus olhos irritados, mas ela as conteve. Não podia começar a se lamentar naquele momento. Deixaria para se lamentar mais tarde. Mais tarde, mais tarde, mais tarde. Depois que os policiais chutassem a porta e crivassem os corpos de Ashley e Lars de balas, depois que Sandi fosse algemada, quando ela e Jay estivessem em segurança em uma ambulância com mantas de lã sobre os ombros. Então, e só então, ela poderia chorar a perda adequadamente.

— Como você roubou um carro com um *cadarço*? — Ashley perguntou, franzindo a testa.

Darby não respondeu. Era uma história desinteressante. O Subaru de sua mãe tinha sido arrombado uma vez antes e a ignição acabou destroçada. Então, o carro possuía duas chaves: uma para a porta e outra para a ignição. Darby conseguiu uma, mas não a outra. Não foi nada incrível, ela apenas seguiu as instruções de um vídeo de onze minutos do YouTube.

Sua vadiazinha podre, sua mãe tinha dito na varanda, observando o Subaru entrar no acesso da garagem às três da manhã.

Sua vadiazinha podre.

— Foi assim que você arrombou o nosso furgão, hein? — Ashley perguntou, juntando as peças.

Darby assentiu e outra lágrima caiu no chão.

— Uau. É como se esta noite tivesse que acontecer — ele disse, sorrindo novamente. — Sempre acreditei que as coisas acontecem por um motivo. Se isso serve de consolo.

Não servia.

A morte supostamente transforma uma pessoa em uma ideia. Para Darby, por outro lado, sua mãe sempre foi uma ideia. De algum modo, depois de dezoito anos vivendo na mesma pequena casa de dois quartos em Provo, comendo a mesma comida, vendo a mesma tevê, sentada no mesmo sofá, ela nunca realmente soube quem era Maya Thorne. Não como ser humano. Certamente não como a pessoa que ela teria sido se Darby nunca existisse. Realmente, ela tinha sido apenas gripe.

Ai, meu Deus, desculpe, mãe.

Ela quase desmoronou, mas não podia, não na frente dele. Então, aquilo se agarrou em seu peito como uma toalha molhada, uma dor surda em sua alma.

Sinto muito por tudo...

Por outro longo momento, Ashley a examinou, respirando fundo. Darby podia sentir o cheiro denso do suor dele. Ela ouviu a língua se movendo atrás dos lábios, como se ele estivesse brigando com palavras que não conseguia dizer. Quando Ashley voltou finalmente a falar, sua voz estava diferente, tomada por uma emoção que ela não conseguiu identificar:

— Gostaria que você fosse minha namorada, Darby.

Ela permaneceu calada.

— Gostaria muito que você e eu... que tivéssemos nos conhecido em circunstâncias diferentes. Isso, tudo isso, não sou eu. Tá? Não sou mau. Não tenho antecedentes criminais. Nunca machuquei ninguém antes de hoje. Nem sequer bebo ou fumo. Sou apenas dono de um negócio que se envolveu em uma coisinha que não deu certo e agora tenho de dar um jeito na confusão para proteger meu irmão. Entende? E você se meteu no caminho. Então, estou perguntando novamente, antes que a situação piore: onde estão as minhas chaves?

Darby olhou para ele. Uma olhar duro. Sem emoção.

Por sobre o ombro de Ashley, ela conseguia ver o relógio. Os personagens nele. O Garfield laranja oferecendo rosas para a Arlene cor-de-rosa. Darby focou os olhos embaçados no ponteiro dos minutos, que estava então quase vertical. O relógio marcava 4h22.

Faltavam cinco minutos para a polícia chegar.

— Você me ouviu, Ashley? — Sandi perguntou, ficando de pé e chamando a atenção dele. — Você está tendo um episódio psicótico? Com as chaves ou sem elas, acabou. Todos nós vamos para a prisão.

— Não. Não vamos.

— Como você chegou a essa conclusão?

Ashley não respondeu. Em vez disso, sua silhueta escura se voltou para Darby e o jeito dele pegar no pulso dela mudou. Os dedos percorreram a pele dela como tentáculos pegajosos de polvo, reagrupando-se em torno do pulso, apertando-o. Então, ele levantou a mão dela bem para cima, deslizando-a junto à parede.

— O que você está *fazendo* com ela? — Sandi perguntou, levantando a voz.

Darby esticou o pescoço para ver. Ashley estava segurando sua mão direita junto à porta do armário com materiais de limpeza. Bem perto da dobradiça. Pressionando seus dedos com força contra as garras douradas, onde o latão estava manchado com lubrificante velho e cavidades vermelhas-alaranjadas de ferrugem. Ela viu sua unha do dedo mindinho, pintada de azul-turquesa, sua carne vulnerável, posicionada ali como uma pequena cabeça em uma guilhotina.

Cinco minutos.

Darby olhou de volta para Ashley, seu estômago revirando de pânico. Ele estava com a pistola de pregos enfiada na axila, inclinando-se para segurar a maçaneta da porta do armário com a mão livre.

— Você pode não se lembrar disso, Darbs, mas hoje mais cedo você zombou de mim por causa da minha fobia com dobradiças. Você se lembra disso? Lembra de como você me chamou?

Darby fechou os olhos, sentindo lágrimas ácidas, desejando que tudo acabasse...

— Hein?

... Mas era real. Tudo estava realmente acontecendo e jamais poderia ser desfeito, e seus dedos de artista estavam prestes a ser esmagados por um metal frio.

— *Meu Deus*, Ashley — Sandi disse, ofegando.

— Não faça isso — Jay implorou, tentando se livrar de Lars. — Por favor, não...

Porém, a sombra alta de Ashley Garver não estava escutando. Ele se inclinou para perto de Darby, lambendo os lábios, e ela sentiu o cheiro de algo docemente bacteriano, fétido, como carne em decomposição.

— Você não está me dando escolha. Se me disser, prometo que não vou machucar você, Ok? Você tem a minha palavra — Ashley disse e completou, pausadamente: — Onde estão as minhas chaves?

Cinco minutos. Cinco minutos. Cinco minutos.

Darby se forçou a abrir os olhos, para evitar as lágrimas, para estabilizar a respiração, para olhar o monstro em seus olhos verdes. Ela não podia morder a isca. Não podia se sujeitar a jogar aquele jogo, porque no instante em que soubesse onde estava o seu chaveiro, ele a mataria. Não havia outra opção. Ashley Garver era muitas coisas, mas acima de tudo, era um mentiroso patológico.

— Por favor, Darbs, é só me falar. Daí, não vou precisar machucar você. Porque se você não me falar, serei forçado a bater essa porta nos seus dedos.

Ashley se ajoelhou perto para que Darby conseguisse ver o brilho mortiço e doloroso nos olhos dele. Ela sabia que era tudo encenação. Outra cabeça da hidra. Aquela negociação era exatamente como qualquer outro ato que ela havia testemunhado naquela noite, apenas outra versão de Ashley a ser usada por um tempo e depois descartada, do jeito que uma jiboia rasteja para fora de sua pele cinzenta enrugada.

Todo o recinto ficou em silêncio, esperando a resposta.

Inspire. Conte até cinco. Expire.

— Se eu falar, você vai bater a porta de qualquer maneira — ela sussurrou de volta.

— Garota esperta — ele respondeu, o olhar se tornando sombrio.

Então, ele agiu.

04h26

No caminho, o policial rodoviário Ron Hill pediu duas vezes ao atendente do serviço de emergência para esclarecer melhor a chamada com código 207 (sequestro), mas não existiam outras informações disponíveis. Nenhum nome e nenhum contexto. Apenas um veículo (furgão cinza), uma placa (VBH9045) e uma localização aproximada. Tudo enviado por meio de mensagem de texto para o telefone da polícia. Nenhum contato adicional. Nenhum telefonema. Todas as tentativas de contato posteriores não tiveram sucesso, provavelmente devido ao serviço irregular das operadoras e à tempestade de neve recordista daquela noite.

Parecia um trote.

Os contatos mais desagradáveis sempre parecem trotes inicialmente.

A viatura de Ron tinha dificuldade para subir o desfiladeiro. Ele sentia a areia e o cascalho batendo ruidosamente contra o chassi. Na teoria, o CDOT tinha uma ordem específica para a manutenção da estrada naquela altitude – limpeza da neve, remoção do gelo, depois areia e sal sobre a pista –, mas aparentemente a equipe titular tinha ficado de folga na véspera do Natal. Todo o esforço pareceu uma tentativa inútil de administrar o caos, embora pagando horas extras.

Ron tinha 36 anos, mas feições de criança. Sua mulher tinha estudado design gráfico, mas se contentava em ser esposa e criar um filho de cinco anos que queria ser policial quando crescesse. Ela odiava Ron por isso. Ele fora repreendido duas vezes por dormir no controle de radares de velocidade e uma vez por aquilo que o relatório pós-ação chamou de "força verbal desnecessária", que Ron ainda acreditava ser um oximoro.

Antes de seu turno das 19h, ele havia encontrado a mala de sua mulher no armário.

Em posição vertical e meio pronta.

Pensando naquilo, ele quase não viu a placa azul que surgiu à sua direita, coberta de neve, iluminada pelos seus faróis altos:

ÁREA DE DESCANSO A UM QUILÔMETRO.

* * *

— Ei — Ashley disse, estalando os dedos perto do rosto de Darby. — Perdi você por um segundo.

A mão direita de Darby parecia que tinha sido mergulhada em água fervente.

Inicialmente, não doeu nada – apenas o ruído do ar deslocado e a explosão da porta batendo ao lado do tímpano direito. Mas, pouco depois, a dor chegou. Ensurdecedora e destruidora. Ao mesmo tempo, marreta grosseira e agulha afiada. Arremessou-a para fora de seu corpo, para fora deste mundo. Por um instante sombrio, Darby não estava em lugar nenhum e, no outro, estava de volta à sua pequena casa de Provo, aos seis anos de idade, subindo correndo a escada rangente, enfiando-se sob os cobertores quentes da cama da mãe, refugiando-se de um pesadelo da hora das bruxas. *Estou aqui*, sua mãe sussurrava, acendendo o abajur do criado-mudo.

Foi só um sonho, meu bem.

Você imaginou tudo.

Estou aqui...

E então o quarto escorreu como tinta fresca, e Darby estava de volta àquela área de descanso de merda no Colorado com luzes fluorescentes e café velho, aquele lugar infernal do qual ela nunca poderia escapar. Darby caiu agachada quando perdeu a consciência, de costas para a porta e com um gosto amargo na garganta. Ela sentiu medo de olhar para a mão direita. Sabia o que tinha acontecido. Sabia que a porta tinha sido fechada, que pelo menos dois de seus dedos foram esmagados, pulverizados entre garras de latão impiedosas.

Estou aqui, Darby...

— Terra para Darbs — Ashley chamou, estalando os dedos. — Preciso de você lúcida.

— Ashley, você está *louco*. Você perdeu a cabeça — Sandi disse.

Darby reuniu coragem para olhar para sua mão, contendo as lágrimas. Os dedos anelar e mindinho tinham ficado na dobradiça, dentro da porta. Aquilo lhe provocou náuseas e tremedeira. Seu corpo simplesmente *acabava* ali. Não podia ser sua mão, mas era. Darby não conseguia imaginar a aparência de seus dedos dentro da porta: a pele arrebentada, os tecidos retalhados, os ossos despedaçados. Os tendões esmagados e emaranhados em espaguetes vermelhos. Havia menos sangue do que ela esperava; apenas um filete longo e brilhante escorrendo pelo batente da porta.

Ela o observou se movendo devagar pela madeira rachada.

— Ashley, você está ouvindo? — Sandi gritou.

Darby estendeu a mão esquerda ilesa para pegar a maçaneta, mas ela escorregou duas vezes. Finalmente, conseguiu fechar os dedos dormentes ao redor dela para abrir a porta do armário, soltar a mão mutilada e revelar a lesão abominável e dolorosa. Mas a maçaneta não girou. Ele havia *trancado*, o maldito.

Ashley atravessou o recinto, colocando a chave no bolso, deixando Darby presa ali.

— Tudo bem, Sandi. Já é hora de eu ser honesto com você.

— Ah, *agora* é hora? Depois de tudo isso?

— Sandi, deixe-me explicar.

— Ah, claro — ela disse e arremessou a caixa de plástico de primeiros socorros nele, mas Ashley se desviou e a caixa caiu sobre o balcão de pedra. — Você me deu sua palavra, Ashley. *Ninguém devia se machucar durante essa coisa...*

Ele se aproximou de Sandi.

— Tenho uma confissão a fazer.

— Sim? Qual é?

Ashley falou devagar, com precisão, como um cirurgião dando uma má notícia.

— Nosso encontro aqui não era uma questão de achar um lugar público discreto para você entregar a chave do seu guarda-volumes para mim. Quer dizer, sim, esse era o *seu* plano e talvez eu usasse aquelas doses de esteroide para manter Jaybird viva pelo tempo que durassem...

Aterrorizada, Sandi arregalou os olhos.

— Mas, veja, eu *também* tinha um plano — ele prosseguiu, aproximando-se ainda mais. — No fim das contas, o *seu* plano era apenas uma parte do *meu* plano.

Sandi deu outro passo para trás, paralisada pelos ombros largos de Ashley, pela presença absoluta dele, enquanto as luzes fluorescentes piscaram no teto.

Silêncio.

— Sabe, achei realmente que você tentaria correr a esta altura.

Ela tentou.

Ele foi muito rápido.

Ashley agarrou o cotovelo dela com aquela força muscular que Darby conhecia muito bem e, com um golpe, jogou Sandi no chão. Um sapato voou. O outro pé dela chutou a máquina de venda automática enquanto ela caía, deixando o vidro opaco por causa das rachaduras. Ashley já estava em cima dela, forçando-a a se deitar de bruços, com os joelhos dele sobre as costas dela.

Ed tentou fazer alguma coisa, mas Lars apontou a pistola.

— Ah, não, não.

Naquele momento, Ashley agarrou Sandi pelo cabelo preto cortado em forma de cuia e puxou a cabeça dela para trás com força.

— Sandi, você pode não se lembrar disso agora, mas algumas horas atrás, você disse algumas coisas muito desagradáveis sobre Lars, sobre a condição dele. Por causa das escolhas que nossa mãe fez décadas atrás, quando ele era apenas um embrião. Isso por acaso é justo? Qual é, Sandi? Você sabe que *eu amo meu irmãozinho*...

Ela gritou, reclamando do puxão.

— Retire o que disse, Sandi — Ashley exigiu, torcendo o pescoço dela com mais força. — Retire o que você disse.

Ela obedeceu.

— Tente novamente. Não consegui ouvir você.

— Eu... Eu retiro o que disse... — Sandi disse, ofegando.

— Ok, bem, esse foi um gesto legal — Ashley afirmou e olhou para Lars. — Então, irmãozinho? Você aceita o pedido de desculpas da Sandi?

Lars sorriu, saboreando o poder, e fez que não com a cabeça duas vezes.
— Por favor. *Por favor, eu...*

Ashley ajustou seu domínio sobre o couro cabeludo de Sandi, posicionou sua bota mais alto entre as omoplatas dela (para alavancar, Darby se deu conta), e puxou com força.

Finalmente, o pescoço de Sandi quebrou. Não foi rápido, nem indolor. Sandi gritou até ficar sem ar. O rosto ficou roxo, os olhos arregalaram antes de perderem o brilho, os dedos arranharam e os pés deram pontapés. Ashley fez uma pausa, ajustando sua pegada antes de puxar a cabeça dela com cada vez mais força, noventa graus para trás, até que as vértebras de Sandi finalmente se deslocaram em uma sequência audível de estalidos. Como se alguém estivesse estalando os nós dos dedos. Se ela ainda estivesse consciente, talvez tivesse experimentado o horror paraplégico de seu corpo ir ficando dormente. Foi um processo extenuante, desajeitado. Foram necessários trinta segundos até que Sandi estivesse visivelmente morta.

Então, Ashley a soltou, deixando a testa de Sandi bater no ladrilho, com o pescoço dela solto e os ossos separados. Com o rosto avermelhado, ele ficou de pé.

Lars estava batendo palmas com as mãos cheias de cicatrizes, rindo de excitação, como se tivesse acabado de ver o truque com as cartas de baralho massacrar todos os adversários.

Acabei de testemunhar um assassinato, Darby pensou. Naquele exato momento. À vista de todos. Sandi Schaeffer — motorista de ônibus escolar de San Diego, cúmplice naquela bagunça confusa de um plano de resgate — se foi. Uma vida humana, uma alma, aniquilada. Quer dissesse respeito a dobradiças de porta ou à síndrome alcoólica fetal de Lars, se alguém pronunciasse uma frase que desagradasse a Ashley Garver, mesmo de passagem, ele não esquecia. Ele tomava nota. E depois, ele dava o troco.

— Ei, irmãozinho — Ashley disse, tomando fôlego e apontando para o corpo de Sandi. — Quer ouvir algo engraçado? Não que isso importe agora, mas essa louca por Jesus contou para você em quê ela planejava gastar a parte dela?

— Em quê?

— Abrigos para mulheres. Uma soma de seis dígitos doada a abrigos para mulheres espancadas em toda a Califórnia, como uma Madre Teresa da vida real. *Acredita nisso?*

Lars deu uma gargalhada.

Darby olhou para o relógio na parede, mas sua visão se turvou por causa das lágrimas. Talvez três minutos até os policiais chegarem? Dois minutos? Ela era incapaz de dizer. Sua mente parecia um redemoinho. Darby fechou os olhos, querendo desesperadamente ter seis anos de novo. Queria que aquilo fosse apenas outro pesadelo da hora das bruxas do qual tivesse acordado, antes da escola, antes da Smirnoff Ice, da hora de chegar em casa à noite, dos biscoitos de maconha, do anticoncepcional injetável, antes de tudo ficar complicado, envolvida nos braços de sua mãe, contendo as lágrimas, descrevendo ofegante a mulher fantasmagórica com patas muito flexíveis de cachorro que tinha atravessado o seu quarto...

Não, foi só um sonho.
Estou aqui, meu bem. Foi só um sonho.
Inspire, conte até cinco e...

Ashley deu uma pancada na porta do armário. Como uma lixa sobre nervos expostos, uma dor aguda percorreu seu braço acima do pulso. Darby gritou com uma voz sufocada que nunca tinha ouvido antes.

— Desculpe, Darbs. Você estava cochilando de novo — Ashley disse, enxugando o suor da testa. — Confie em mim, isso deveria ser uma ação pequena e fácil. Pegamos Jaybird na mansão dela, dirigimos doze horas até um guarda-volumes em Moose Head, onde Sandi tinha um boxe com uma reserva de dinheiro, chaves de um chalé e as estúpidas doses de adrenalina de Jay, tudo sob um nome falso e uma fechadura de combinação de cinco números: um, nove, oito, sete, dois. Pegaríamos isso, ficaríamos escondidos no chalé da família de Sandi e passaríamos uma ou duas semanas negociando o pagamento de um maravilhoso resgate. Certo?

Ashley deu outra pancada na porta. Darby sentiu outra pontada de dor.

— *Errado.* Depois de tomarmos Jaybird de surpresa, quando estávamos no meio do Deserto de Mojave, ficamos sabendo que houve um arrombamento no guarda-volumes de Sandi e todas as fechaduras de combinação ficaram comprometidas. Números, certo? Então, voltaram a usar chaves comuns, que só Sandi tinha, lá na Califórnia. E problema número dois: o sr. Nissen, pai da Jay, entrou em contato com a polícia, apesar de nossas instruções explícitas para não fazer aquilo. Então, Sandi ficou sob todo o tipo de escrutínio, já que ela era a maldita *motorista do ônibus escolar* que levou Jay para casa naquele dia. Ela não podia mandar a chave por FedEx para nós sem o risco de uma vigilância policial. Enquanto isso, estávamos aqui nas Montanhas Rochosas sem lugar para ficar e com uma menina doente no furgão, vomitando aos montes. O que devíamos fazer, hein?

Ashley estendeu o braço para a frente, como se fosse dar uma pancada na porta novamente. Darby estremeceu, mas ele mostrou alguma compaixão e recuou.

— Então, Sandi inventou uma viagem de última hora para Denver para passar o Natal em família como mentira para a polícia. No caminho, ela esconderia a chave para nós em um lugar público, como uma área de descanso, para que pudéssemos ter acesso aos remédios de Jay e à nossa provisão. O que me leva ao problema número três. — Ashley apontou para fora. — Essa maldita paisagem coberta de neve.

As peças se encaixaram na mente de Darby: *O apocalipse de neve prendeu todos aqui no ponto de transferência. Com o pobre Ed como adereço desinformado de Sandi.*

E então eu apareci.

A escala imensa daquela situação a apequenava e fazia a cabeça dela flutuar. Aquele ninho de cobras em que ela se metera às seis da tarde, sob efeito de Red Bull, exausta. Ela observou o longo e lustroso filete de seu próprio sangue. Naquele momento, quase tocava o chão.

— Não sou idiota — Ashley disse. — Já vi muitos filmes para saber que tudo deixa uma impressão digital. Como a polícia agora está envolvida, pegar o resgate de Jaybird é quase impossível. E os policiais também estão interessados em Sandi. Ela roubou as doses de cortisol da enfermaria da escola alguns meses atrás. Assim, iriam culpá-la por isso muito rápido. Daí, provavelmente ela nos delataria, o que a transformava em um risco. Então, viemos aqui para matá-la depois que ela nos desse a chave. Faríamos parecer um assalto que tinha dado errado, um lance de um tiro no rosto, mas eu não estava esperando a nevasca ou que ela trouxesse o primo Ed. E eu não estava esperando você, obviamente.

Tudo se entrelaçava e fazia um sentido macabro. Exceto por uma última incógnita, que tomou conta da mente de Darby com uma excitação não resolvida.

— Então, se não houver dinheiro de resgate, o que você vai fazer com a Jay?

— Ei — Ashley disse, estalando os dedos junto ao rosto dela novamente. — Responda à minha pergunta primeiro, ok? Onde estão as minhas chaves?

— O que você vai fazer com ela?

Ele sorriu culposamente.

— Saber só vai fazer você não cooperar.

— E eu cooperei alguma vez durante toda a noite?

— Confie em mim, Darbs. Apenas confie em mim dessa vez — Ashley disse, ficando de pé, levantando a pistola de pregos e atravessando o salão. — Porque, aleluia, eu entendo você. Posso bater essa porta em cada um dos seus dedos até o sol nascer, até você não ter nada além de mãos moídas e ensanguentadas, e você ainda não vai me dizer o que eu preciso saber, porque você não é esse tipo de pessoa. Você é uma heroína, uma coração mole. Toda a sua noite virou um inferno porque você arrombou um furgão para salvar uma estranha. Então, adivinha só? Eis sua chance de salvar outro estranho.

Ashley se agachou ao lado de Ed e pressionou a pistola de pregos na testa dele. As pálpebras de Ed ficaram meio abertas.

— Agora, Darbs — Ashley disse. — Vou fazer uma contagem regressiva a partir de cinco. Você vai me dizer onde escondeu meu chaveiro ou vai matar Ed.

Darby fez que não com a cabeça, debatendo-se da esquerda para a direita, em negação impotente. Naquele momento, na parede, o relógio marcava 5h30 (4h30).

Já passaram 32 minutos. A polícia está atrasada...

— Cinco — Ashley gritou.

— Não. Eu... Eu não posso...

— Quatro.

— Por favor, Ashley...

— Três. *Vamos lá*, Darbs. — Ashley empurrou a boca da pistola de pregos contra a testa de Ed em golpes cruéis e contundentes. — Olhe. Para. Ele.

Ed olhou pelo salão até onde Darby estava com os olhos lacrimejantes. O pobre e velho Edward Schaeffer, ex-veterinário com uma família distante esperando por ele em Aurora, no Colorado. Uma mentira humana; um efeito colateral involuntário de Sandi. Ele estava mexendo os lábios novamente, cobertos pela gaze vermelha e viscosa, tentando formar palavras com uma língua empalada no céu da boca. Darby podia sentir os olhos dele nela, implorando para que ela contasse a Ashley o que ele queria saber. *Por favor, conte para ele...*

— Se eu contar para Ashley, eles vão matar nós dois — Darby balbuciou para Ed.

Aquilo era verdade, mas ela gostaria de poder contar para Ed outra verdade maior, para tranquilizá-lo: *A polícia está quase aqui. Está alguns minutos atrasada. A qualquer momento, os policiais vão chutar a porta e atirar em Ashley e Lars...*

— Dois.

— Eu não posso dizer — Darby disse e olhou para Ed, dando-se conta do que aquilo significava, deixando escapar um soluço. — Ah, meu Deus, eu *sinto muito.*

Ed fez que sim devagar com a cabeça, conscientemente, pingando gotas de sangue viscoso em seu colo.

Darby queria gritar para ele: *A qualquer segundo, agora, Ed. Os policiais estão vindo para nos salvar. Por favor, meu Deus, permita que eles cheguem a tempo...*

A paciência se esvaiu da voz de Ashley:

— Um.

* * *

— Dez-vinte-três, aproximando-se da estrutura a pé.

O cabo Ron Hill ajustou seu rádio no suporte de ombro e tropeçou em um monte de neve, apoiando-se sobre a mão enluvada. O gelo estava muito duro ali, como cimento esculpido. Ele estava a poucos passos do centro de informações turísticas de Wanasho.

Ele alcançou a porta da frente, ficando sob uma lâmpada em forma de pires. Novamente, nenhuma informação adicional do atendimento de emergência além da mensagem de texto inicial com o código 207, o que era frustrante.

Ron Hill bateu na porta com sua lanterna.

— Polícia Rodoviária.

Ele esperou por uma resposta.

— Polícia! Há alguém aí? — ele disse de modo um pouco mais enérgico.

Era tecnicamente um prédio público, mas sua mão direita se moveu para a empunhadura de sua pistola Glock 17 enquanto ele segurava a maçaneta e se esquivava da neve seca usando a parede de tijolos como cobertura.

Nos treinos de entrada em edifícios, os vãos das portas são chamados de *funis fatais* porque são o ponto focal natural do defensor. Não há maneira de contornar, a menos que se derrube uma parede. O policial entra literalmente na mira no bandido. Se realmente houvesse um sequestrador entrincheirado no interior daquela área de descanso, ele estaria vigiando a porta naquele momento empunhando uma escopeta, talvez agachado atrás de seus reféns como cobertura.

Ou apenas um salão vazio e inofensivo. Não que o atendimento de emergência soubesse.

Uma rajada de vento puxou com força sua jaqueta de tecido impermeável, lançando flocos de neve secos contra a porta. Naquele momento, o cabo Hill não tinha certeza do que estava esperando. Que Sara terminasse de arrumar sua maldita mala? Para o inferno com aquilo.

Ele girou a maçaneta.

A porta se abriu.

* * *

— Zero — Ashley disse.

Mas Darby não estava prestando atenção, porque tinha acabado de perceber uma coisa. Ela olhou para além de Ashley, para o mapa do Colorado pendurado na parede atrás de Ed, e um pavor pesado e nauseante se apossou dela, fazendo-a perder a esperança. A Rodovia Estadual 6 era uma linha azul grossa no mapa, atravessando uma topografia montanhosa, e as áreas de descanso estavam marcadas com círculos vermelhos: Wanasho, Wanashono, Colchuck e Nisqual.

Aquela era Wanashono. *O Grande Diabo*.

E não Wanasho.

No entanto, Darby digitara sua mensagem de texto para a polícia no começo da noite, por volta das 18h. Antes de retornar ao interior do prédio, reexaminar o mapa e perceber seu erro.

Minha mensagem enviou os policiais para o lugar errado.

Para uma área de descanso completamente diferente, a trinta e dois quilômetros para baixo do desfiladeiro de Backbone. Do outro lado daquela carreta de dezoito rodas acidentada. A polícia não apareceria. Ainda estava a quilômetros de distância, inacessível, mal orientada. Ninguém estava vindo para prender Ashley e Lars. Ninguém estava vindo para salvá-los.

Darby queria gritar.

Ela esmoreceu contra a porta trancada, sentindo os dedos retorcerem dentro do batente da porta. Outra pontada de dor aguda. Ela se sentia sem peso, como se caindo em queda livre, mergulhando em alguma profundidade desconhecida. Darby só queria que tudo acabasse.

Ninguém está vindo para nos salvar.

Estamos todos sozinhos.

Eu matei todos nós...

Ashley suspirou sem paciência, como uma criança frustrada. Então, pressionou a pistola de pregos na têmpora de Ed e segurou o gatilho.

— Pare — Darby pediu, ofegante. — Pare. Eu vou contar onde estão as chaves se você prometer que não vai matá-lo.

— Prometo — Ashley respondeu.

Era mentira, Darby sabia. Claro que era mentira. Ashley Garver era um sociopata. As palavras e as promessas não faziam sentido para ele. Era como se alguém tentasse negociar com um vírus. Mas Darby não conseguiu resistir e contou para ele, o salão todo ficando em silêncio, e a voz dela parecendo um sussurro fraturado:

— Na neve... Do lado de fora da janela do banheiro. Foi onde eu joguei as chaves.

Ashley assentiu. Ele olhou para Lars e depois para Jay. Então, voltou a olhar para Darby, com os lábios se curvando em um sorriso infantil.

— Obrigado, Darbs. Eu sabia que você iria ceder — ele disse, erguendo a pistola de pregos até a testa de Ed mesmo assim.

Crack.

04h55

— Não a mate até eu voltar com as chaves — Ashley instruiu o irmão. — Preciso ter certeza de que ela está falando a verdade.

O Cara de Roedor assentiu e começou a despejar gasolina sobre os corpos de Ed e Sandi, encharcando-os, escurecendo suas roupas, alisando seus cabelos, fazendo o sangue no chão formar redemoinhos. Vapores ácidos tomaram conta do ambiente. Então, Lars passou a despejar gasolina na direção de Darby, formando uma trilha. Respirando pela boca, ele se aproximou dela, erguendo o galão de combustível com as duas mãos.

Ela fechou os olhos, preparando-se para aquilo.

Líquido frio caiu sobre Darby, golpeando a nuca e molhando os ombros, colando o cabelo no rosto. Gotas respingaram na porta atrás dela e se acumularam nos joelhos, horrivelmente frias. A gasolina entrou nos olhos e na boca, com um gosto pungente. Ela cuspiu no chão.

Lars voltou para o centro do salão, segurando o ombro de Jay. Ele colocou o galão ainda meio cheio no chão, espirrando gasolina. Bem ao lado, havia um rolo de papel toalha e aquele familiar recipiente branco de água sanitária. Então, tudo fez sentido.

Água sanitária para destruir as provas de DNA. Papel toalha para as impressões digitais. Fogo para todo o resto.

Algo branco pendeu do bolso de trás de Lars quando ele se inclinou para limpar a bancada. Darby reconheceu: era a meia com a pedra que Ashley tinha arremessado no estacionamento horas antes, agora obedientemente recuperada por Lars. Os irmãos estavam em modo limpeza, realizando o trabalho sinistro de apagar quaisquer pistas forenses que pudessem ligá-los ao massacre ali.

Eis por que as chaves são tão importantes, Darby se deu conta, entorpecida. *Eis por que Ashley não pode deixá-las para trás.*

Elas são uma prova.

A pior parte daquilo tudo? O otimismo simples e estúpido. Aqueles irmãos não eram gênios do crime. Muito longe disso. Mesmo se tacassem fogo em cada centímetro quadrado daquele prédio, transformando-o em cinzas, a polícia do Colorado encontraria algo. Um fio de cabelo perdido. Uma lasca de pele. Algo singular nas marcas dos pneus do Astro. Uma impressão digital em um dos pregos de aço de Ashley. Ou até algum detalhe circunstancial ligando Sandi a eles. Algo que tivessem negligenciado na pressa de eliminá-la antes que ela abrisse o bico sob o escrutínio da polícia. Eles tinham sido descuidados. Todo aquele plano de resgate era ingênuo e estúpido, e quase certamente estava fadado ao fracasso, mas não antes de custar a vida de pessoas inocentes, e a de Darby, que era de algum modo a parte mais ultrajante daquilo tudo.

Darby afastou uma mecha oleosa de cabelo do rosto. A momentos de queimar até a morte, sabia que deveria estar aterrorizada, gritando, histérica, mas não conseguia concentrar as energias. Tudo o que sentia era cansaço.

A porta da frente rangeu ao abrir. Ashley estava saindo. Restavam alguns minutos. Ele iria para a parte de trás do centro de informações turísticas e encontraria seu chaveiro na neve. Então, a vida de Darby se tornaria tão sem valor quanto a de Ed e Sandi. Um prego ou uma bala no crânio, se ela tivesse sorte, e um fósforo riscado, se não tivesse. De qualquer modo, ela morreria ali mesmo, com a mão direita esmagada em uma porta. Seus ossos enegreceriam naquela pira ardente enquanto Ashley e Lars escapariam com Jay. O centro de informações turísticas em chamas seria uma distração útil até as autoridades descobrirem os três esqueletos no interior dos destroços. Naquela altura, os irmãos Garver estariam horas à frente. Com muito tempo para desaparecer em um mundo indiferente.

Mas aquilo deixava uma incógnita.

Uma última e irritante pergunta.

O que eles vão fazer com Jay?

Ashley tinha planejado se encontrar com Sandi aqui, para matá-la e cortar os laços. Mas e quanto a Jay? Se não era pelo resgate, pelo que seria?

Então, Jay se aproximou de Darby.

— Não. Não chegue mais perto — Darby disse, voltando a cuspir. — Estou cheia de gasolina no corpo.

Mas Jay veio, com seus pequenos passos encrespando a poça escura, e se sentou calmamente sobre o joelho de Darby. Em seguida, ela encostou o rosto no ombro do casaco de Darby. Esta passou o braço ileso em torno daquela filha de estranhos, e elas se aconchegaram em um abraço trêmulo, acima de suas próprias reflexões, enquanto os passos de Ashley desvaneciam do lado de fora.

— Você não me disse que sua mãe morreu — Jay murmurou.

— Sim. Acabou de acontecer.

— Sinto muito.

— Está tudo bem.

— Ela te tratava mal?

— Não. Eu a tratava mal.

— Mas vocês ainda se amavam?

— É complicado — Darby disse. Era a melhor resposta que tinha e partiu seu coração. *É complicado.*

— Seus dedos estão bem?

— Estão presos em uma porta. Então, não, não estão bem.

— Estão doendo?

— Vamos falar de outra coisa.

— Estão doendo, Darby?

— Estão doendo menos agora — ela mentiu, observando um segundo filete de seu sangue escorrendo pelo batente da porta, mais grosso do que o primeiro. Os vapores da gasolina estavam nublando sua mente, manchando seus pensamentos como aquarelas. — Podemos falar sobre seus dinossauros por um tempo?

— Não. Não quero — Jay respondeu, balançando a cabeça.

— Vamos.

— Não, Darby...

— Por favor, me fale sobre o seu dinossauro favorito, o Eustrepto.... Como é mesmo o nome dele?

— Não *quero...*

Então, as lágrimas começaram a rolar pelo rosto de Darby. Nesse momento inadequado. Soluços sufocantes, como uma convulsão no peito. Ela se virou. Não podia deixar Jay ver.

Então Jay se moveu, e Darby achou que a menina só estava se ajeitando em seu colo. Mas Darby sentiu algo tocar a palma de sua mão esquerda. Algo pequeno, metálico, gelado.

Era seu canivete suíço. Tinha se esquecido completamente dele.

— Mais tarde — Jay cochichou. — Vou falar sobre isso mais tarde.

Darby olhou para Jay, entendendo em um lampejo silencioso.

Aqueles olhos azuis implorando: *Aqui está o seu canivete de volta. Por favor, não desista.*

Mas aquilo era muito pouco e reaparecia muito tarde, porque a lâmina de cinco centímetros era melhor nas mãos de Jay do que nas dela. Com canivete ou sem, Darby estava prestes a morrer naquele salão. Ela estava presa ali, com a mão despedaçada presa em uma porta, e Ashley estava voltando para acabar com ela. A qualquer momento.

— Você precisa ficar com o canivete — ela disse para Jay, murmurando para que Lars não ouvisse. — É um desperdício ficar comigo. Você precisa se salvar agora. Entende?

— Não acho que consigo.

— É com você agora — Darby disse, controlando as lágrimas e quebrando a cabeça, tentando lembrar o espaço interno do Astro dos irmãos. — Você serrou o canil. Então, eles provavelmente vão amarrar suas mãos nas costas na parte de trás do furgão. Tente soltar um painel embaixo da janela traseira e, se você conseguir enfiar a mão dentro, corte todos os fios que encontrar. Um deles deve fornecer energia para as luzes de freio. E se as luzes de freio não funcionarem, os policiais podem pará-los...

— Tudo bem — Jay disse, assentindo.

Apostas improváveis se empilhavam sobre apostas ainda mais improváveis. Era tudo tão terrivelmente em vão. E a crise suprarrenal de Jay era tão volátil quanto uma granada de mão. Qualquer estresse adicional poderia desencadear uma convulsão fatal, mas Darby não podia se entregar ao desespero. Seus pensamentos flutuavam, suas palavras escapavam aos borbotões:

– Se eles se descuidarem, tente esfaquear um deles no rosto. Nos olhos, tá? Uma ferida que exija cuidados médicos, para que eles tenham de ir ao hospital...

– Vou tentar.

– Custe o que custar. Prometa, Jay.

– Prometo – Jay disse, com os olhos brilhando por causa das lágrimas. Ela voltou a observar a mão esmagada de Darby na porta, incapaz de desviar o olhar. – Eles vão matar você por minha culpa.

– Não, não é sua culpa.

– É sim. É tudo culpa minha.

– Jay, *não é culpa sua* – Darby disse, forçando um sorriso bobo. – Sabe o que é engraçado? Não sou uma boa pessoa. Normalmente não. Não fui uma boa filha e planejava passar meu Natal sozinha. Minha mãe achou que eu era uma intoxicação alimentar quando ficou grávida de mim. Tentou me matar com analgésicos e remédios para vômito e diarreia. Às vezes, eu costumava desejar que ela tivesse conseguido. Mas esta noite, nesta área de descanso, sou algo bom e não posso dizer para você o quanto isso significa para mim. Tenho de ser seu anjo da guarda, Jay. Tenho de lutar por um bom motivo. E eu vou embora logo, e então será com você. Você precisa continuar lutando. Tá?

– Tá.

– Nunca pare de lutar.

Então, por um momento, os vapores se dispersaram e Darby se apoderou de um pensamento cristalino. Tudo entrou em um foco nítido.

Ela olhou para o horror de sua mão direita, para o nó superior do dedo anular, esmagado entre os batentes da porta. Para o dedo mindinho, esmagado além de qualquer reconhecimento. Para os filetes de sangue ao longo da dobradiça, do jeito que geleia vermelha escaparia de um donut. Darby sabia que talvez parecesse um caso perdido, mas não, havia uma última opção que ela poderia tentar. Talvez ela estivesse delirando por causa dos vapores da gasolina. Talvez fosse pura fantasia, mas talvez, apenas talvez...

Eu não estou presa.

Apenas dois dos meus dedos estão.

Seria algo horrível. Seria um ato desesperado, desagradável e violento, e machucaria mais do que ela era capaz de imaginar. Ela deu uma olhada na figura sombria de Larson Garver com seu estúpido gorro do Deadpool, que

tinha acabado de limpar as impressões digitais e estava no centro do salão com sua pistola apontada para ela e para Jay. Então, Darby fez uma promessa final através dos dentes cerrados: *Vou machucar você muito mais, Cara de Roedor. Vou pegar sua arma.*
Em seguida, vou matar Ashley com ela.
Essa menina vai voltar para casa.
Esta noite.
— Tenho uma ideia — ela sussurrou para Jay, escondendo o canivete na mão ilesa. — Uma última ideia. E vou precisar da sua ajuda.

* * *

Lars as viu sussurrando.
— Ei — ele chamou, levantando a Beretta. — Parem de falar.
Darby murmurou outra coisa junto ao ouvido de Jaybird e a menina assentiu uma vez. Então, ela se levantou do colo de Darby e se afastou com um propósito silencioso. Darby olhou fixamente para Lars do outro lado do salão.
— *Pare de olhar para mim.*
Darby não obedeceu.
— Vire a cabeça. Olhe para o chão — Lars disse, apontando a Beretta para ela para dar ênfase, mas Darby não demonstrou medo. A pistola tinha perdido o caráter de ameaça. Havia se tornado um mero adereço. Ela não tinha mais medo dela.
Lars mirou, mas tinha passado todo aquele tempo fazendo mira. Então, como alguém poderia se tornar mais ameaçador do que aquilo? Ele tentou engatilhar com o polegar, como faziam nos filmes, mas o cão da arma já estava engatilhado. O gatilho já estava em ação simples, porque já fora disparado naquela noite. Contra ela. Seis vezes.
Darby continuou olhando para Lars, fazendo revirar o estômago dele. Era algo ligado aos olhos dela. Algo tinha mudado. Lentamente, Darby escorregou para a frente, arqueou os joelhos e ficou de pé, com a mão mutilada se retorcendo atrás das costas. O cabelo grudou no rosto em mechas escuras quando Darby se levantou, como um filme de terror que Lars tinha visto, em que um fantasma japonês ensopado emergia do chão.
Lars hesitou e olhou para a porta.

– Ashley – ele gritou. – Eu... Você já encontrou as chaves?

Nenhuma resposta.

Seu irmão mais velho estava longe demais para ouvir. Lars pensou em se deslocar até o banheiro masculino e gritar através daquela janela quebrada, mas aquilo exigiria dar as costas para Darby e Jay.

– Ashley – ele gritou novamente, recuando e batendo na máquina de venda automática com o vidro rachado. – Algo... Ah, algo mudou. Ela está me encarando – Lars disse.

Ele queria se mover até a porta da frente, mas aquilo também exigiria que desse as costas para Darby. Ele ficou com receio. Darby estava claramente imobilizada ali, impotente, com os dedos presos na porta; mas, de algum modo, Lars não se atrevia a perdê-la de vista. Naquele momento, Darby estendeu a mão ilesa para alcançar algo – um pequeno painel de plástico na parede, a que Lars não tinha prestado nenhuma atenção durante toda a noite, até aquele instante...

O interruptor de luz, ele se deu conta. Então, o salão ficou às escuras.

– Ashley – Lars gritou, com um tremor na voz.

Escuridão total.

Lars se ajoelhou no chão e procurou a lanterna do irmão. Tateando, ele a encontrou ao lado do galão de gasolina. Bateu com força nele e o fez rolar. Caçou-a, com o coração aos pulos. Apertou o botão e apontou o feixe de LED branco-azulado para a porta do armário.

Para seu alívio, Darby ainda estava ali, assim como Jaybird. As duas paradas, observando-o com os olhos semicerrados. Claro que estavam ali. Por que ele estava tão assustado? Lars não aguentava mais aquilo. Queria atirar em Darby naquele momento. Naquele exato momento. E tocar fogo naquele maldito prédio e terminar aquela noite infernal. Então, ele e Ashley poderiam visitar tio Kenny e matar algumas larvas em *Gears of War*.

– Ashley – Lars gritou novamente, com a voz rouca. – Posso matá-la agora?

Nenhuma resposta.

Apenas o barulho do vento do lado de fora.

– Ashley, posso *por favor*...

Jay se moveu de repente, assustando-o, e caminhou pelo perímetro escuro. Lars apontou a Beretta para ela, e também a lanterna, rastreando-a como um holofote enquanto Jay passava pelos corpos de Ed e Sandi e pela janela com a barricada.

— Jaybird, o que você está fazendo? — ele perguntou.

Ela o ignorou e parou junto à entrada. Então, agarrou a porta da frente e a empurrou.

— Jaybird. *Pare* — Lars ordenou. Ele se virou para Darby, iluminando-a com a lanterna. Lars estava dividindo sua atenção entre as duas mulheres no salão escuro: Darby à sua esquerda e Jay à sua direita. Ele só podia iluminar uma delas de cada vez.

Lars não gostou daquilo. De jeito nenhum.

Então ouviu um clique atrás dele e se virou, apontando a lanterna. Naquele instante, Jay estava na ponta dos pés, prendendo a trava. Trancando a porta. Então, ela se virou para encará-lo, semicerrando os olhos. Ele percebeu o mesmo olhar assustador que tinha percebido em Darby. Sim, definitivamente, as duas estavam envolvidas em um plano, alguma piada velada que Lars não conseguia entender. Era normal. Ele nunca entendia as piadas. Na maioria das vezes, eram a respeito dele.

Uma indisposição no estômago lhe dizia que aquela também era. Como o momento que antecedera o arremesso de Stripes na fogueira dois verões antes, quando Ashley tinha dito: *Ei, irmãozinho, quer ver uma estrela cadente?*

— Jaybird — ele repetiu.

Nenhuma reação.

— Jaybird, você vai receber um cartão vermelho quando Ashley voltar — ele disse, olhando de volta para a porta do armário, apontando a lanterna para Darby...

Ela não estava mais ali.

Apenas a porta, um filete de sangue e um pequena porção vermelha de carne moída aglomerada ainda encravada na porta, como o suculento interior de um hambúrguer malpassado. Levou meio segundo para que a estupidez mental de Lars registrasse o que aquilo realmente era, o que significava, o que tinha acabado de acontecer e o que estava *por vir*...

* * *

Darby bateu com força no Cara de Roedor, a partir do flanco, fazendo a lanterna voar para longe nas sombras. Não havia tempo para medo. Gritando de dor e adrenalina, algo bruto, sombrio e selvagem.

Ela pôs a mão machucada sob o braço direito de Lars, sob a pistola, e golpeou de lado, batendo-a contra a prateleira de folhetos turísticos. Então, Darby tinha uma chance, uma chance fugaz. E também estava com o canivete suíço, presente de seu pai, na mão esquerda (*Parabéns pela formatura na faculdade!*), com sua lâmina prejudicada pelo corte das barras do canil de Jay, mas ainda afiada o suficiente. Então, ela desferiu um golpe no pomo de adão de Larson Garver.

O canivete deslizou para dentro.

O sangue de Lars esguichou no rosto, nos olhos e na boca de Darby, com um gosto ferruginoso quente. Lars a golpeou com a mão, com as unhas afiadas arranhando o rosto de Darby. Mas, logo, procurou seu próprio pescoço, tentando conter a hemorragia.

A outra mão também se moveu. Meio cega pelo sangue do Cara de Roedor, Darby captou um instantâneo intermitente, um borrão em movimento...

A pistola.

Jay gritou.

Aquela pistola preta calibre .45. Em um lampejo de pânico, Darby percebeu que, apesar de tudo, Lars não a tinha deixado cair... O barulho que ela ouvira devia ter sido a lanterna e ele ainda tinha a arma na mão cerrada, virando o cano na direção da barriga dela...

Pistola, pistola, pistola...

* * *

Ashley estava se ajoelhando para pegar as chaves na neve quando ouviu um único tiro no interior do prédio. Como um trovão preso, abafado por paredes e portas, segundos após os gritos das garotas. Ele não podia acreditar.

Sério?

Ele suspirou.

– Porra, irmãozinho.

Rapidamente, Ashley checou o chaveiro com a lanterna do celular. Sim, ali estava. A pequena e maldita chave do boxe do guarda-volumes de Sandi, prateada, circular, estampada com um pequeno A-37, normalmente não digno de atenção. Ele encontrou o chaveiro meio enterrado na neve, a nove metros da janela do banheiro.

Darby tinha falado a verdade, mais ou menos.

E Ashley ficou grato por aquilo. Se ela tivesse mentido, e Lars tivesse estourado os miolos dela naquele momento, eles estariam deixando para trás uma mina de ouro forense de impressões digitais perfeitamente preservadas. E nunca teriam acesso às doses de esteroide de Jaybird, o que significava que a menina provavelmente morreria muito antes de chegaram ao seu destino. E então tudo – todo aquele completo caos sangrento, o Alerta Amarelo de rapto de criança da Califórnia, o provável envolvimento do FBI, os assassinatos de Sandi, Ed e Darby – tudo aquilo seria desperdiçado sem o ganho de um único centavo. Tudo porque o querido e amável Lars tinha ficado nervoso e atirado em Darby sem permissão.

Graças a Deus ela tinha dito a verdade.

Ashley enfiou o chaveiro no bolso, pegou sua pistola de pregos na neve e correu de volta para a entrada do prédio.

– Larson James Garver – ele gritou enquanto corria, deixando escapar uma grande quantidade de vapor condensado: – Você acabou de ganhar um *cartão laranja...*

* * *

Darby lutou pelo controle da arma.

Naquele instante, o Cara de Roedor estava na defensiva, cambaleando para trás, com sangue quente sendo bombeado de sua jugular para a sua pulsação frenética. Ele tentava desesperadamente se livrar de Darby e conseguir distância suficiente para controlar a Beretta.

Darby não o largava. Agarrava a arma, com seus dedos escorregadios apertados sobre os dedos de Lars. Então, ela girou, mudando de direção, e o puxou, no sentido anti-horário, desviando a pistola na direção das articulações dos dedos dele. Lars era mais alto e mais forte, mas Darby era mais inteligente e sabia usar a inércia contra ele.

Dentro do protetor do gatilho, Darby sentiu o dedo indicador dele estalar. Como uma cenoura em miniatura ao ser mordida.

Lars gritou entredentes. Ouvia-se um silvo. Era ar vazando através do buraco em sua traqueia, o sangue emergindo em bolhas estranguladas. Naquele instante, os dois giravam em um tango rodopiante, as mãos presas na arma de fogo, batendo contra a borda do balcão do café, derrubando cadeiras, atirando no teto – BANG, BANG, BANG – tomando banho de gesso, explodindo uma lâmpada fluorescente no teto, até que o ferrolho da pistola travou descarregado e o gatilho perdeu a folga.

Eles bateram no mapa do Colorado, ainda agarrando a Beretta.

Lars soltou a pistola, sabendo que estava descarregada.

Darby a manteve consigo, sabendo que ainda era útil, e golpeou Lars nos dentes com ela. Ele cambaleou afastando-se dela, segurando o pescoço, mas tropeçou nos corpos de Ed e Sandi. Então, Darby montou sobre o Cara de Roedor, golpeando-o diversas vezes com a empunhadura de alumínio da arma. Deu um golpe particularmente bom e sentiu a maçã do rosto de Lars quebrar ruidosamente.

Ele a chutou para longe e eles se separaram.

Darby deslizou para trás no chão escorregadio, com a Beretta descarregada fazendo barulho. Ela tentou ficar de pé, mas escorregou. As palmas de suas mãos patinharam. Havia gasolina em todos os lugares. Ainda meio cega, ela piscou para limpar o sangue de seus olhos. O galão de gasolina tinha entornado durante a briga, despejando combustível em golfadas rítmicas. E, perto dele, Darby viu seu canivete suíço, uma sombra serrilhada rodando sobre um ladrilho.

Ela o agarrou.

Lars rastejava para longe de Darby, na direção da porta trancada. Não rápido o suficiente. Ele gemia palavras abafadas, algo desesperado, coalhado de lágrimas e sangue:

– Ashley, Ashley, mate ela, mate ela...

Não vai acontecer.

Não esta noite.

– Mate ela, *por favor*...

Darby o alcançou e ergueu a lâmina serrilhada sobre a parte posterior do crânio de Larson Garver, com o metal refletindo um raio de luz LED. As palavras que ela proferiu no início daquela noite voltaram como um eco – *vou cortar a garganta dele se precisar* – e, do outro lado do salão, fez contato visual de esguelha com Jay.

A menina estava prestando atenção, boquiaberta.
— Jay, não olhe — Darby disse, ofegante.

* * *

Ashley girou a maçaneta. Trancada.
— Lars — ele gritou. — Abra a porta.
Nenhuma resposta.

Ashley foi até a janela da frente, mas ainda estava bloqueada com a mesa virada por Ed. Não havia nenhum acesso disponível. Ele espiou através do espaço entre a mesa e a moldura da janela e só viu escuridão. As luzes do prédio estavam apagadas. Aflito, ele voltou para a porta da frente, tropeçando em montes de neve, quase deixando cair a pistola de pregos.

— Lars — Ashley gritou, com a saliva congelando no queixo. — Por favor, irmãozinho, se você está vivo, fale alguma coisa.

Nada.

— *Lars.*

Aqueles tiros disparados estavam atormentando sua mente, vazia e em pânico. Por que Lars dispararia uma sequência de tiros rápidos? Não tinham sido disparos controlados. Aquilo era o som do desespero. O que havia acontecido ali?

Ainda nenhuma resposta.

Ashley ganhou alguma distância da porta e a chutou. O batente rangeu, mas a trava manteve a porta fechada. Ele estava ficando muito preocupado.

— Lars. Eu não estou bravo. Ok? Apenas me responda...

Ele foi interrompido por uma voz.

Não era de seu irmãozinho.

Era a voz de Darby.

— Ele não pode falar agora — ela respondeu. — Porque *eu cortei a garganta dele.*

Ashley sentiu os joelhos fraquejarem. Por um instante, sua mente sofreu um curto-circuito. Ele se esqueceu da trava e voltou a girar a maçaneta.

— Você... Não, você está mentindo. Eu sei que você está mentindo...

— Quer saber as últimas palavras dele?

— *É melhor* você estar mentindo...

— Ele gritou seu nome antes de eu matá-lo.

— Darby, juro por Deus, se você realmente matou meu irmãozinho aí dentro, *vou cortar a carne dos ossinhos de Jaybird*.

— Você nunca vai encostar a mão nela — Darby disse, com as palavras assumindo uma certeza arrepiante. — A pistola está comigo agora. E você é o próximo.

Ashley deu um soco na porta.

Uma pontada de dor lancinante explodiu no punho de Ashley. Um eco estridente percorreu seu antebraço. Isso era um erro. Um grande erro. Ele apertou os nós dos dedos, respirou entredentes e os olhos se encheram de lágrimas.

Quebrado. Definitivamente torcido, no mínimo.

Ashley gritou. Algo de que ele não se lembraria. Começou como o nome de Lars, talvez, mas se transformou em um berro sem sentido. Ele queria esmurrar a porta de novo, de novo e de novo, quebrar sua outra mão, golpear sua testa, se destruir contra um objeto imóvel. Mas aquilo não resolveria nada.

Mais tarde. Ele choraria a perda de Lars *mais tarde*.

Ashley se apoiou contra a porta, tocando a testa no metal gelado e controlando a respiração. Ainda estava tudo bem. Ele ainda estava na luta. Em sua mão ilesa, ainda tinha a pistola de pregos. E muitos pregos de aço, comprados de segunda mão e sem impressões digitais, empilhados no magazine do tambor. Prontos para o dever. O tempo frio ainda não tinha descarregado a bateria. A luz indicadora ainda estava verde.

Tudo bem, Darby.

Você perdeu sua mãe. Eu perdi meu irmãozinho. Havia uma simetria inebriante no sofrimento deles naquela noite. Duas almas feridas, cada uma atordoada pela perda, cada uma com as mãos feridas, unidas pela dor mais crua...

Essa é a nossa dança, você e eu.

Ashley ainda podia sentir o gosto dos lábios dela quando a beijou no banheiro. Ele nunca se esqueceria. A acidez doce do Red Bull, do café e das bactérias nos dentes de Darby. A autoentrega daquele gesto, a grandeza de uma garota bonita com mau hálito.

Nós somos os gatos no relógio.

Eu sou Garfield. Você é minha Arlene.

E segure firme, porque esta é a nossa dança sombria e rodopiante.

Ashley se recompôs, juntando os pensamentos, com os nervos zunindo:

— Tudo bem, Darbs. Você quer brigar? Eu vou dar uma briga para você. Vou entrar aí, de um jeito ou de outro, e vou dar cartão vermelho para vocês duas, e, *a propósito*, sua vadia...

Ele tomou fôlego:

— Eu contei os tiros. Sei que você tem uma arma descarregada.

* * *

No aro de latão, estava escrito 45 AUTO FEDERAL. Era o cartucho que Darby tinha carregado no bolso durante toda a noite, desde que Jay o tinha entregado a ela. Estava em sua mão naquele momento, rolando através da palma trêmula.

Com uma das mãos, ela colocou o cartucho na câmara da pistola preta de Lars e deixou o ferrolho avançar com o estalido da força da mola cativa.

Jay olhou para ela.

O cão da arma já estava engatilhado. A pistola estava pronta para disparar. Ela não sabia como tinha tanta certeza; apenas sabia. As armas são viscerais. Ela podia *sentir*.

— Lars — Ashley berrou do lado de fora da porta. — Irmãozinho, se você ainda está vivo aí dentro, por favor, mate ela...

Darby correu pelo chão molhado até Jay e a apertou em um abraço forte.

— Está quase no fim — ela disse. — Esta noite está quase acabando.

Um irmão fora de combate, o outro prestes a ficar.

Jay estava pálida, encarando com pavor.

— Sua mão...

— Eu sei.

— Seu dedos...

— Tudo bem.

Darby ainda não tinha olhado para sua mão direita. Ela temia ver o estrago. Então, ela olhou — por uma fração de segundo — e, em seguida, desviou os olhos, ofegante.

Ah, meu Deus.

Darby se atreveu a olhar novamente, com a visão turvando com as lágrimas. Os dedos polegar, indicador e médio estavam bem, mas o dedo anular estava esfolado. A unha estava lascada, meia solta, saliente como um sucrilho de milho. E o dedo mindinho tinha desaparecido. Tudo, desde o primeiro nó. Perdido, ausente, cortado, não fazia mais parte do corpo de Darby Thorne. Ainda dentro daquela dobradiça da porta, do outro lado do salão, esmagado e irreconhecível...

Ah, meu Deus. Ah, meu Deus. Ah, meu Deus...

Estranhamente, o ato de arrancar a mão do armário não tinha doído. Darby se livrou com duas torções vigorosas no sentido horário. Apenas um desconforto impreciso, embotado pela adrenalina, mas, naquele momento, ela estava perdendo sangue rapidamente, esguichando um filete incessante, que corria quente pelo pulso e manchava o chão. Ela o cobriu com a outra mão. Não conseguia mais olhar.

Como Ed dissera horas atrás: *Quando você está encarando um encontro com o Anjo da Morte, que importância tem alguns ossinhos e tendões?*

E outras vozes meio lembradas, distorcidas e metálicas, vindo para ela em um torvelinho nauseante: *Você sabe como cortar uma menina ao meio?*

Sou um homem mágico, Lars, meu irmão.

Meu pão sempre cai com a manteiga virada para cima, pode-se dizer...

Zonza, Darby checou a caixa de primeiros socorros no chão, deixando marcas vermelhas e pegajosas com a mão, afastado seringas e caixas de Band-Aid, procurando pela gaze, mas tinha acabado. Sandi usara todas em Ed.

— Eles podem... — Jay disse, hesitante.

— Eles podem o quê?

— Recolocar os dedos, sabe?

— Sim. Com certeza, podem — Darby disse, tentando aparentar calma. Ela imaginava quanto sangue já havia perdido e quanto mais poderia perder.

Darby desistiu da gaze, mas ao lado da água sanitária encontrou algo melhor: o rolo de fita isolante de Lars. Ela cortou um pedaço com os dentes e o enrolou em torno na mão direita. Deixando o polegar livre, ela envolveu os três dedos restantes em um bloco apertado.

Aquilo cuidava da hemorragia, mas Darby teria de empunhar a Beretta com a mão esquerda. Ela nunca tinha atirado com uma arma antes e era destra. Esperava que ainda assim conseguisse acertar o alvo. Tinha apenas uma única bala.

Jay continuou olhando para a lesão com espanto mórbido. Darby percebeu que a menina tinha ficado horrivelmente pálida. Cinzenta, como um corpo retirado de debaixo d'água.

— E se... E se não conseguirem encontrar seu dedo na porta? Porque está muito esmagado...

— Vai voltar a crescer — Darby respondeu, mordendo o último pedaço de fita isolante.

— Sério?

— Sim.

— Eu não sabia que os dedos podiam voltar a crescer.

— Podem sim — Darby disse, apalpando a testa de Jay do jeito que sua mãe apalpava para ver se a filha estava com febre. A testa da menina estava gelada. Viscosa, como cera de vela. Darby tentou se lembrar dos sintomas que Ed tinha descrito para ela. Pouco açúcar no sangue, náusea, fraqueza, convulsão, coma e morte. As palavras dele ecoaram em fragmentos: *Temos de levá-la para um hospital. É tudo o que podemos fazer...*

— Daaaaarby — Ashley gritou. A porta da frente rangeu no batente e a trava vibrou. — *Nós terminamos o que começamos...*

— Ele está... — Jay sussurrou, encolhendo-se de medo. — Ele está muito bravo com a gente...

— Que bom. — Darby correu até a parede, ergueu a pistola com a mão esquerda e apontou para a porta.

— Não erre o alvo.

— Não vou errar.

— Promete que você não vai errar?

— Prometo — Darby disse, brandindo a arma.

Um cartucho na câmara. Como um destino sinistro, ela o havia carregado no bolso durante toda a noite e, então, havia chegado finalmente a hora de usá-lo.

A porta vibrou violentamente quando Ashley voltou a chutá-la. Darby se encolheu, colocando o dedo ao redor do gatilho com avidez. Ela queria atirar naquele exato momento, através da porta, mas sabia que seria arriscado. Sabia onde ele estava e que altura ele tinha, mas não sabia se a bala perfuraria a porta com força suficiente para matá-lo. Não podia desperdiçar seu único tiro.

Darby precisava esperar. Precisava esperar que Ashley Garver chutasse a porta, *entrasse no salão* e ficasse a uma distância que ela pudesse dar um tiro à queima-roupa, sem errar...

— Você já atirou com uma arma antes, certo?

— Sim — Darby mentiu.

O batente da porta se despedaçou. Uma longa lasca de madeira caiu no chão. Ashley gritou do lado de fora, batendo os punhos com uma raiva animal.

— Mas com esse tipo de arma... — Jay insistiu, preocupada. — Você já atirou com esse tipo antes, certo?

— Sim.

— Você atira bem?

— Sim.

— Mesmo sem um dedo?

— Ok, Jay, basta de perguntas...

Crack. Um som agudo e pneumático a interrompeu.

A janela estilhaçou atrás da mesa da barricada, espalhando cacos pelo chão. Ela viu algo ali, algo se movendo no espaço de menos de oito centímetros entre a mesa e a moldura da janela. Era laranja, contundente, como se algum animal grande e estúpido do lado de fora estivesse enfiando seu bico. Darby precisou de alguns segundos para se dar conta do que era realmente.

É claro, porra.

Ela jogou Jay no chão e cobriu seu rosto.

— Abaixe, abaixe...

Crack. O vidro da máquina de venda automática explodiu. Embalagens de Skittles e Cheetos se espalharam pelo chão.

Ashley reposicionou a boca da pistola de pregos. Os dois primeiros pregos erraram totalmente o alvo. Então, ele estava ajustando a mira. Tentativa e erro. Era o mesmo espaço pelo qual Sandi tinha espiado antes e, naquele momento, estava sendo usado contra ela.

— Eu odeio esse sujeito — Darby sussurrou, rolando pelo chão e afastando o cabelo escorregadio do rosto. — Eu odeio *muito* esse sujeito.

— O que ele está fazendo?

— Nada.

— Está atirando pregos em nós?

— Tudo bem — Darby disse, puxando Jay pelo pulso. — Vamos, vamos...

Elas deslizaram até o quiosque de café, abrigando-se atrás do balcão de pedra, enquanto – *crack-crack-crack* – uma chuva de pregos sibilou pelo ar, atingindo o chão, as paredes, o teto. O vidro da vitrine de doces estilhaçou. Os copos de isopor quicaram. Uma garrafa ressoou como um gongo e caiu no chão ao lado delas, espirrando água morna. Mas o balcão e os armários, uma entrada em 45 graus, protegeu-as do ataque direto de Ashley.

– Está vendo? – Darby disse, dando um tapinha em Jay e procurando ferimentos. – Estamos bem.

– Você disse que ele não atiraria pregos em nós...

– Sim, bem, eu menti.

Crack. Crack. Foram dois impactos fortes na parede acima delas e algo cortou o rosto de Darby, como uma picada de abelha, fazendo-o sangrar. Ela abaixou a cabeça e protegeu Jay de outros ricochetes. Ela viu lágrimas nos olhos da menina.

– Não, Jay. Está tudo bem. Não chore.

Crack. Um prego pegou no ombro de Ed, elevando seu corpo em um emaranhado de horror disforme, e Jay gritou.

Darby segurou Jay com força, ignorando o corte no rosto, acariciando o cabelo escuro da menina e tentando desesperadamente manter a calma: *Ah, meu Deus, é isso. É o último pingo de estresse que Jay pode suportar. Vou assistir impotente enquanto ela desfalece e morre...*

– Por favor, não chore, Jay.

A menina soluçou mais alto, ofegou, lutou contra o domínio de Darby.

– Por favor, confie em mim.

Crack. Um prego atingiu o armário, cobrindo-as com lascas de madeira.

– Jay, escute. A polícia está chegando – Darby disse. – Os policiais ficaram presos por causa da neve, mas estão chegando. Vão checar todas as áreas de descanso dessa rodovia, principalmente aquela com nome quase idêntico. Vão nos salvar. Só mais alguns minutos, OK? Você pode aguentar mais alguns minutos?

Apenas palavras. Nada mais do que palavras.

Jay continuou soluçando, com os olhos fechados, preparando-se para outro grito estimulante. Então, *crack.* A caixa registradora inclinou-se e desabou ao lado delas, com os botões do teclado deslizando pelos ladrilhos como dentes soltos. Darby abraçava a menina de nove anos em meio a toda a violência, protegendo seu rosto dos estilhaços e tentando conter o pânico. Ela tinha certeza de que era o fim, que o sistema nervoso de Jay não conseguiria lidar com mais nenhum trauma. Mas então algo voltou para ela, emergindo de suas memórias. A voz cálida de sua mãe junto ao seu ouvido: *Tudo bem, Darby. Você está bem. Foi apenas um pesadelo.*

Tudo o que você tem de fazer é...

— Inspire. Conte até cinco. Expire — Darby disse para Jay.

Crack. O relógio com Garfield e Arlene explodiu na parede, cobrindo-as com pedaços de plástico. Darby removeu os destroços do cabelo de Jay, tocou no rosto dela e manteve o volume da voz:

— Apenas inspire. Conte até cinco. Expire. Você pode fazer isso por mim?

Jay respirou fundo. Prendeu a respiração. Deixou escapar o ar.

— Viu? É fácil.

Jay assentiu.

— De novo.

Ela respirou fundo de novo e, pouco depois, deixou escapar o ar.

— Exatamente assim — Darby disse, sorrindo. — Continue respirando assim e nós vamos...

— Daaaaarby — Ashley gritou e chutou a mesa. Rangendo, ela se moveu alguns centímetros. Pedaços de vidro quebrado escaparam da janela. Ele bufou de raiva enquanto empurrava. — Você poderia ter sido minha namorada.

Darby ficou de joelhos, zonza por causa dos vapores da gasolina, afastou alguns copos de isopor e apontou a pistola preta de Lars por sobre o balcão. Com o dedo no gatilho, ajustou a mira de dois pontos verdes.

— Normalmente, não sou assim — Ashley berrou do lado de fora. — Você não *entende*, Darbs? Não iria matar você. Nem mesmo... Quer dizer, não bebo nem fumo...

Jay estremeceu.

— Ele... Ele vai entrar.

— Sim — Darby respondeu. Ela fechou o olho direito, apontando a Beretta. — Estou contando com isso.

— Poderíamos ter ido para Idaho. Juntos — Ashley disse e voltou a chutar a mesa, empurrando-a para a frente por mais alguns centímetros, fazendo-a soltar lascas de madeira. A voz dele retumbou no ar pressurizado: — Você não entende? Poderíamos ter ido para Rathdrum. Alugado o sótão sobre a oficina do meu tio. Eu prestaria serviços pela Fox Contracting. Você seria minha garota e deixaríamos as nossas cidades para trás, você e eu, e eu mostraria para você o rio em que cresci e a ponte de madeira...

— Ele está falando a verdade? — Jay perguntou.

Darby suspirou.

— Acho que nem mesmo *ele* sabe.

Ashley Garver: uma criatura lamentável, com tantas máscaras que nem mesmo ele sabia como era por baixo delas. Talvez seu coração estivesse partido, quando descobriu que tinha um. Ou talvez fossem apenas palavras.

— Você poderia ter sido minha garota, mas *você estragou tudo* — ele lamentou.

Darby apontou a Beretta quando a mesa se deslocou novamente, mas ela ainda não podia disparar. Teria de esperar. Teria de esperar até que Ashley Garver ficasse visível, até que ele tirasse a mesa do caminho e saltasse pela janela quebrada. Então, e só então, ela poderia...

Não.

Com o gatilho meio puxado, Darby ficou paralisada. O cão recuou, a segundos de se soltar. Outra coisa, algo terrível, acabava de se revelar para ela.

Não, não, não...

O gosto acre da gasolina, acentuado em sua língua. O galão inclinado havia se esvaziado completamente, com um centímetro de altura de combustível se espalhando e cobrindo todo o chão. Os vapores tomaram conta do ar e as paredes estavam cobertas de condensação.

Se eu atirar com a pistola de Lars, a explosão poderá inflamar o vapor no ar, Darby se deu conta com horror. A reação em cadeia incineraria todo o prédio. Havia vinte litros espalhados ali. O chão viraria um mar de fogo, como o maior coquetel Molotov do mundo. Não haveria chance de escapar. O casaco de Darby estava encharcado de gasolina, úmido e grudento. Assim como a parca de Jay. Elas seriam queimadas vivas.

Disparar a arma ali seria suicídio.

— Merda — Darby sussurrou, baixando a pistola.

— Você matou meu irmão — Ashley disse, chutando a mesa novamente, que se deslocou mais dois centímetros, chocando-se contra o tornozelo flácido de Sandi. Ashley já quase tinha espaço suficiente para se espremer e entrar no prédio.

Com raiva, Darby quase arremessou longe a pistola.

— Merda, merda, *merda*...

Jay tocou no ombro dela.

— O que foi?

— Eu... — Darby limpou o sangue dos olhos e fez uma reavaliação, traçando novos e desesperados planos. — Sabe de uma coisa? Não importa. Ele nunca mais vai tocar em você. Juro por Deus, Jay. Sou seu anjo da guarda e Ashley Garver nunca mais vai machucar você, porque *eu vou matá-lo*.

— Eu vou matar você — Ashley berrou, dando outro chute. — Sua puta desgraçada...

Darby ficou de pé, secando a gasolina das mãos.

— Escute, Jay. Não estamos esperando pela polícia. Não estamos esperando por um resgate. Eu esperei durante toda a noite e ninguém me resgatou. Quase todos em quem confiei esta noite se voltaram contra mim. Nós somos o resgate. Repita isso, Jay, *nós somos o resgate*.

— Nós somos o resgate.

— Mais alto.

— Nós somos o resgate — Jay disse, levantando-se com as pernas trêmulas.

— Você consegue correr?

— Acho que sim. Por quê?

Darby teve mais uma ideia. A tentativa derradeira. Ela pegou um punhado de guardanapos marrons do balcão e os colocou na torradeira. Pressionou o êmbolo. Ele fez um clique, como a câmara da arma se fechando, e, no interior da torradeira, as bobinas de aquecimento começaram a se aquecer.

— O que você está fazendo? — Jay perguntou, observando.

Darby sabia que tinha dez segundos, talvez vinte, até que as bobinas ficassem rubras.

Nós somos o maldito resgate.

Darby pegou um copo meio bebido de café extraforte — de Ed, talvez, frio há muito tempo — e o tomou enquanto corria, apertando os dedos de Jay e se dirigindo para o banheiro. De mãos dadas. Correndo rumo àquela pequena janela.

— Não pare, Jay. Não pare.

— Você tem certeza de que seus dedos vão voltar a crescer?

— Tenho.

* * *

Ashley forçou seu caminho para dentro. Saltou por sobre a janela, apoiando-se em sua mão ilesa e tomando cuidado para não cortá-la no vidro quebrado. Tossiu ao sentir o cheiro acre. O galão devia ter entornado e a gasolina se misturado com a água sanitária e com o vapor do spray de pimenta de Sandi, criando uma atmosfera verdadeiramente insalubre.

Ashley esfregou os olhos irritados depois de escalar a janela, apontando a pistola de pregos da esquerda para a direita. Primeiro, ele viu os corpos espalhados de Ed e Sandi perto do mapa do Colorado. As pernas estavam bem abertas no despudor da morte. No chão, o sangue se misturava com a gasolina, formando faixas vívidas e serpenteantes.

Ao lado deles, estava o irmãozinho Lars.

Ah, Lars.

De bruços. A cabeça torcida para o lado em um mar tingido de vermelho, o cabelo desarrumado, os olhos ainda entreabertos. A garganta tinha um grande talho. A jugular estava cortada até o osso.

O garoto magricela que usava um capacete do exército e botas de combate no ginásio, que adorava molho *ranch* nos cheeseburgers Famous Star, que reviu *Starship Troopers* até a cópia em VHS travar o videocassete, tinha partido. Partido para sempre. Ele nunca jogaria o novo *Gears of War* no Xbox One. Tudo porque tinha se envolvido em um plano de sequestro malfadado de uma motorista de ônibus escolar. Porque entre fechaduras trocadas, policiais e nevasca, toda aquela semana tinha saído loucamente dos trilhos.

E tudo aquilo ainda teria sido administrável se não fosse por Darby Thorne.

Darbs. Darbo. Aquela pequena ruiva ardente da Universidade do Colorado em Boulder, que tinha arrombado o carro deles com um *cadarço*, por incrível que parecesse, que tinha entregado um canivete para Jaybird e tirado irreversivelmente do curso uma noite já volátil. Ashley desconfiou que toda a sua vida fora construída para aquele confronto. E a dela também. Ela era o destino dele e vice-versa.

Em um universo melhor, talvez ele se casasse com ela, mas, neste, ele teria de matá-la. E, infelizmente, teria de lhe causar dor.

Ah, Lars, Lars, Lars.

Vou fazer isso direito.
Eu prometo, eu vou...

Ashley ouviu um barulho à sua direita e se virou, apontando a pistola de pregos e esperando ver Darby e Jaybird agachadas atrás do quiosque de café, mas o *Pico do Café Expresso* estava vazio. Perfurado com pregos, gotejando gasolina, bagunçado com copos de isopor e fragmentos de plástico, mas vazio. Elas não estavam ali.

Ashley percebeu que a torradeira estava cheia de guardanapos marrons. O barulho que ele tinha ouvido?

Uma nuvem de fumaça cinzenta, saindo das bobinas rubras da torradeira. Um chiado quando os guardanapos pegaram fogo. Ashley passou a língua pelo lábio superior, sentiu o cheiro do vapor de gasolina e, então, tudo fez sentido.

Ah, não...

* * *

Uma bola de fogo atravessou a janela triangular do banheiro, trazendo uma onda escaldante de ar pressurizado. Darby escapou para fora meio segundo antes da explosão, saltando da mesa de piquenique e aterrissando de mau jeito, torcendo o tornozelo esquerdo.

Ela sentiu um estalo repugnante.

Alguns passos à frente, Jay se virou.

— Darby!

— Estou bem.

Mas Darby sabia que não estava. O tornozelo latejava de dor. Num instante, os dedos do pé ficaram entorpecidos; uma sensação aguda de formigamento dentro do seu tênis, como dedos invisíveis pinçando os nervos...

— Você consegue andar?

— Estou bem — Darby repetiu e outra bola de fogo rugiu através da janela quebrada acima dela, abafando sua voz. Outra parede de ar quente a jogou de joelhos na neve.

O centro de informações turísticas irrompeu em grandes labaredas atrás delas. Eram línguas de fogo que produziam colunas de fumaça bastante sujas. Escalavam o céu, criando um tornado furioso, um redemoinho de brasas ardentes. O tamanho e a proximidade daquilo tudo eram impressionantes.

Darby sentiu um calor extremo nas costas, a sucção queixosa do ar devorado. O odor de carvão do fogo fresco. A neve se iluminou com a luz alaranjada do dia e as árvores projetaram sombras esqueléticas.

Jay agarrou a mão de Darby.

— Vamos. Levante-se.

Darby tentou novamente, mas o tornozelo dobrou frouxamente. Outra onda de dor nauseante. Ela capengou para a frente.

— Ele morreu? — Jay perguntou.

— Não conte com isso.

— O que isso significa?

— Significa que *não* — Darby respondeu, tirando a pistola de Lars do bolso do jeans. Ela não tinha certeza da presença de Ashley no interior do prédio quando os vapores se inflamaram. Esperava que sua bomba incendiária improvisada tivesse pelo menos incinerado as sobrancelhas dele. Mas morto? Não. Ele não estava morto, porque ela ainda não o tinha matado. Ela só descansaria quando disparasse sua bala calibre .45 roubada direto no rosto sorridente dele. Não antes.

— Espero que você tenha pegado ele — Jay disse, enquanto o inferno se avolumava atrás delas, enevoando o mundo com fumaça. A lua tinha sumido. As árvores se transformaram em fantasmas pontudos no nevoeiro iluminado pelo fogo. O Grande Diabo mantinha sua forma enegrecida enquanto queimava; uma gaiola de fogo turbulenta ao redor de um epicentro de calor de rachar os ossos.

E então as brasas ardentes começaram a descer como vagalumes na escuridão, salpicando a neve ao redor de Darby e Jay. Elas produziam um chiado de fritura no contato, centenas de minúsculos meteoros lançando baforadas de vapor. Muito rápidos para escapar.

— Jay. Tire seu casaco.

— Por quê?

— Tem gasolina nele — Darby disse, tirando o próprio casaco e o atirando na neve. Segundos depois, uma fagulha tocou nele e o casaco irrompeu em chamas laranja azuladas, como uma fogueira.

Jay viu aquilo e tirou seu casaco imediatamente.

— Viu? Eu falei para você.

Outras brasas caíram ao redor delas, outros vagalumes trazidos pelo vento. Darby seguiu Jay dando um passo doloroso de cada vez. Ela não podia parar. Seu cabelo ainda estava empapado de gasolina. Uma fagulha errante era só o que faltava. Não tinha ido tão longe e lutado tanto para ser morta por uma maldita fagulha.

Darby afastou uma mecha úmida do rosto.

— O estacionamento. Vamos entrar no Blue...

— O que é o Blue?

— Meu carro.

— Você deu um nome para o seu carro?

— Vou ligar o motor para manter você aquecida. E...

Darby parou de falar. Elas continuaram andando com dificuldade através da escuridão enfumaçada. Darby deixou o próximo pensamento em silêncio: *E enquanto você estiver no assento de passageiro do Blue, vou atrás de Ashley e dar um tiro na cara dele.*

E acabar com isso de uma vez por todas.

Jay virou o pescoço, observando as chamas turbulentas por sobre o ombro enquanto se apressava, como se esperasse que Ashley surgisse dos escombros.

— Você... Você matou o irmão dele.

— Sim, matei — Darby respondeu.

Aquilo ainda estava amadurecendo na mente de Darby. Sim, ela havia matado uma pessoa naquela noite. Esfaqueado outro ser humano no pescoço, quebrado seu dedo e sua maçã do rosto, e cortado sua garganta. Por mais gasto e desbastado que estivesse seu canivete suíço, a lâmina deslizara direto para dentro, como se ela estivesse cortando carne (e, tecnicamente, ela estava). Apenas um negócio sujo e sinistro. E antes que a noite acabasse, ela teria de matar mais um.

— Ele ama o irmão — Jay disse, atormentada.

— *Amava*. Pretérito.

— Ele não vai ficar contente com você...

— Eu... — Darby disse, engasgando-se com uma risada rouca. — Acho que agora é tarde demais, Jay.

Apenas mais um.

Cinquenta metros atrás, o prédio do Grande Diabo gemia como um monstro que se revirava no sono, com as costelas enegrecidas rangendo e estalando dentro do incêndio incontrolável. A neve derretida deslizava do telhado em ondas de vapor escaldantes.

Então... Então finalmente poderei descansar.

Elas tinham alcançado as estátuas das Crianças de Pesadelo quando Jay se deteve e apontou para o declive:

— Olhe. Olhe. Olhe!

Darby limpou o sangue de Lars dos olhos e também viu.

Faróis.

Aproximavam-se da via de acesso da área de descanso de Wanashono vindos da rodovia. Imensos faróis altos situados acima de uma lâmina prateada curvada que lançava um arco de lascas de gelo iluminadas por trás. O primeiro limpa-neves do CDOT finalmente estava ali.

Jay semicerrou os olhos.

— Isso é para nós?

— Sim. É para nós.

Ver aquilo tranquilizou Darby, assegurando-lhe de que ainda havia um mundo externo. Ainda estava lá fora, era real, era povoado de pessoas decentes que podiam ajudar, e *Santo Deus*, ela quase tinha conseguido escapar daquele pesadelo de fogo encharcado de sangue. Ela quase tinha resgatado Jay. Quase.

Darby sentiu os joelhos fraquejarem e se agachou. Ela ria e chorava ao mesmo tempo. Seu rosto parecia uma máscara apertada. Sua cicatriz estava tão visível quanto um *outdoor*. Darby não se importava. Ela observou as luzes amarelas flutuarem mais próximas na escuridão, como lanternas gêmeas. Ouviu o barulho do motor.

— Obrigada, meu Deus. Ah, *obrigada*, meu Deus.

Darby tinha perdido o celular, mas sabia que eram quase seis da manhã. Tinham se passado quase dez horas desde que ela encontrara aquela menina trancada em um canil portátil, fedendo à urina, em um furgão. Em uma hora, o sol nasceria.

As equipes de manutenção da rodovia estão adiantadas.

Ou receberam orientação especial da polícia, talvez, em vista de uma mensagem de texto misteriosa a respeito de uma área de descanso de nome semelhante...

— Darby — Jay disse, com a voz tomada de pânico.

— O quê?

— Eu vi Ashley. Ele está nos seguindo.

05h44

— Daaaaarby.

Sim, Ashley Garver estava seguindo Darby e Jay. Era uma sombra irregular desenhada em silhueta contra as chamas crepitantes. A pistola de pregos estava na mão esquerda. A mão direita estava machucada, enfiada sob a axila esquerda. Ele estava cinquenta metros atrás delas. Era uma figura trôpega, com roupas fumegantes, erguendo a mão ilesa para enxugar a boca.

Ashley estava longe demais para atirar.

A pontaria de Darby era bastante duvidosa e ela não podia desperdiçar sua única bala. Então, Darby escondeu a pistola atrás da cintura e, em suas costas, os faróis se intensificaram conforme o limpa-neves se aproximava.

Ela se virou para Jay. Um assassino se aproximando por trás delas e a ajuda de um estranho diante delas. Deveria ter sido uma escolha fácil.

Jay a puxou.

— Vamos...

E, de certa forma, ela percebeu... ainda era.

— Darby, *vamos*. Temos de correr...

— Não.

— O quê?

Darby apontou o tornozelo.

— Só vou te atrapalhar. Corra você.

— O quê? Não... — Jay disse, amedrontada.

— Jay, me escute. Eu tenho de detê-lo. Não consigo mais correr. Estou fugindo dele durante toda a noite e estou cheia disso.

Os faróis ficaram mais luminosos, rasgando o nevoeiro enfumaçado, desenhando sombras na neve cintilante. Cegavam os olhos de Darby. E, atrás dela, a sombra cambaleante de Ashley Garver se aproximava cada vez mais. Naquele momento, eram trinta passos de distância. Mas ainda não próximo o suficiente. Darby segurou a Beretta com ainda mais força.

— Você tem de correr.

— Não.

— *Corra* — Darby gritou, com fumaça na garganta. — Corra na direção dos faróis. E peça para o motorista dar meia-volta e levá-la a um hospital.

Darby empurrou Jay para a frente, mas a menina resistiu. Jay gritou, fincou o pé, tentou dar um soco no ombro de Darby, mas, então, tudo acabou em um abraço. Um abraço trêmulo e doloroso sob luzes cada vez mais brilhantes...

— Eu vou voltar — Darby sussurrou junto ao ouvido de Jay, balançando-a. — Vou pegá-lo e, depois, vou voltar para você.

— Promete?

— Prometo, Jay.

— Você está mentindo de novo

— Uma jura de dedinho — ela disse, erguendo a mão direita enfaixada com a fita isolante.

— Isso não tem graça — Jay disse, expressando desagrado.

Algo cortou o ar acima delas, deslocando um punhado de cabelo de Darby. Inicialmente, ela achou que fosse um estilhaço, mas logo se deu conta do que era. Era um prego, um projétil de aço, passando rente ao seu couro cabeludo. Ashley estava cada vez mais perto delas, mas ainda não perto o suficiente para Darby arriscar sua única bala.

Ainda não.

Darby empurrou Jay para longe, em direção aos faróis.

— Agora corra.

Jamie Nissen deu dois passos trêmulos na neve e olhou para trás, com os olhos cheios de lágrimas.

— Não erre.

— Não vou errar — Darby respondeu.

Então, ela se virou para encarar Ashley.

Não vou errar.

* * *

Ashley ficou confuso ao vê-las separadas. Jay correu para o limpa-neves que se aproximava, enquanto Darby se virou para encará-lo.

Naquele momento, eles estavam a vinte passos de distância.

O punho direito de Ashley latejava como se estivesse cheio de cascalho. A pele no rosto formigava e parecia esticada, como uma queimadura do sol. Os lábios estavam rachados. Ele cheirava a pele e a cabelo queimados, um odor denso e gorduroso que escapava em filetes de fumaça. Sua jaqueta tinha se dissolvido de forma estranha nas costas, pendurada em fibras derretidas.

Mas ele estava vivo. Gente ruim nunca descansava, certo? E Ashley estava se sentindo muito gente ruim naquela noite. Havia quebrado o pescoço de uma mulher com as próprias mãos e matado um homem inocente com uma pistola de pregos. Fazer tudo aquilo e depois escapar por uma janela de um prédio em chamas só com queimaduras de segundo grau era uma sorte do diabo. De fato, o pão dele sempre caía com a manteiga virada para cima.

Então, Ashley notou que Darby vinha mancando em sua direção. Afastando-se das luzes brilhantes dos faróis. Afastando-se de qualquer esperança de fuga.

Na direção dele.

Ashley deu uma risada sufocada que pareceu um latido. Talvez Darby também tivesse ficado um pouco maluca, naquela panela de pressão selvagem de uma noite. Ele não podia culpá-la. Nem mesmo tinha certeza de que era capaz de odiá-la. Seu cérebro era um coquetel de sentimentos confusos por aquela vadia teimosa. Mas, sentimentos à parte, ele ainda tinha de mostrar o cartão vermelho para ela por matar seu irmãozinho. Assim, ele ergueu a pistola de pregos e mirou em Darby, olhando com os olhos semicerrados através da fumaça quente, e disparou novamente.

Um clique surdo.

O quê?

Ashley voltou a puxar o gatilho. Outro clique surdo. Para seu espanto, a luz da bateria da pistola de pregos estava piscando um vermelho insistente. Exaurida pelo tempo frio. Finalmente, acontecera.

– Ah, *merda*.

Ashley levantou os olhos. Darby ainda estava se aproximando, ainda vindo até ele como seu anjo da morte pessoal, mancando, mas assustadora e desumanamente calma. E ele percebia outra coisa. Algo contido na mão oscilante dela, oculto de sua visão, por trás do quadril, uma forma angular, meio vislumbrada...

A pistola de Lars.

Não, Ashley sentiu a mente se agitar. *Não, é impossível...*

* * *

Jay correu na direção dos faróis, acenando com os braços.

O limpa-neves freou, travando os grandes pneus e derrapando enquanto os freios a ar emitiam um barulho estridente. As luzes a rodearam, iluminando a neve aos seus pés, mais clara que a luz do dia. Ela não conseguia ver mais nada. Apenas aqueles dois poderosos sóis gêmeos.

Jay gritou, algo que ela não se lembraria.

O motor uivou. A porta da cabine se abriu. O motorista era mais velho do que seu pai, barbado, barrigudo, com um boné do Red Sox. Ele desembarcou e correu até Jay, já sem fôlego, gritando alguma coisa.

Jay também estava sem fôlego e caiu de joelhos no gelo. Ele a alcançou, uma sombra negra diante dos faróis altos. O motor do limpa-neves uivou novamente. Como o pastor alemão de sua tia. Então, o homem agarrou os ombros de Jay, aproximou seu rosto com costeletas do dela e a bombardeou com perguntas, deixando escapar um hálito de refrigerante Dr Pepper.

Você está bem?

Jay estava sem fôlego e não conseguia falar.

O que aconteceu?

Ladeira acima, o teto em chamas do centro de informações turísticas desabou; um estrondo de madeira que lançou novas fagulhas na noite. Ele olhou para aquilo e, depois, de volta para ela, com as mãos ásperas no rosto dela. *Você está segura agora...*

Jay queria falar para ele sobre Ashley, sobre Darby, sobre a pistola de pregos, sobre a batalha de vida ou morte que acontecia a curta distância ladeira acima, mas não tinha palavras. Não conseguia reunir nenhum pensamento.

Sua mente estava gelatinosa de novo. Ela simplesmente começou a chorar. Então, ele a pegou em seus braços e a abraçou. O mundo se desfez.

Ele estava sussurrando, como um mantra: *Você está segura. Você está segura. Você está segura...*

Darby, Jay quis dizer.

Darby não está segura...

Então, ela viu uma pulsação vermelha e azul que iluminou as árvores. Atrás do limpa-neves, quase encostado, havia um carro de polícia. No brilho das luzes traseiras do limpa-neves, ela leu o decalque na porta lateral:

POLÍCIA RODOVIÁRIA.

* * *

Ashley Garver saiu correndo feito louco.

Impossível. Eu contei os tiros.

A arma está descarregada.

Ele disse a si mesmo, repetidas vezes, mas ainda assim não teve coragem suficiente para desafiar o blefe de Darby. Em vez disso, correu de volta para seu Astro estacionado, onde sabia que tinha deixado uma segunda bateria na caixa da Paslode. Poderia recarregar a pistola de pregos, pelo menos, e então decidir como lidar com aquele novo acontecimento.

Ashley tropeçou em um monte de neve, temendo o estrépito de um tiro e uma bala nas costas, mas isso não aconteceu.

Ele alcançou o Astro. Destravou o carro e abriu a porta do motorista. Embarcou, derrubou o estúpido aeromodelo de plástico de Lars do painel, enfiou a mão sob o assento do passageiro e pegou o estojo rígido da Paslode. Soltou as duas travas com os dedos trêmulos.

Ashley tinha ouvido Lars disparar quatro tiros na briga. Tinha certeza. Um, dois, três, quatro. Além dos cinco tiros que havia disparado na picape de Sandi. Aquilo equivalia a nove. A Beretta armazenava oito cartuchos no pente e mais um na câmara. Como Darby podia ter conseguido outro cartucho calibre .45? No chão do furgão, talvez. Ashley se lembrou de que Lars tinha aberto a caixa do correio de cabeça para baixo e deixado cair cinquenta cartuchos no chão...

Ele finalmente conseguiu abrir o estojo. A tampa bateu no porta-luvas.

A primeira caixa de bateria estava vazia. Então, Ashley pegou a segunda. Tirou a fita adesiva e esvaziou o conteúdo da caixa na mão. Em seguida, abriu uma tampa na pistola de pregos e retirou a bateria usada.

Ele ficou paralisado.

Não tinha ouvido nada, mas, de algum modo, ele sabia. Algo a respeito da maneira pela qual os pelos em seu pescoço se arrepiavam, como eletricidade estática...

Ela está atrás de mim.

Neste exato momento.

Ashley se virou bem devagar e, sim, ali estava Darby.

Estava parada do lado de fora da porta aberta do Astro. A Beretta Cougar estava apontada para Ashley. Ele havia comprado aquela pistola para Lars como um presente seis meses antes e, naquele momento, estava apontada para o seu coração. Inacreditável. Ali estava ela; a garota que ele tentou asfixiar com um saco plástico cinco horas antes, de volta com uma vingança furiosa. Um anjo da morte de nove dedos e asas negras. Darby estava ali por causa dele, banhada no sangue de Lars, com o fogo brilhando na pele suada dela.

— O que você ia fazer com Jay? — ela perguntou. — Me diga agora.

— O quê? *Sério?*

— Sério — ela disse, movendo a mira da arma para cima, do peito para o rosto dele.

— Ok. — Ashley se endireitou no assento do motorista, mantendo a pistola de pregos escondida atrás das costas. Ele percebeu que tinha deixado cair a bateria nova. — Eu apenas... Sabe de uma coisa? Tudo bem. Você quer saber? Não é nada de especial. Nós temos um tio em Idaho. Nós o chamamos de Gordo Kenny, que disse que me daria dez mil dólares por uma menina branca saudável, mais 10%. Ele tem um pequeno negócio no abrigo subterrâneo contra tempestades para alguns caminhoneiros de fora do estado. Uns caras grandes que percorrem longas distâncias, vinte horas por dia, longe de suas esposas, caras que... Ah, você sabe. Desejos.

Darby não piscou. Ela manteve a Beretta apontada para ele, com a cicatriz branca unida junto à sua sobrancelha. Curvada, como uma foice.

— Sim, é nojento, e não é a minha, mas eu precisava salvar as coisas de algum modo — Ashley continuou falando, ganhando tempo, enquanto sua mão ilesa procurava silenciosamente no banco pela bateria sobressalente. Então, ele a instalaria e surpreenderia a vadia com um prego na cara. – Então, sim, eu menti para você, Darbs, quando prometi que não era algo ligado a sexo. Era para ser um simples sequestro, mas então a polícia caiu em cima da Sandi, e eu tive de mudar o plano e agora é definitiva, absoluta e *totalmente* algo ligado a sexo. Sinto muito.

Atrás de suas costas, Ashley encontrou a bateria da pistola de pregos e – *aí está* –fechou a mão ao redor dela.

– Qual é o nome de seu tio? – Darby perguntou.
– Kenny Garver.
– Onde ele mora?
– Em Rathdrum.
– O *endereço* dele?
– Black Lane Road, 912 – Ashley respondeu, instalando a bateria delicadamente, para que ela não ouvisse o clique. Ele sorriu, mesmo sob a mira da pistola. Segurou a pistola de pregos atrás das costas, preparando-se para levantá-la e disparar. – Quer dizer, droga, você me pegou, Darbs. Você ganhou. Eu me rendo. Vamos jogar uma partida de A Hora da Roda enquanto esperamos pela polícia...
– Não vamos, não – Darby disse, puxando o gatilho.
BANG.

06h01

Ashley se encolheu com o tiro. Ele não esperava estar vivo para ouvi-lo. *Nunca era para ouvirmos aquele que nos pega.*

Mas ele ouviu.

E sim, ele estava vivo.

O que aconteceu?

Darby hesitou, cambaleando em silêncio atordoado. Ela abaixou a Beretta e olhou para Ashley, com os olhos arregalados de choque. Só então ele notou algo logo abaixo da clavícula esquerda dela. Em seu agasalho de moletom com capuz. Um círculo viscoso. Sangue.

— Eu disse para *largar*!

Ashley se virou e viu um guarda florestal, um policial rodoviário, um delegado ou *quem quer que fosse* parado atrás do Astro, com uma mão apoiada sobre a lanterna traseira, tomando fôlego, com um chapéu de escoteiro e uma pistola Glock apontada.

— Largue a arma, garota — ele gritou novamente.

Darby se virou para encarar o policial, movendo os lábios. Ela estava tentando falar. Então, a Beretta Cougar caiu na neve — não disparada — e seus joelhos fraquejaram. E assim à toa, a engenhosa, beligerante e valente Darby Thorne desmoronou como um saco de lixo em um estacionamento coberto de neve.

Ashley ficou boquiaberto. *Sem chance.*

Sem chance.

Isso é incrível.

— Fique no chão — o policial ordenou, acessando o rádio no suporte de ombro. — Tiro disparado, tiro disparado. Dez-cinquenta-dois...

Com a postura relaxada no assento, Ashley juntou as peças: a polícia chegou, atraída pelo fogo, e naturalmente a primeira coisa que aquele policial jeca viu foi Darby, ensopada de sangue e empunhando uma pistola, perseguindo uma vítima indefesa antes de encurralá-la dentro de um furgão, a meio segundo de executá-la. Então, o Capitão América de segunda categoria ali não teve outra opção a não ser atirar. Ele *teve* de atirar nela. É assim que as coisas funcionam. E foi perfeito demais. Incrivelmente perfeito.

O *timing*, o infortúnio absoluto. Sim, senhor, ele sempre tinha sido especial. Forças sobrenaturais estavam em ação ali. Era como o *homem mágico* genuíno se esquiva da captura.

O policial se aproximou, empunhando a arma, chutando a Beretta para longe de Darby e trazendo as mãos dela para trás das costas para algemá-las. Ele foi rude, puxando os cotovelos de Darby para cima com força, mas a julgar pela quantidade de sangue que escorria pela neve, a garota já estava tomando *brunch* com o Anjo da Morte. As algemas se abriram com um estalo metálico e, sob o brilho das chamas, Ashley conseguiu ler o nome costurado do policial: CABO RON HILL.

O policial levantou os olhos.

— Senhor, deixe-me ver suas mãos.

— Claro — Ashley disse e levantou a pistola de pregos.

Crack. Crack.

AMANHECER

06h15

Ashley Garver recolheu a Glock 17, a arma de eletrochoque Taser amarela brilhante e um cassetete do cabo Hill. Ele também examinou a carteira do policial: embolsou duas notas de vinte dólares e uma de dez e notou que a mulher do sujeito parecia um antílope.

Por ato reflexo, o policial rodoviário havia disparado uma rajada de tiros quando caiu, estilhaçando a janela do passageiro atrás de Ashley e abrindo um buraco no teto do Astro. Os outros tiros haviam se perdido. Uma bala talvez tivesse roçado o rosto de Ashley, pois ele sentia um corte ardendo na bochecha. Ou simplesmente sua pele queimada tivesse rachado no ar da montanha.

De qualquer modo, que sorte maravilhosa. *De fato*, o pão dele sempre caía com a manteiga virada para cima.

Ashley decidiu que mataria o motorista do limpa-neves em seguida. Aquele caminhão alto a diesel era como uma rolha bloqueando o estacionamento da área de descanso. Então, ele faria o Astro contornar o limpa-neves e sairia do Colorado antes que chegasse o reforço do cabo Hill.

Embora... *Droga, que venha.*

Ashley poderia dar conta.

Enquanto a área de descanso de Wanashono queimava e desmoronava atrás dele, Ashley percorreu o longo estacionamento e se aproximou dos limpa-neves. O céu estava ficando azul-acinzentado, um cinzento que aclarava à medida que o sol se preparava para emergir no horizonte. Ele checou a munição restante na Glock do policial. Aqueles magazines tinham entalhes na parte posterior com pequenos números; então era fácil ver quantos cartuchos ainda restavam. Ashley viu pelo menos nove. Além disso, ele arrancara um segundo magazine cheio do cinturão do cabo Hill. Tinha levado consigo, só para garantir.

Naquele momento, Ashley estava diante do feixe ofuscante dos faróis do limpa-neves, protegendo o rosto. Ele escondeu a Glock no bolso da jaqueta, onde coube confortavelmente. Ashley não conseguia enxergar através do para-brisa do caminhão – muito escuro – mas a porta do motorista ainda estava entreaberta, com o decalque CDOT na lateral.

– Ei! – ele gritou. – É seguro.

Silêncio.

Ashley lambeu os lábios.

– O cabo Hill me mandou aqui para dizer que o local está seguro, que a situação está sob controle. Ele atirou no sequestrador. Agora ele precisa que você transmita uma mensagem para os outros caminhões pelo seu rádio.

Outro longo silêncio.

Então, finalmente, a porta rangeu e uma figura desmazelada apareceu, parada sobre o estribo.

– Já entrei em contato e eles disseram...

Ashley apontou a Glock. *BANG*.

A janela explodiu. Quase errou o alvo, mas o homem caiu da cabine mesmo assim, batendo com força o traseiro na neve. Seu boné do Red Sox saiu voando.

Ashley passou pelos faróis, protegendo os olhos.

O motorista virou de bruços e os cacos de vidro debaixo dele o machucaram. Ele conseguiu se levantar e alcançar a porta entreaberta para se enfiar de volta no interior do limpa-neves.

BANG.

Ashley acertou uma bala no pulso dele. O homem gritou com a voz rouca.

Ashley fechou a porta com força.

– Senhor, tudo bem.

– Não me mate – o homem disse, arrastando-se para o lado, sobre um cotovelo, e segurando o antebraço. O sangue escorria pelos dedos, manchando a neve e deixando uma trilha vermelha. – Por favor, por favor, *não me mate*.

Ashley o seguiu.

– Não vou matá-lo.

— Por favor, não, não...

— Pare de se mexer. Está tudo bem. Não vou matá-lo — Ashley disse, pondo o pé sobre as costas corpulentas do homem para imobilizá-lo. — Pare de lutar, senhor. Está tudo bem. Eu prometo — ele prosseguiu. Depois de dizer isso, Ashley esfregou a Glock 17 na nuca do motorista. Começou a apertar o gatilho... Mas parou.

Mais uma vez, ele teve aquela sensação. Aquela eletricidade estranha.

Alguém está atrás dele.

E agora?

Ashley se virou, meio esperando ver o fantasma esfarrapado de Darby Thorne, de volta para uma vingança sangrenta. Porém, a figura de pé atrás dele era menor. Era Jay. Apenas a pequena e inofensiva Jay, com sua camiseta vermelha com a Pokébola, prestes a testemunhar outro assassinato. Honestamente, ele tinha se esquecido totalmente dela. Mas sim, mesmo com Lars fora da jogada, ele ainda podia entregá-la para Gordo Kenny e faturar um bom dinheiro enquanto ela durasse...

Jay tinha algo na mão.

Inicialmente, Ashley achou que era o spray de pimenta de Sandi.

Mas então Jay ergueu o objeto, que refletiu o brilho da luz do fogo, e Ashley se deu conta com terror de que era algo muito pior. Era a Beretta de Lars. A menina devia ter pego a arma na neve vermelha perto do corpo de Darby quando ele não estava olhando e, naquele momento, ali estava a pistola, nas mãozinhas trêmulas de Jaybird.

Apontada para ele.

De novo.

Ashley suspirou.

— Ah, fala sério!

BANG.

06h22

Ashley Garver se encolheu novamente. E novamente, seus tímpanos soaram em resposta a um tiro que ele nunca tinha esperado ouvir.

Ele abriu os olhos. Jay ainda estava parada perto do limpa-neves, com os olhos arregalados de medo. A Beretta com o ferrolho travado em seus dedos brancos. A fumaça suja perdurava, ondulando à luz dos faróis. O cheiro de carvão da pólvora queimada.

Jay errou o alvo.

Ashley deu um tapinha no estômago e no peito, só para ter certeza. Nenhum sangue, nenhuma pressão, nenhuma dor. O tronco e os membros estavam ilesos.

Sim, ele percebeu. *De uma distância de um metro, Jaybird errou o alvo.*

O maxilar de Jay tremia. Ela voltou a apontar a pistola e tentou disparar novamente, mas não havia folga no gatilho. Nem mesmo um clique. A arma estava descarregada. Onde quer que Darby tivesse conseguido achar aquele cartucho extra milagroso, não importava, porque ele tinha passado inofensivamente próximo da orelha de Ashley e caído em algum lugar nos abetos congelados. Perdido, o último suspiro de esperança estava morto, e Ashley ainda estava vivo.

Sou imortal?

Tudo tinha sido tão sombriamente hilariante.

A bola de fogo arremessando-o pela janela com apenas queimaduras sem importância. O policial chegando e atirando milagrosamente na pessoa errada na hora H. E agora aquilo! A pequena Jaybird o pegava em flagrante e atirava à queima-roupa, mas ainda assim havia errado o alvo. Seu pão tinha caído com a manteiga virada para cima mais uma vez. Contra todas as probabilidades!

Ashley resistiu a uma explosão de risadas sinistras. Durante toda a sua vida, ele tinha sido protegido, isolado das consequências por alguma força generosa e desconhecida. O modo como havia nascido, com a aparência e a astúcia predatória que Lars nunca tivera. O modo como seu pai havia perdido a consciência por causa do Alzheimer a tempo de entregar para ele as rédeas da Fox Contracting. Mesmo preso nas entranhas da mina, ele fora resgatado pelo acaso mais casual e idiota, e os ossos de seu polegar se uniram perfeitamente, contra a previsão do médico. Sim, senhor, ele crescera para ser um *homem mágico* e, sem dúvida, estava destinado a grandes coisas.

Grandes quanto?

Droga, talvez ele fosse presidente algum dia.

Ashley não conseguiu resistir e acabou rindo, mas, estranhamente, não ouviu. Apenas o tinido ressoou em seus ouvidos. Pensando bem, ele não tinha sequer certeza de que seu rosto estava se movendo.

— Belo tiro, Jaybird — ele tentou dizer.

Nenhum som.

Jay abaixou a Beretta. Naquele instante, ela pareceu estranhamente calma, ainda o observando, analisando-o com aqueles olhinhos azuis. Não com pavor — não, não mais — mas com curiosidade.

Que diabos?

Ashley tentou falar novamente, daquela vez mais devagar, enunciando cuidadosamente:

— Belo tiro, Jaybird.

E ele ouviu o som sair com uma única sílaba murmurada, gaguejada por lábios anestesiados. Era sua voz. Vinha de seus pulmões e vias aéreas, mas era falada por um retardado babão que ele não reconhecia. Era a sensação mais aterrorizante que ele já tinha sentido.

Então, seus olhos saíram de foco.

Jay ficou embaçada e, em seguida, se duplicou. Naquele momento, eram duas Jaybird olhando para ele e as duas estavam com cópias gêmeas da pistola que o matara.

Uma umidade cálida deslizou pelo rosto de Ashley, fazendo cócegas em sua bochecha. Um cheiro estranho envolveu a base de seu cérebro, denso e desagradável, como penas queimadas. Ele estava furioso, tremendo de raiva, e tentou dizer outra coisa, tentou xingar Jay, tentou ameaçá-la com um cartão vermelho, tentou erguer a arma do policial e calar Jay para sempre, mas ela já tinha caído de sua mão. Para seu profundo horror, ele se esqueceu de como ela se chamava. Ele se lembrou de algo... algo como... Era meia com uma pedra? Ele não tinha mais certeza de nada. As palavras definhavam e caíam como folhas secas. Ele estendeu a mão de modo frenético para apanhá-las, qualquer uma delas, e agarrou apenas uma...

– *Socorro...*

O pedido saiu irreconhecível, um mero gemido.

Então, o mundo se inverteu, o céu luminoso afundava enquanto Ashley caía, batendo na neve de costas. A arma estava em algum lugar à sua direita, mas ele estava muito mole para alcançá-la. Ele nem sequer sabia se tinha aterrado, porque, em seus pensamentos fragmentados, Ashley Garver ainda estava suspenso no ar, ainda impotente, ainda caindo, caindo, caindo....

* * *

– Darby, acabou.

Ela também estava caindo quando ouviu a voz da menina e se agarrou a ela. Iria se manter no mundo como se Jay fosse uma corda fina. Darby abriu os olhos e viu a sombra da menina encurvada contra um vasto céu cinzento.

– Darby, acabou. Peguei sua arma e Ashley estava prestes a matar outra pessoa. Então, atirei nele.

Darby forçou os lábios secos a se moverem.

– Ótimo trabalho.

– Na cara.

– Excelente.

– Você... Você também levou um tiro, Darby.

– Sim, eu notei.

– Você está bem?

– Não muito.

Jaybird se inclinou e abraçou Darby, com o cabelo fazendo cócegas no rosto dela. Darby tentou respirar, mas suas costelas pareciam estranhamente apertadas. Como se alguém estivesse de pé sobre seu peito, contraindo seus pulmões.

Inspire, sua mãe lhe disse.

Ok.

Então conte até cinco. Expire...

– Darby. – Jay a sacudiu. – Pare.

— Sim? Estou aqui.
— Você estava fechando os olhos.
— Está tudo bem.
— Não. Prometa, prometa que você não vai fechar os olhos...
— Tudo bem — Darby disse e levantou a mão direita enfaixada com fita isolante. — Uma jura de dedinho.
— Ainda não tem graça. *Por favor*, Darby.

Darby estava tentando, mas ainda sentia suas pálpebras se fechando, um puxão inevitável para a escuridão.

— Jay, me diga. Qual era o nome de seu dinossauro favorito?
— Eu já disse para você.
— De novo, por favor.
— Por quê?
— Eu quero ouvir.

Jay hesitou por um instante.

— Eustreptospondylus.
— Esse... — Darby riu baixinho. — Esse é um dinossauro muito estúpido, Jay.

A menina sorriu através das lágrimas.

— De qualquer modo, você não conseguiria soletrar.

De certa forma, aquele pedaço de gelo granuloso parecia mais confortável do que qualquer cama onde Darby já tivesse dormido. Cada centímetro machucado de seu corpo parecia perfeitamente em repouso ali. Era como se acomodar para um sono totalmente merecido. E, novamente, Darby sentiu as pálpebras se fecharem. Mais nenhuma dor em seu peito, apenas uma pressão crescente e tediosa.

Jay sussurrou alguma coisa.

— O que você disse?
— Eu disse obrigada.

Darby sentiu emoções que era incapaz de articular. Não sabia o que dizer para Jay, como responder ao agradecimento. *De nada?* Tudo o que sabia era que, se tivesse escolha, faria tudo de novo. Cada minuto daquela noite. Toda a dor. Todo o sacrifício. Porque, se não valesse a pena morrer para salvar uma menina de nove anos de predadores infantis, o que valeria?

E então, sangrando na neve, vendo o prédio da área de descanso de Wanashono queimar, desmoronar e se transformar em um esqueleto enegrecido, Darby também desmoronou em uma paz profunda e gratificante. Ela já estava muito perto. Muito dolorosamente perto. Só tinha uma última coisa a fazer, rapidamente, antes de perder a consciência.

— Jay? Um último favor. Enfie a mão no meu bolso direito. Deve ter uma caneta azul.

Uma pausa.

— Ok.

— Ponha na minha mão esquerda.

— Por quê?

— Apenas faça isso, por favor. E depois eu preciso que você volte até aquele limpa-neves. Diga ao motorista para dar meia-volta e levá-la a um hospital agora mesmo. Diga a ele que é uma emergência, que você precisa de esteroides antes de ter uma convulsão...

— Você vai vir com a gente?

— Não. Vou ficar aqui. Preciso dormir.

— Por favor. Venha com a gente.

— Não posso — Darby respondeu.

Sua corda tinha se rompido e ela estava caindo novamente, descendo através de andares de escuridão, deslizando para a parte posterior de sua própria cabeça, de volta a Provo, de volta a sua antiga casa da infância com encanamento ruim e teto texturizado, envolta nos braços de sua mãe. O pesadelo se dissipando. A voz afetuosa de sua mãe em seu ouvido: *Viu? Você está bem, Darby. Foi só um pesadelo.*

Já passou agora...

— Por favor — Jay sussurrou, distante. — Por favor, venha comigo...

Inspire. Conte até cinco. Expire.

Ok.

Simples assim. Continue fazendo isso.

Com os pensamentos se apagando, Darby se lembrou das últimas palavras de Ashley para ela. Puxou a manga direita para cima, tirou a tampa daquela caneta e escreveu com a mão esquerda sobre seu pulso. Letras maiúsculas, meio borradas, garatujadas sobre a pele nua:

KENNY GARVER
RATHDRUM, IDAHO
BLACK LAKE ROAD, 912
SEQUESTRADOR

Tudo tinha sido feito. Jay estava salva e todos os ângulos do plano repugnante de Ashley tinham sido expurgados, arrastados para a luz do dia para julgamento. Darby deixou a caneta deslizar entre os dedos, finalmente satisfeita. Quando os policiais achassem seu corpo congelado ali na neve, leriam sua mensagem final. Saberiam que tinham uma última porta para chutar, em Idaho.

Estou aqui, Darby.

Ok.

Não tenha medo. O fantasma de pernas longas não era real. Naquele instante, a mãe a apertou com força, com bastante força, atando-a naquele momento perfeito, e o terror finalmente passou. *Foi apenas um pesadelo e tudo está terminado agora. Você vai ficar bem. E... e Darby?*

Sim.

Sinto muito orgulho de você.

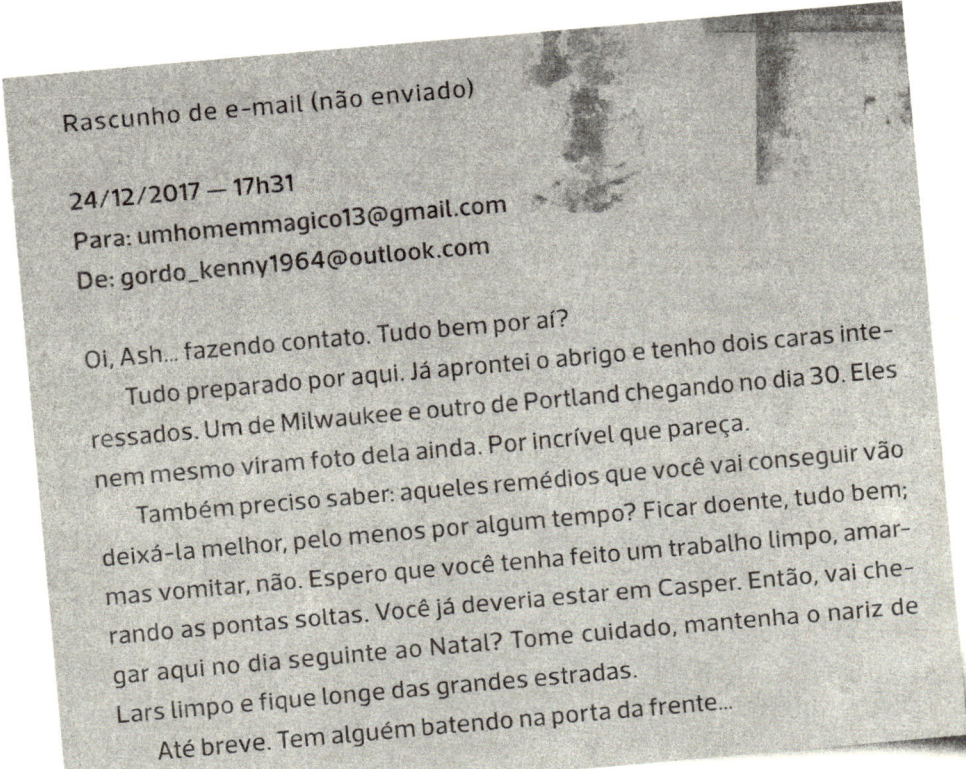

Rascunho de e-mail (não enviado)

24/12/2017 — 17h31
Para: umhomemmagico13@gmail.com
De: gordo_kenny1964@outlook.com

Oi, Ash... fazendo contato. Tudo bem por aí?

Tudo preparado por aqui. Já aprontei o abrigo e tenho dois caras interessados. Um de Milwaukee e outro de Portland chegando no dia 30. Eles nem mesmo viram foto dela ainda. Por incrível que pareça.

Também preciso saber: aqueles remédios que você vai conseguir vão deixá-la melhor, pelo menos por algum tempo? Ficar doente, tudo bem; mas vomitar, não. Espero que você tenha feito um trabalho limpo, amarrando as pontas soltas. Você já deveria estar em Casper. Então, vai chegar aqui no dia seguinte ao Natal? Tome cuidado, mantenha o nariz de Lars limpo e fique longe das grandes estradas.

Até breve. Tem alguém batendo na porta da frente...

Epílogo

*8 de fevereiro
Provo, Utah*

Jay não se deu conta de que o sobrenome de Darby se escrevia com "E" mudo até que o viu gravado em uma lápide de cimento. Abaixo dele, a data da morte: 24 de dezembro.

Um dia antes do Natal.

Sete dias antes do Ano-Novo.

Quarenta e seis dias atrás.

Jay estava ali com os pais, na cidade natal de Darby, em uma encosta do cemitério ainda coberta de neve derretida, porque seu pai insistira em fazer a viagem. A princípio, ele quis ir antes até ali, em janeiro, mas a doença suprarrenal de Jay havia piorado, incluindo duas convulsões que deixaram a menina de cama e sob observação. Finalmente, na semana anterior, ela havia sido considerada saudável o suficiente para viajar. O tempo todo, seu pai insistira: *Temos de ver Darby Thorne novamente. Devemos algo a ela que não pode ser escrito em um cheque.*

— É a sepultura dela? — ele perguntou naquele momento, alguns passos encosta abaixo, aproximando-se.

— Sim.

As horas e os dias depois do incidente na rodovia do Colorado eram um borrão pálido, mas alguns momentos permaneceram na memória de Jay. A dor da agulha intravenosa. O rugido das pás do rotor do helicóptero. O modo como os médicos circundaram e aplaudiram quando a levaram para o heliporto do hospital Saint Joseph. O estranho apagão provocado pelos medicamentos. O modo como sua mãe e seu pai vieram correndo pelo corredor em câmera lenta onírica, seus dedos entrelaçados, segurando as mãos de um jeito que ela nunca tinha visto anteriormente. Falando com as vozes sufocadas que ela nunca tinha ouvido. O abraço dos três em cima de sua cama rangendo. O gosto das lágrimas salgadas.

As câmeras também. Os microfones acolchoados. Os investigadores segurando blocos de anotações e tablets, formulando perguntas gentis e trocando olhares. As entrevistas por telefone com jornalistas cujos sotaques ela mal conseguia entender. O caminhão da emissora de tevê estacionado do lado de fora com uma antena que parecia o mastro de um navio. A maneira reverente, quase apreensiva, com que as pessoas abafavam a voz ao ouvirem sobre os mortos, como o pobre Edward Schaeffer. E o cabo Ron Hill, o policial rodoviário que cometera um erro trágico numa fração de segundo que havia lhe custado a vida.

E Darby Thorne.

A que tinha começado tudo. A estudante inquieta de arte e com cara de sono, de uma faculdade estadual em Boulder, conduzindo um Honda Civic velho através das Montanhas Rochosas, que se deparara com uma criança presa em um furgão de um desconhecido e começara a agir heroicamente para salvá-la.

E, contra todas as probabilidades, tinha obtido êxito.

Darby apareceu naquela área de descanso por uma razão, a mãe de Jay disse ainda no hospital Saint Joseph. *Às vezes, Deus coloca as pessoas exatamente onde elas precisam estar.*

Mesmo quando elas não sabem disso.

Uma rajada de vento atravessou o cemitério, sussurrando entre as lápides mais altas, fazendo Jay estremecer. Naquele momento, sua mãe alcançou o grupo e levantou os óculos escuros para ler as letras que se uniam no papel, cada vez mais claras a cada rabisco de giz de cera preto.

— Ela... tinha um nome bonito.

— Sim. Tinha.

A luz do sol abriu caminho entre as nuvens e, por alguns segundos, Jay sentiu calor em sua pele. Uma cortina de luz varreu as sepulturas, cintilando sobre o granito e as lâminas de grama congeladas. Então se foi, extinta por um frio penetrante, e o pai de Jay enfiou as mãos nos bolsos do casaco. Por um longo momento, os três permaneceram em silêncio, ouvindo os últimos rabiscos ásperos do giz fazendo a transferência da lápide para o papel.

– Leve o tempo que precisar – ele disse.

Mas o decalque já estava finalizado. A fita adesiva foi arrancada da pedra; um canto de cada vez. Então, o papel foi afastado, expondo as letras decalcadas: MAYA BELLEANGE THORNE.

– O que você quis dizer? – Jay perguntou. – Quando eu perguntei se vocês se amavam e você apenas disse: "É complicado"?

Darby enrolou o papel de arroz em um tubo de papelão e se levantou do túmulo de sua mãe, apertando o ombro de Jay.

– Está tudo bem – Darby disse. – Eu estava enganada.

Agradecimentos

Em primeiro lugar, meus agradecimentos à minha família, que tornou este livro possível.

À minha cara-metade, Jaclyn, que me aturou enquanto eu mergulhava durante vários meses neste projeto: agradeço sua honestidade, seu olhar crítico aguçado e seu entusiasmo; mas, acima de tudo, sua paciência. E agradeço aos meus pais, que sempre me encorajaram a continuar escrevendo desde a mais tenra idade, quando requisitei um vagaroso computador pessoal equipado com Windows 95 e digitei minha obra-prima: um conto épico sobre a erupção do Monte Rainier. Não poderia ter escrito este romance (que felizmente acabou sendo melhor do que o do Monte Rainier) sem seu apoio e sua fé ao longo de muitos, muitos anos.

Envio um grande muito obrigado para o outro lado do Atlântico, para Jasper Joffe, da editora Jeff Books, de Londres, por conduzir esta história à conclusão e apresentá-la aos leitores. Agradeço à editora Jennifer Brehl por sua competência e visão apurada e a toda a equipe da Harper and Morrow por fazer mágica no lançamento deste livro nos Estados Unidos.

Outro agradecimento vai para a agente Lorella Belli por ser minha defensora incansável e obstinada em todo o mundo e para o agente Steve Fisher por conduzir o acordo da adaptação para o cinema.

E, uma vez mais, pois vale a pena repetir: agradeço à minha mãe, por sugerir que eu me comprometesse a escrever esta história depois que expus uma ideia alternativa que estava pensando em escrever.

Essa é mais uma razão pela qual este livro não existiria se não fosse por você.

ASSINE NOSSA NEWSLETTER E RECEBA INFORMAÇÕES DE TODOS OS LANÇAMENTOS

www.faroeditorial.com.br

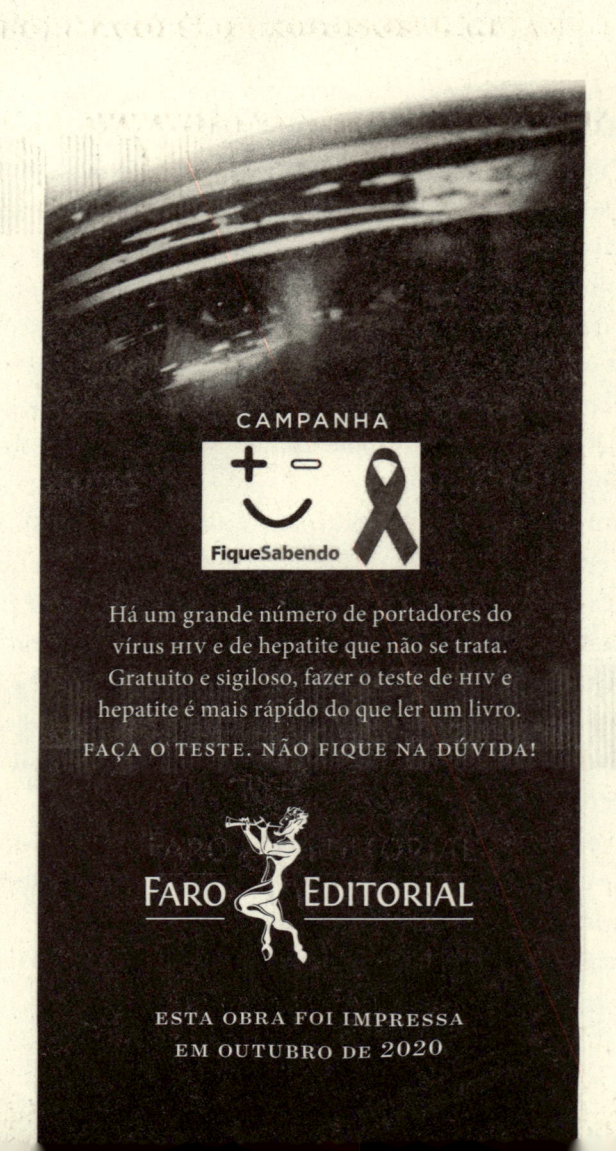

CAMPANHA
FiqueSabendo

Há um grande número de portadores do vírus HIV e de hepatite que não se trata. Gratuito e sigiloso, fazer o teste de HIV e hepatite é mais rápido do que ler um livro.

FAÇA O TESTE. NÃO FIQUE NA DÚVIDA!

Faro Editorial

ESTA OBRA FOI IMPRESSA EM OUTUBRO DE 2020